HAYMON taschenbuch 180

KULTUR
NIEDERÖSTERREICH

Gedruckt mit freundlicher Unterstützung
durch die Kulturabteilung des Landes Niederösterreich.

MIX
Papier aus verantwortungsvollen Quellen
FSC® C017859
FSC www.fsc.org

Auflage:
4 3 2 1
2018 2017 2016 2015

HAYMON tb 180

Originalausgabe

www.haymonverlag.at

ISBN 978-3-7099-7803-0

Umschlag- und Buchgestaltung nach Entwürfen von
hœretzeder grafische gestaltung, Scheffau/Tirol
Umschlag: Eisele Grafik·Design, München, unter Verwendung von
Bildelementen von Bigstock/rasica (Weizenfeld); Bigstock/Volokhatiuk
(Himmel); Bigstock/Slobelix (Polizist 1); Bigstock/grynold (Polizist 2)
Satz: Da-TeX Gerd Blumenstein, Leipzig
Autorenfoto: Franziska Wohlmann

Gedruckt auf umweltfreundlichem,
chlor- und säurefrei gebleichtem Papier.

Günther Pfeifer

Hawelka & Schierhuber laufen heiß

Ein Waldviertler Mordbuben-Krimi

Günther Pfeifer

Hawelka & Schierhuber laufen heiß

Gewidmet Didi Jäger
(1962–2011)

Prolog

15. Juni

„So war das“, wiederholte der Feuerwehrkommandant zum x-ten Mal. Sie saßen schon seit Stunden zusammen. Der Rauch im Wirtshaus war mittlerweile genauso dicht wie nachmittags beim Brand.

„Das ist wegen der Sparsamkeit passiert“, behauptete Wagner. „Von mir aus könnt’s ihr auch Geiz dazu sagen.“

„Kompletter Blödsinn“, stellte der Wirt fest.

„Was?“, fragte Wagner. Er glaubte, sich verhört zu haben. „Willst du damit sagen, dass es nicht am Birnstingl seiner Sparsamkeit gelegen ist? Willst du vielleicht abstreiten, dass er sparsam war? Oder, sagen wir es, wie es ist: sierig[1]?“

„Na, das streitet ja wohl keiner ab“, bemerkte Klausner und hob sein Bier. „Gar kei...“

„Ich schon“, unterbrach ihn der Feuerwehrkommandant. „Ich schon. Weil das nicht sierig ist, wenn man sparsam ist. Das sind komplett unterschiedliche Verhaltenssachen. Komplett. Wenn du nämlich behauptest, dass jeder, der sparsam ist, sierig ist, dann musst du mich auch sierig nennen. Dann musst du mir das aber ins Gesicht sagen, dass ich sierig bin. Bin ich sierig?“ Er hatte seine ohnehin schon laute Stimme noch mehr erhoben und alle hörten den aggressiven Unterton heraus, der typisch für den Feuerwehrkommandanten war.

„Hab ich das gesagt?“, fragte Klausner unbeeindruckt und nahm noch einen Schluck.

„Du hast gesagt, dass ...“

„Natürlich sind das zwei Paar Schuhe. Das ist klar. Das streitet niemand ab. Das sind zwei völlig unterschiedliche ...“, wollte Döller schlichten.

„Bin ich sierig, oder was?“ Der Feuerwehrkommandant war aufgestanden und bezog die anderen Leute im Wirtshaus mit ein, indem er die Frage noch zweimal wiederholte und dabei von einem Tisch zum anderen blickte.

„Bin ich sierig?“

„Kompletter Blödsinn“, schüttelte der Wirt den Kopf.

„Ob ich sierig bin, will ich wissen!“ Der Kopf des Kommandanten hatte mittlerweile die Farbe des einzigen Feuerwehrautos von Vestenötting angenommen. Die anderen vermieden den direkten Blickkontakt und kümmerten sich um ihre Getränke. Der Kommandant war nicht geizig, das wussten alle. Trotzdem gab niemand eine Antwort auf die kasernenhofartig artikulierte Frage. Man ließ sich einfach nicht gerne zwingen. Außerdem amüsierte sein Ausbruch die nicht direkt Betroffenen ein bisschen. Man wollte sich schließlich unterhalten, wenn man schon ins Wirtshaus ging.

„So. Sierig bin ich also. Sierig. Ich! Ich bin sierig! Dann will ich euch einmal etwas fragen“, er war vom Tisch weggegangen und stand nun mitten im Raum, wo er alle im Blick hatte. „Wer hat denn zum Jubiläum vom Pfarrer einen Ochsen braten lassen? Wer? Und wer brennt[2] der Feuerwehrjugend aus der eigenen Tasche drei Kisten Bier? Nach jeder Übung! Und sponsert einmal im Jahr zu denen ihrer Florianiparty das Feuerwerk? Wer ist denn da so sierig? Ha? Ha?! Bin das vielleicht ich? Na, sicher, weil ich ja so sierig bin, zahl ich das alles. Ich bin bekannt für meine Sierigkeit! Und zu meinem Fünfziger, da hab ich nur das ganze Dorf eingeladen und das Bier war auch das billigste, das zu kriegen war. Oder? Irgendein billiges Dosenbier vom Hofer war das sicher. Oder? Weil ich ja so sierig bin!" Die Feuerwehrautofarbe hatte einem kräftigen Violett Platz gemacht. Gesund konnte das nicht sein. Das Bier zu seinem Fünfziger war Fassbier aus einer Privatbrauerei gewesen. Sündhaft teuer. „Und jeder hat ein halbes Würstel gekriegt. Höchstens! Oder?" Er blickte wild umher, bereit, sofort jeden zu zerfleischen, der nickte. Aber niemand nickte. Erstens hatte es reichlich vom Spanferkel, außerdem Steaks und Brathendl gegeben, und zweitens hätte ein leichtes Nicken genügt, um eine Katastrophe auszulösen. Aber die Mundwinkel des einen oder anderen zuckten verdächtig. Der Feuerwehrkommandant kannte seine Zechgenossen, kannte dieses Mundwinkelzucken und kannte auch die Machtlosigkeit dagegen. Das machte ihn vollends rasend. Er holte tief Luft, und in diese Pause hinein sagte Klausner ganz ruhig: „Das Dosenbier beim Penny ist aber noch um einen Cent billiger als beim Hofer – also sagt's nicht, dass er sierig ist." Zufrieden widmete er sich wieder seinem Glas.

Nach einem Moment der Stille brach ein wahrer Orkan los. Die Männer kreischten vor Lachen. Tränen flossen und es wurde nach Luft geschnappt. Wagner schlug Klausner auf die Schulter, so fest, dass dem das Bier überschwappte. Der Feuerwehrhäuptling sah die Niederlage ein und fügte sich seinem Schicksal. Er schaffte es sogar, ein wenig mitzulachen.

„Natürlich bist du nicht sierig, Alter", tröstete Wagner den Geschlagenen. „Du bist sparsam, das ist nicht dasselbe wie sierig. Bei dir nicht. Sparsam ist nicht automatisch sierig."

„Niemals." Das war der Wirt.

„Aber beim Birnstingl, das war keine Sparsamkeit, das war Sierigkeit", fuhr Wagner fort. „Das müsst ihr doch zugeben. Er war geizig. Sierig. Oder ist es vielleicht nicht sierig, mit einer Bastelsäge Holz zu schneiden? Jahrelang? Mit einem Dreißiger-Blatt?"

„Das ist nicht Geiz, das ist Schwachsinn", stellte Klausner fest.

„Mit einem Dreißiger schneid ich vielleicht Dachlatten durch und ab und zu einen Fünf-Achter-Staffel, aber doch kein Brennholz", stimmte Döller zu.

„Buche überhaupt."

„Buche oder Fichte, das ist ganz wurscht, du kannst mit einem Dreißiger gar nichts schneiden, außer die kleinsten Äste, das sagt einem der gesunde Menschenverstand", meldete sich Wagner wieder. Die anderen nickten. Der Fall war klar. Ein Dreißiger-Blatt war unbrauchbar.

„Wenn er sparsam gewesen wäre, ich sag sparsam und nicht sierig, also, wenn er nur sparsam gewesen wäre, dann hätte er von mir aus auf die Wippe verzichtet und hätte sich eine normale Tischsäge gekauft. Das wäre sparsam gewesen, eine Tischkreissäge, aber mit einem Fünfziger-Blatt. Das wäre sparsam. Aber eine Micky-Maus-Säge[3] mit einem Dreißiger-Blatt, das ist Sierigkeit, wie sie im Buche steht."

„Ja, ja, aber da hilft dir das beste Fünfziger-Blatt nichts, wenn du mit tausend Watt herumrurchelst[4], oder sollen es meinetwegen fünfzehnhundert gewesen sein." Döller trank sein Bier aus und winkte dem Wirt.

„Sophie!" Der Wirt rührte sich nicht, sondern gab die Bestellung weiter, und die Kellnerin eilte herbei, um das leere Krügel zu holen.

„Wenn ich ein Dreißiger hab, ist es klar, dass ich das Schutzblech wegnehmen muss“, meldete sich jetzt erstmals wieder der Feuerwehrkommandant zu Wort.

„Na logisch, weil du sonst oben anstehst mit den Trümmern. Und drehen musst du sowieso die ganze Zeit. Da schneidest du nicht einmal durch, sondern zwei-, dreimal! Und das bei einem Buchenen, da ist der Motor schon nach einem halben Meter müde.“

„Klar“, sagte der Wirt.

„Tausend Watt, oder meinetwegen fünfzehnhundert, das ist nichts. Gar nichts ist das. Und ein Dreißiger-Blatt. Schwachsinn so was! Dreitausend Watt und ein Fünfziger. Das lass ich mir einreden“, wollte Wagner die Diskussion beenden.

„Mindestens.“ Die anderen waren noch nicht fertig. Dieses Thema konnte man ruhig vertiefen.

„Mit dreitausend Watt wäre das kein Problem gewesen. Da wäre das Blatt durch, und aus. Nichts wäre stecken geblieben und zum Brennen hätte auch nichts angefangen.“ Angesichts dieser unumstößlichen Erkenntnis schnippte der Feuerwehrkommandant nach der Kellnerin, symbolisierte zwischen Daumen und Zeigefinger ein sehr kleines Glas und machte eine nachlässige Kreisbewegung, die alle am Tisch Sitzenden einschloss. Die Kellnerin verstand und machte sich daran, eine Runde Schnaps einzuschenken. Die Stimmung versprach, wieder zu steigen.

„Mit einer Wippsäge wäre es noch weniger Problem gewesen, weil da hätte es gar nichts zum Steckenbleiben gegeben.“ Manchmal hatte Klausner ein Talent zum Stimmungszerstörer. Trotzdem sahen sie sich gezwungen, beipflichtend zu murmeln und nachdenklich am Bier zu nippen.

„Ja, sicher, aber der Brand ist nun einmal durch den zu schwachen Motor ausgelöst worden, da brauchen wir gar nicht drüber reden", beharrte Wagner auf der vom Sachverständigen aus Tulln festgestellten und somit amtlichen Tatsache.

„Kein Thema", stimmte der Wirt zu.

„Wo hast du ihn?" Der angesprochene Feuerwehrkommandant zog zum fünften Mal an diesem Abend den Tullner Bericht aus der Tasche und reichte ihn Wagner. Dieser überflog ihn und zitierte auszugsweise: „... durch Verfangen des Sägeblattes ... blieb der Elektromotor der Säge ... eintausendfünfhundert Watt ..."

„Hab ich ja gesagt: ‚Tausend Watt, oder von mir aus auch fünfzehnhundert'", unterbrach Döller triumphierend.

„Ja, ja, also ... durch das Steckenbleiben des Elektromotors ... bla, bla, bla, ... Überhitzung und in weiterer Folge zum Verschmoren ... infolge des feinen Sägemehls ... möglicherweise Zugluft in dem Schuppen ... So ein Blödsinn, seit wann heißt ein Stad'l Schuppen? ... zu einem sich rasch ausbreitenden Brand. Na bitte, da haben wir's schwarz auf weiß – Steckenbleiben! Fünfzehnhundert Watt! Brand!" Wagner schwenkte den Bericht. Inzwischen waren die Schnäpse gekommen, man trank auf das Wohl des Kommandanten, der somit von jeglichem Geizvorwurf entbunden war und der ihnen das beim Bezahlen selbstverständlich nochmals unter die Nase reiben würde. Anschließend belauerte man sich aus den Augenwinkeln, weil nach der ex getrunkenen Feuerwehrkommandantenschnapsrunde eigentlich der richtige Zeitpunkt gewesen wäre, bei der noch am Tisch stehenden Kellnerin eine weitere zu bestellen, sich aber niemand vordrängen wollte – nicht aus Geiz, versteht sich, sondern aus Höflichkeit. Schließlich zuckte Klausner mit den Schultern, meinte: „Die nächste auf mich“, und wandte sich Wagner zu.

„Na klar ist der schwache Motor an dem Brand schuld. Aber wenn der Birnstingl eine Wippsäge gehabt hätte, dann wäre er von mir aus ausgerutscht und reingefallen, aber gar nichts wäre passiert. Das Schutzblech hätte ihm vielleicht einen blauen Fleck gemacht, sonst nichts. Aber so hat auch der schwache tausend Watt-, oder von mir aus fünfzehnhundert-Watt-Motor genügt, um ihm mit dem Dreißiger-Blatt das Brustbein durchzuschneiden und ihm die Lunge zu zerfetzen, bevor es irgendwo im Rückenmark stecken geblieben ist und den Motor überhitzt hat. Da könnt’s ihr sehen, dass auch eine Micky-Maus-Säge ganz schön was leisten kann. Tod, Brand, alles da.“

Einsatz

Einen Tag später

Er hatte sich ein langes Wochenende verdient. Aber Fenstertage waren begehrt und bei der Wiener Kriminalpolizei war Hawelka nicht gerade das Alphamännchen. Eher einer der braven Beamten, den man oft bittet, zugunsten des eigenen Rafting- oder Bungee-Jumping-Wochenendes auf sein Ansuchen zu verzichten. Angesucht hatte er trotzdem. Und den Fenstertag freibekommen! Das war von Schierhuber und ihm beim *Resniczek*, ihrem Stammlokal, ausgiebig begossen worden. Ein schöner Mittwochabend. Der nächste Tag, der Feiertag, war auch noch schön gewesen. Dann hatte die Berlakovic angerufen.

„Es ist nicht meine Manier, dass ich einen vom trauten Kamin wegholen lasse", dröhnte der Erzherzog zwanzig Minuten später. „Weil ich bin ein Freund von der Freizeit. Freizeit, die einem zusteht. Wenn sie einem zusteht! Aber, wie sagt man so schön? Den Letzten beißen die Hunde! Und wenn der Henk einen Kurs in ... na, da irgendwo im Ausland macht, und wenn der Liechtenstein einen Peitscherlbubenmörder suchen muss, wenn zwei im Urlaub in Fernost sind und wir einen Hilferuf von die Kollegen aus dem schönen Niederösterreich bekommen – was glauben Sie, wer mir da einfällt? Ich geb Ihnen einen Tipp, aber keinen Tipp X: Mit ‚Hawel' fängt er an und mit ‚ka' hört er auf. Und nicht, dass Sie auf den tschechischen Ex-Präsidenten tippen, weil der schreibt sich mit ‚v' und hat kein ‚ka' angehängt. Und der Kaffeesieder ist schon tot, also wer, glauben S', wird es sein?"

Der Erzherzog hieß eigentlich Johann P. Zauner, war Hofrat und Leiter der Mordkommission. Wofür das „P."

stand, wusste niemand. Warum man ihn „Erzherzog“ nannte, wusste auch niemand. Eigentlich wusste man überhaupt sehr wenig von Zauner. Gerüchte gab es dafür umso mehr. Angeblich war er in seiner Jugend ein sogenannter „wilder Hund“ gewesen. Ein paar Jahre in der Fremdenlegion, dann beim österreichischen Bundesheer als Ausbildner, später als Spieß. In dieser Phase war er wohl stecken geblieben. Zumindest von Ausdruck, Gehabe und Lautstärke her. Nicht karrieremäßig. Da ging es weiter: Umschulung zum Polizisten, Kriminalpolizisten, Sonderermittler, schließlich Beamtenaufstiegsprüfung, und jetzt also seit Jahren schon Leiter der Mordkommission. Längst alt genug, um in Pension zu gehen. Viele seiner Mitarbeiter beteten jeden Tag darum. Umsonst.

„Das mit den Niederösterreichern ist so eine Sache. Wenn's nach mir geht, dann sollen sich die Bauernschädeln umbringen, wie sie wollen und wann sie wollen, und wenn's aufgeklärt wird – gut. Und wenn's nicht aufgeklärt wird – auch gut. Weil ich hab dort keine Verwandten und wir haben unsere eigenen Fälle zu lösen und sowieso immer zu wenig Leut. Greifen S' mich an und spüren S', wie kalt mich das lasst, wenn ein so ein g'scherter Lackl einen anderen derschlagt.“

Der Erzherzog war groß und hager. Eigentlich knochig. In den letzten Jahren hatte sich eine leicht gebückte Haltung eingeschlichen. Wenn er es bemerkte, richtete er sich kerzengerade auf – wie zu seinen besten Zeiten. Aber auch gebückt flößte er genug Achtung ein. Einer der älteren Beamten hatte Stein und Bein geschworen, er habe vor ein paar Jahren erlebt, wie ein Zuhälter mit dem Messer auf Zauner losgegangen war. Der hätte plötzlich auch eines in der Hand gehabt und bald darauf war der blutüberströmte Zuhälter von einem Notarztwagen abgeholt worden.

„Jetzt haben uns aber die – wie sagt man? – ‚lieben Kollegen' um Hilfe gebeten, weil sie vier Fälle von öffentlichem Interesse gleichzeitig laufen haben. Laufen haben sie die! Aber Leute haben sie keine dafür. Und jetzt liegt in so einem Dorf im Waldviertel ein Mann in seiner Kreissäge und wundert sich, warum das wehtut. Und warm ist ihm auch geworden, weil der Kreissägenmotor überhitzt und sein halber Hof dadurch abgebrannt ist. Natürlich will es jetzt keiner gewesen sein. Aber ich sage: Das gibt es nicht, weil so ein Sachverständiger von der Feuerwehr und ein Polizeiarzt haben sich den Verkohlten ang'schaut und meinen, wenn er nicht ein kleines Kunststück gemacht hat und aus dem Stand einen Meter hoch und anderthalb vorgehüpft ist, dann muss jemand nachgeholfen haben, damit er es sich auf dem Sägetisch schön bequem hat machen können. Die Dorfgendarmen aus Waidhofen sind dort und passen auf, dass niemand was angreift, und die Spurensicherung kommt aus St. Pölten, aber sonst kommt niemand. Also: Aus der Traum vom langen Wochenende! Nehmen S' den Schierhuber unter den Arm und fahren S' ins schöne Waldviertel, weil Sie kommen alle zwei von dort und verstehen die Bräuche von den Eingeborenen besser als der Schütz oder der Nimmervoll."

Widerstand zwecklos. Wenn der Erzherzog befahl, zogen hartgesottene Prügelbullen und karrieregeile Jungoffiziere ebenso den Schwanz ein wie bürokratiegeschulte Ministerialbeamte und kämpferische Polizeigewerkschafter.

„Fahren S' hin in das Nest, klären S' den Fall auf und kommen S' gesund wieder heim. Wenn's sein muss, mitsamt dem Schierhuber. Wie sagt man? Wir wünschen gute Reise!"

Damit war die Befehlsausgabe beendet und Hawelka verließ die Kanzlei genannte Kommandozentrale des Erzherzogs, um das Auskunftsbüro Berlakovic anzusteuern.

Auf dem Weg dorthin rief er seinen Partner an. Es dauerte eine Weile, bis dieser abhob.

„Ja?"

„Ja, eh. Ich bin's."

„Ah, du."

„Wo bist du?"

„Weitra", sagte Schierhuber. In Weitra lebte sein Ex-Schwager, der Schnaps brannte. Schierhuber besuchte ihn öfters.

„Der Erzherzog hat uns gerade in den Dienst gestellt."

„Aha." Mit einem emotionalen Ausbruch dieser Art war zu rechnen gewesen. Jeder andere, der seinen Kurzurlaub abbrechen musste, hätte genauso reagiert. Schierhuber war schließlich auch nur ein Mensch.

„Wir sind nach Niederösterreich abkommandiert."

„Hm."

„Waidhofen."

„Ybbs oder Thaya?"

„Thaya."

„Liegt am Weg."

„Ich weiß. Da bist du vor mir dort."

„Okay." Der andere legte auf. Zweiundvierzig Sekunden. Hawelka war sicher, dass Schierhuber in weniger als einer Stunde bei der Polizeistation in Waidhofen eintreffen würde.

Das „Auskunftsbüro Berlakovic" war die effizienteste Einheit der Wiener Kriminalpolizei, wenn nicht sogar der gesamten österreichischen Polizei. Getarnt als gewöhnliches Administrationsbüro mit typischen Verwaltungsaufgaben, war hier in Wahrheit das Zentrum der Macht und des Wissens. Nach außen hin wurden Dienstpläne erstellt, Polizeidatenbanken gefüttert und abgefragt, Krankmeldungen entgegengenommen, Urlaubsanträge weitergeleitet und Kursplätze gebucht. Unter der harmlosen Oberfläche aber zeigte sich eine Kommandozentrale, von der jeder Generalstab nur träumen konnte. Braucht ein Kollege eine Wohnung? Auskunftsbüro Berlakovic. Versetzung nach Kitzbühel gewünscht? Auskunftsbüro Berlakovic. Namen aller registrierten Brandstifter nach 1945? Auskunftsbüro Berlakovic. Bester Zahnarzt? Auskunftsbüro Berlakovic. Momentaner Aufenthaltsort des untergetauchten Georg Kusztrich? Auskunftsbü... und so weiter.

Gründerin, Namensgeberin und unumstrittene Herrscherin dieser Institution war Herta Berlakovic. Ende fünfzig, zweimal geschieden[5], gutmütig, aber scharfzüngig, nach eigenen Angaben nicht übergewichtig, sondern untergroß, mit wechselnden Haarfarben und einem großen Herz für ihre Kollegen. Diese Frau hatte ausreichend Lebenserfahrung, war desillusioniert, abgebrüht und fürchtete sich vor niemandem. Außer ... vor dem Erzherzog. Aber das war normal, vor dem fürchteten sich alle – also zählte es nicht wirklich. Ihr legendärer Telefonmeldesatz „Auskunftsbüro Berlakovic – die Herta is'!“ erklang nun schon seit über fünfundzwanzig Jahren. Von der Berlakovic konnte man alles haben, und sie hätte ihr Leben für ihre Kollegen gegeben. Fiel man allerdings in Ungnade, so war man den dunklen Seiten ihrer Seele ausgeliefert, und es war besser, um Versetzung oder Pensionierung anzusuchen, als sich Tag für Tag dem subtilen Kleinkrieg auszusetzen, der einen schließlich an den Rand des Nervenzusammenbruches brachte. Hawelka und Schierhuber waren da nicht in Gefahr. Sie zählten zu den ausgemachten Lieblingen der Berlakovic. Das lag am Außenseiterstatus, den die beiden von Anfang an im Haus hatten. Sie waren beide spätberufene Ermittler, die vorher als brave Gendarmeriebeamte am Land Dienst geschoben hatten. Sie kamen beide aus dem Waldviertel. Beide hatten sie die Fünfzig bereits überschritten. Sie hießen beide Josef. Sie waren beide ... na ja, nicht unbedingt ... schön im eigentlichen Sinn des Wortes. Schierhuber war groß und hatte einen gewaltigen Bierbauch. Hawelka war klein und ... hatte einen Bierbauch, der nicht ganz so gewaltig war. Schierhuber hatte einen massigen Schädel mit einem Boxergesicht, unschuldigen Kinderaugen und schütterem Haar. Hawelka hatte ein Vollmondgesicht und noch weniger Haare. Eigentlich nur noch einen Haarkranz, ähnlich wie ein Mönch, oder ein Landeshauptmann. Kurzum, eine Modelkarriere würden sie beide nicht mehr machen. Somit waren sie die idealen Schützlinge für Herta Berlakovic, die Rächerin der Schwachen und Bedrängten.

Ihre Mitstreiterinnen im Auskunftsbüro hießen Forstner, Frischauf und Sommer. Die Forstner war ein wenig ... herb. Manche meinten, dass sie Männer hasste, aber das war ungerecht – zu Frauen war sie genau so. Ihr Mund war stets ein wenig verkniffen, ihre Stimme klang immer ein wenig gepresst und den direkten Blickkontakt mit Gesprächspartnern vermied sie ohnehin konsequent. Dafür war sie die Großmeisterin des Tippens. Es gab eine unausgesprochene Vereinbarung mit ihren Kolleginnen: Diese übernahmen alle Kommunikationsaufgaben, soll heißen: Sie telefonierten, erledigten Botengänge im Haus, erteilten Auskunft, nahmen an Besprechungen teil, hielten die Kollegen teils durch harmlose Flirts (die Frischauf), teils durch deftige

Zoten (die Berlakovic) und teils durch ihren bloßen Anblick (die Sommer) bei Laune. All das ersparte man der Forstner, dafür erledigte sie quasi alles Schriftliche. Meist für die ganze Abteilung. Das war zwar Schreibarbeit für vier, die Forstner schrieb aber auch viermal so schnell wie herkömmliche Angestellte. Über ihr Privatleben wusste niemand Bescheid, und eigentlich wollte das auch niemand wissen. Zwar war sie unverheiratet, unter vierzig und hatte eine ganz gute Figur, dennoch verzichteten sogar die testosterongeschwängertsten Kollegen auf die sonst üblichen Annäherungsversuche. Sie war eben ... herb.

Ganz anders die Frischauf! Diese war immer gut aufgelegt, summte, sang und pfiff vor sich hin, konnte herzlich lachen und hatte für jeden ein gutes Wort. Wie die Berlakovic selbst war auch sie ein nie enden wollender Quell des Wissens und der Auskunftsbereitschaft. Auch sie schaffte es mühelos, sechstausend Silben in der Minute an den Mann zu bringen. Mitte zwanzig, war sie außerdem im idealen Beutealter für die kriminalpolizeiliche Schürzenjägerschaft. Dummerweise war sie verheiratet. Und noch dümmererweise war diese Ehe vor etwas über einem Jahr durch ein prächtiges Mädchen veredelt worden. Erst seit Kurzem war die Frischauf von der Karenz an ihren Arbeitsplatz zurückgekehrt und führte seither das übliche stressige Leben einer berufstätigen Mutter mit Kleinkind.

Und dann war da Bettina Sommer. Die anerkannt schönste Frau der Wiener Kriminalpolizei, wenn nicht sogar der gesamten österreichischen Polizei. Trotz ihrer zarten achtundzwanzig Lenze war sie bereits verheiratet gewesen, und zwar mit dem anerkannt größten Arschloch der Wiener Kriminalpolizei, wenn nicht sogar der gesamten österreichischen Polizei. Seit ihr

Mann vor drei Jahren von einem Waffennarren erschossen worden war, drückten sich wieder Kollegen aller Altersgruppen unter den fadenscheinigsten Gründen im Auskunftsbüro herum. Von Zeit zu Zeit gönnte sich die Berlakovic den Spaß und schleuderte eintretenden Testosteronjunkies ein „Ihr könnt's eure Rohre wieder einfahren, die Betti ist heut nicht da" entgegen. Dann weidete sich das gesamte Auskunftsbüro an den hochroten Köpfen der harten Burschen und der Tag war gleich ein bisschen schöner. Angeblich hatte sogar die Forstner bei solchen Gelegenheiten die Mundwinkel ein wenig nach oben gezogen und ein kurzes Schnaufen hören lassen, das bei großzügiger Auslegung durchaus als Lachen zu interpretieren war.

Das Spezialgebiet von Bettina Sommer war nicht das Tippen und nicht das Telefonieren und nicht das Recherchieren und auch nicht das Kombinieren. Zum Leidwesen der fantasiebegabten männlichen Kollegen lag ihr Spezialgebiet auch nicht dort, wo diese es gerne angesiedelt hätten. Nein, das Talent von Bettina Sommer lag in der Kommunikation. Beziehungsweise in der Motivation. Sie konnte zwar nicht besser formulieren als die Berlakovic oder die Frischauf, aber die Botschaften kamen deutlich besser an. Meist bezauberte sie alleine durch ihre Anwesenheit und ihr Lächeln. Dieses Lächeln! Hawelka hatte lange gebraucht, bis er sich endlich eingestand, dass sie alle anderen Männer auch so anlächelte. Zuerst wollte er sich einreden, dass dieses Lächeln nur ihm galt. Aber das redeten sich die anderen auch ein. Sie lächelte alle an. Gesehen hatte er das schon nach ein paar Tagen, eingestanden hatte er es sich allerdings erst nach Jahren. Nach Jahren, in denen die Sommer etliche Kurzbeziehungen zu ebenso jungen wie feschen Kollegen unterhielt. Irgendwann hatte Hawelka beschlossen, dass es jetzt genug sei, und hatte sich der Sommer entsagt. Er hatte genug von halberotischen Tagträumen diese Frau betreffend. Und auch von den Träumen in der Nacht, die sich dann nicht mehr mit der Hälfte zufrieden gaben. Schluss! Er würde sie mit der gleichen distanzierten und kollegialen Professionalität sehen wie ... wie ... die Forstner. Diesen Vorsatz hatte er vor gut einem Jahr gefasst. Seither ging es ihm besser.

Als er vom Erzherzog kam, um im Auskunftsbüro die Formalitäten zu erledigen und seine Dienstzuteilung quasi amtlich zu machen, war die Erste, die er traf, Bettina Sommer. Hawelka schauderte. Sie trug ein leichtes Sommerkleid und sah bezaubernd aus. Der halberotische Tagtraum kickte den Erzherzog aus dem Hawelkakopf. Dann lächelte sie, und Hawelka schmolz. Leider war das nicht neu. Der vorhin erwähnte Vorsatz hielt nämlich immer nur so lange an, bis sie in seine Nähe kam.

„Hab schon gehört, ihr müsst's in die Prärie, ihr Armen", seufzte sie und sah Hawelka mitfühlend an. „Na ja, wir sind Helden, die müssen auch einmal dorthin, wo's finster ist", entgegnete er und freute sich über ihr Lachen.

„Na dann, du Held", mischte sich die Berlakovic lautstark ein, „da ist die Dienstzuteilung, da hab ich die Handynummer vom Postenkommandanten von Waidhofen, und da hab ich dir die wichtigsten Fakten aus der Meldung ausgedruckt, damit du dich vorbereiten kannst. Wenn du willst, reservier ich euch noch Zimmer dort in der Nähe. Der eigentliche Tatort ist in einem kleinen Ort, der Vestenötting heißt. Dort gibt's auch ein Wirtshaus mit Gästezimmern. Ob ihr die Zimmer wollt, oder lieber doch welche in Waidhofen, müsst ihr selbst entscheiden. Meistens sind die Zimmer in den kleinen Dorfwirtshäusern noch aus den Neunzehnhundertsiebzigerjahren, zumindest sehen sie so aus, auch wenn sie erst vor zehn Jahren eingerichtet worden sind."

„Danke, ich ... weiß noch nicht, ich ... ruf dich an, wenn wir erst einmal dort sind, keine Ahnung, was wir ...", stammelte Hawelka, der sich durch die Informationen leicht überfordert fühlte. Vor einer Stunde war er noch im langen Wochenende gewesen, in Urlaubsstimmung sozusagen, und jetzt sollte er der Berlakovic sagen, ob er lieber in einem Neunzehnhundertsiebzigerjahrezimmer beim Tatort schlafen wollte, oder in einem Zimmer in Waidhofen. Hawelka war nicht der Mann der schnellen Entscheidungen. Manche behaupteten auch, dass er zu viel dachte. Jetzt, zum Beispiel, dachte er an die *Krokobar* in Waidhofen. Die *Krokobar* war ein Gasthaus mit Diskothek und Pizzeria gewesen. In seiner Jugend. In den Neunzehnhundertsiebzigerjahren. Aber er hatte das Lokal erst in den Neunzehnhundertachtzigerjahren kennengelernt. Das Besondere waren Glaskäfige mit Riesenschlangen, Alligatoren und allerlei anderen Reptilien. Dazu an den Wänden Felle, Speere und Schrumpfköpfe – der reinste Dschungel. Ein paar Jahre lang war die *Krokobar* die Attraktion im Nachtleben des Waldviertels gewesen. Auch als Hawelka schon Gendarm in Horn war, fuhr er gelegentlich die dreißig Kilometer nach Waidhofen, um sich in der Bar nach weiblicher Bekanntschaft umzusehen[6]. Herausgekommen war dabei meistens nichts.

„Also? Pepi, du musst dich entscheiden, ich hab auch noch was anderes zu tun", drängte die Berlakovic. Heute war sie ein wenig streng. Normalerweise sagte sie zu ihm Josef, und Sepp zu Schierhuber (wie sich die beiden auch gegenseitig ansprachen). Aber wenn sie Pepi zu ihm sagte, klang es ein wenig nach ungeduldiger Mutter, die ihr trödelndes Kind ermahnte. Das konnte Hawelka, der tragische Held eines abgebrochenen langen Wochenendes, jetzt gerade überhaupt nicht brauchen.

„Ich ruf dich an, wenn ich unterwegs bin, ich mach mir das mit dem Sepp aus", antwortete Hawelka und ging raus. Am Gang begann er bereits wieder zu denken, aber diesmal nicht an die *Krokobar*. „Am meisten erfährt man, wenn man das Vertrauen der Leute hat", überlegte er. „Beim Wirten wird es sicher nicht gut ankommen, wenn er erfährt, dass wir uns in Waidhofen einquartieren, wo er doch selber so schöne Zimmer hat." Also ging er wieder rein und bat das Auskunftsbüro um Reservierung von zwei Einzelzimmern im Grand Hotel von Vestenötting. „Ich kann ja fragen, ob die Fürstensuite noch frei ist", gluckste die Berlakovic, während sie schon wählte, „für unsere Helden darf dem Papa Staat nichts zu teuer sein ..."

Auch Hawelkas nächster Versuch, endlich loszufahren, wurde vereitelt. Diesmal auf dem Parkplatz, und zwar von höchster Stelle.

„Hawelka!" Der Erzherzog stand wie aus dem Boden gewachsen neben ihm. „Machen S' uns keine Schande da oben, bei die G'scherten[7]. Weil: Der Wind hat mir ein Lied erzählt. Die wollen eine zusätzliche Gruppe schaffen, und wenn es gar nicht anders geht, könnten wir ein paar zusätzliche Mittel ins Budget kriegen. Das ist zwar nur ein Tropfen auf den heißen Stein, aber – wie heißt es so schön? Mühsam nährt sich das Eichhörnchen. Wenn aber in diese Budgetsitzungen was durchsickert, dass unsere Leut nicht einmal am Land die Mörder fangen, dann können wir uns das Geld in die Haare schmieren, oder an eine andere Stelle unserer Wahl. Also, hüten Sie sich Ihnen vor diese Grobheiten! Weil wenn das passiert, dann reden wir zwei ein deutsches Wort miteinander."

Hawelka versuchte sich vorzustellen, wie er mit dem Erzherzog gemeinsam ein deutsches Wort reden würde. Mussten sie proben, damit das deutsche Wort auch genau gleichzeitig über ihre Lippen kam? Und welches deutsche Wort würde das sein? Schließlich gab es ja mehrere.

„Also, überlegen S' Ihnen gut, ob S' da oben einen Lenz haben wollen, oder lieber die G'schicht aufklären, dass die Niederösterreicher nur so schau'n. Ich geb Ihnen einen Tipp: Der Lenz im Dienst ist nicht meine Manier. Das sollten S' beherzigen. Und dem Schierhuber buchstabieren Sie das auch. Oder zeichnen S' es ihm auf." Damit stapfte der Alte davon. Hawelka seufzte.

Dann fuhr er los.

Jauner

Eine Woche später

„Das Kind“, flüsterte der Dorfsäufer, „war gar nicht von ihm. Das war ganz klar. Das konnte jeder sehen, kaum dass die Zwettlerin damit aus dem Spital kam. Keiner in Terschs Familie hat jemals Locken gehabt, und er selbst am allerwenigsten. Auch die Haarfarbe, die Augen und die Backenknochen – nichts deutete auf Tersch hin. Und die Zwettlerin selbst hat überhaupt ganz anders ausgesehen. Es musste also jedem klar sein, dass das Kind unmöglich von ihm sein konnte, und ihm selbst musste das am allerklarsten sein. Der Mann ist zwar ungebildet und hat keine Manieren, er ist Nebenerwerbsbauer und Fabrikarbeiter, aber das musste ihm klar sein.“ Er wandte den Kopf vorsichtig dem Stammtisch zu, wo Tersch ins Gespräch vertieft saß. Nichts deutete darauf hin, dass dieser bemerkt hatte, von wem die Rede war.

„Er hat es nie erwähnt, und sogar die Stammtischbrüder, die ja jedem alles unter die Nase reiben, haben sich zunächst einmal jeden Kommentar verkniffen, was ihnen schwer genug gefallen sein dürfte. Zunächst herrschte also Ruhe. Sicher, wäre die Zwettlerin zur Kirche gegangen und hätte ihr Kind herumgereicht, wie es die Hiesigen tun, dann hätten die Weiber des Dorfes es ihr mit Sicherheit unter die Nase gerieben, man kennt das ja: Sie stehen nach der Kirche herum und tratschen, und dabei führen sie die Jungmutter vor. Unabsichtlich und mit der unschuldigsten Miene der Welt, wie sie es immer tun. Meist beginnen sie mit einer lange andauernden Lobhudelei über den prächtig geratenen Nachwuchs, zu dem sie von ganzem Herzen gratulieren. Sie loben Gewicht, Größe und Schönheit des Kindes, die kräftige Stimme beim Weinen, den festen Griff der kleinen Hände, wenn sie nach einem hingehaltenen Finger greifen, und so weiter. Dann sagen sie etwas in der Art von ‚Ganz der Papa', oder so ähnlich, und eine andere, die daneben steht, widerspricht sofort und sagt ‚Aber nein, das ist doch ganz die Mama, seht nur die Augen'. Dann wird eine Weile über die Bedeutung diverser Leberflecken, Feuermale und sonstiger Besonderheiten bei Kindern geredet und endlich, wenn sie es kaum noch aushalten, bereitet eine von ihnen den Boden für die Saat. Mit einem nachdenklichen ‚Aber die dunklen Locken, die hat es nicht vom Papa, bei den Terschen haben alle in der Familie blonde Haare gehabt und keiner hat schwarze Locken gehabt. Die schwarzen Locken muss es von der Mama haben.' Dann schauen alle der Mutter auf den Kopf. Im Falle der Zwettlerin hätten sie glatte, dunkelblonde Haare gesehen – weit entfernt also von dunklen Locken. So hätten sie es gemacht, die Weiber, aber wie gesagt, die Zwettlerin ging ja nicht zur Kirche. Das hat sie natürlich zusätzlich aus der Dorfgemeinschaft ausgeschlossen. Sie verstehen, was ich meine?"

Hawelka nickte.

„Ein paar Wochen später war sie verschwunden. Mitsamt dem Kind verschwunden. Sie wurden beide nie wieder gesehen. Nie wieder."

Er machte eine Kunstpause, als wartete er auf Applaus. Als keiner kam, fuhr er etwas gekränkt fort: „Das können Sie glauben, oder auch nicht. Die einen meinen bis heute, sie sei von selbst gegangen, die anderen sagen, dass Tersch sie fortgejagt hat, und nicht wenige behaupten, dass sie und das Kind längst nicht mehr am Leben sind. Tersch ist ein unberechenbarer

Mann. Bald sitzt er am Stammtisch, lacht und scherzt, bald zieht er grußlos durchs Dorf und setzt eine so finstere Miene auf, dass die Schulkinder die Straßenseite wechseln, wenn sie ihn kommen sehen."

Er betonte jede Silbe extra, sprach jedes Wort überdeutlich aus. Die gespreizten Formulierungen taten ein Übriges, um seine Erzählungen unfreiwillig komisch wirken zu lassen.

„Bei denen, die, so wie ich, der festen Überzeugung sind, dass sie nicht mehr am Leben ist, gibt es wiederum zwei Lager. Das eine Lager vertritt die Theorie der stückweisen Leichenentsorgung in verschiedenen Karpfenteichen, das andere neigt zu der Annahme, dass er Mutter und Kind im Heidenreichsteiner Moor versenkt hat."

Eine plötzlich entstandene Gesprächspause am Stammtisch ließ auch ihn verstummen und nach Tersch schielen. Tatsächlich schaute dieser geradewegs in seine Richtung. Dann erhob er sich.

„Die genaue Ursache für die zunehmende Verlandung der Waldviertler Moore", beeilte sich Hawelkas Tischnachbar jetzt laut zu sagen, „ist natürlich umstritten. Einig ist man sich hingegen bei den Maßnahmen dagegen. Die Stabilisierung des Grundwasserspiegels ist …"

Tersch, der zunächst wirklich auf ihren Tisch zugesteuert war, machte unerwartet einen Schwenk und verschwand auf die Toilette.

„Selbst die Stammtischbrüder des Dorfes, wahrlich keine Chorknaben, haben es bisher vermieden, ihn auf das Verschwinden der Frau und des Kindes anzusprechen. Selbst jetzt, nach Jahren, redet man nicht darüber. Zumindest nicht, wenn er dabei ist. Aber was mir in diesem Zusammenhang bedeutsam erscheint, ist die hohe Zahl an Katzen, die Tersch hält. Nun gibt es hier auf jedem Hof Katzen, das ist noch nicht das Besondere, das ist überall so am Land. Versuchen Sie einmal, die Tiere loszuwerden, es wird Ihnen nicht gelingen. Tersch allerdings hatte immer schon außergewöhnlich viele Katzen auf seinem Hof. Nach dem Verschwinden von Frau und Kind nahm deren Anzahl aber rapide zu, und heute ist es ein Wunder, dass die Gesundheitsbehörde noch nicht eingeschritten ist."

Tersch kam vom Klo zurück, ohne ihren Tisch eines Blickes zu würdigen. Der Erzähler rauchte eine neue Zigarette an der alten an und winkte der Kellnerin mit dem Glas. Zum siebten Mal an diesem Abend.

„Ich persönlich glaube also weder an die Fischteichgerüchte noch an die Moorsagen. Ich bin Individualist und werde es immer bleiben. Lachen Sie mich aus, oder stecken Sie mich in den Narrenturm, aber ich sage: Die Katzen auf Terschs Hof haben in den Wochen und Monaten nach dem Verschwinden von Frau und Kind besonders wohlgenährt ausgesehen. Verstehen Sie, was ich meine?"

Hawelka nickte. Mittlerweile hasste er den anderen.

„Vielleicht kommt Ihnen das weit hergeholt vor, aber es ist nichts unmöglich, auch wenn man es für unmöglich hält. Sie sitzen in Ihrem Reihenhäuschen, und fünfzig Meter Luftlinie von Ihnen entfernt wird eine ganze Familie über Jahre hinweg im Keller gefangen gehalten. Sie genießen Ihr Eis, und zehn Meter Luftlinie von Ihnen entfernt hat die freundliche Kellnerin die Extremitäten ihrer Ex-Liebhaber einbetoniert. Sie begegnen einem unauffällig aussehenden Mann, und nur zwei Tage später erfahren Sie, dass er ein paar Leute mit der Hacke erschlagen hat. Diese Vorkommnisse passieren nicht irgendwo, sondern in unserer unmittelbaren Umgebung. Sie verstehen?"

Hawelka saß schon den siebten Abend bei ihm. Der Typ hieß Jauner. Er starrte ihn an. Hawelka nickte.

„Ich kann nicht beschwören, dass Tersch seine nächtlichen Streifzüge sofort nach dem Verschwinden von Frau und Kind wieder aufgenommen hat, das kann ich wirklich nicht. Tatsache ist, dass er, nachdem er ebendiese Streifzüge seit Bekanntwerden der Schwangerschaft seiner Frau völlig eingestellt hatte, nach ihrem Verschwinden wieder durch das Dorf strich wie eh und je. Wer nach Mitternacht einen Blick aus dem Fenster warf, sah unweigerlich Tersch durch das Dorf wandern. Sie wissen, was ich meine?"

Was Hawelka am meisten hasste, war die unerträgliche Angewohnheit des anderen, seinen Monolog mit dieser Frage zu unterbrechen und einem dann mit wässrigem Blick in die Augen zu starren, bis man sich genötigt sah, ein Zeichen der Zustimmung zu geben. Es war kurz nach zehn. Sperrstunde war erst um eins. Jauner starrte ihn an. Hawelka nickte.

„Vielleicht ist er Birnstingl begegnet, vielleicht auch nicht. Ich gehe davon aus, dass Birnstingl die Begegnung aus gutem Grund vermieden hat, die Möglichkeit, eine solche Begegnung zu vermeiden, hatte er auf jeden Fall. Tersch ging ja sozusagen offiziell herum, versteckte sich vor niemandem, tat, als ginge er spazieren. Es war ihm gleichgültig, wenn man ihn sah. Birnstingl hingegen war heimlich unterwegs. Zu Frauen dürfte er immer schon ein problematisches Verhältnis gehabt haben, jedenfalls war er alleinstehend. Im Grunde genommen kein schlechter Kerl, eigentlich ein armer Mensch. In den Sommernächten schlich er durchs Dorf und spähte durch die Fenster. Auch im Herbst und im Frühjahr war er unterwegs, im Winter nicht – er vermied die verräterischen Spuren im

Schnee, und wahrscheinlich war es ihm auch zu kalt. Mit entblößtem Unterleib holt man sich bei den tiefen Temperaturen leicht eine Blasenentzündung. Sie verstehen?"

Hawelka nickte. Vor einer Woche hatte er noch gedacht: „In solchen Dörfern weiß jeder die Wahrheit. Jeder. Weil in den Dörfern nichts unbemerkt bleibt. Aber einem Fremden sagt keiner was. So funktioniert ein Dorf. Jeder hält dicht. Bis auf einen. Den Dorfsäufer. An den muss ich mich halten." Das bereute er jetzt.

„Es ist schon eine ganze Zeit her, dass Birnstingl sich vor dem Fenster der Eisenbahnertochter Erleichterung verschafft hat." Jauner machte eine Pause und unterstrich das Gesagte durch eine eindeutige Handbewegung. „Dabei ergab es sich", fuhr er dann fort, „dass ihn jemand dabei beobachtete. Ein Nichtsnutz. Ein Kretin! Also – ich. Ich beobachtete Birnstingl schon lange. Es musste so ... warten Sie, in den späten Neunzigern gewesen sein, da machte er sich mir einmal verdächtig und – Segen oder Fluch – wer mir einmal verdächtig ist, den lasse ich nicht mehr aus den Augen. Außerdem", lächelte er seinen Zuhörer verschmitzt an, „gibt es nichts Amüsanteres, als einen Voyeur bei seinen ... Neigungen zu beobachten. Als Supervoyeur, sozusagen. Nicht?"

Im Dorf wurde er „der Gelbe" genannt. Ob es eine Anspielung auf seinen Namen war, oder ob er den Spitznamen wegen seiner nikotingelben Finger und Lippen hatte, wusste niemand mehr. Wieder unterbrach er seine gespreizte Rede und starrte seinen Zuhörer abwartend an. Hawelka ballte die Fäuste unter dem Tisch. „Ich schlag ihn tot", dachte er. „Ich schlag ihn tot, wenn er sein blödes Geschwätz noch einmal unterbricht und mich anglotzt, bis ich nicke." Aber er schlug nicht zu. Er nickte nur.

„Tersch hingegen musste ich nicht überprüfen. Seine Wanderungen waren vorhersehbar wie die Schläge der Kirchenuhr. Dadurch war es nicht nur mir, sondern vermutlich auch Birnstingl ein Leichtes, ihm auszuweichen und ungesehen zu bleiben. Ungesehen zu bleiben und auszuweichen war ja Birnstingls Meisterschaft. Er konnte dem ganzen Dorf ausweichen und ungesehen bleiben, wenn er wollte. Nicht nur nachts, bei seinen ... Vergnügungen. Nein, auch tagsüber konnte er von einem Ende des Dorfes zum anderen gelangen, ohne dass ihn irgendjemand gesehen hätte. Verstehen Sie?"

Hawelka kam es vor, als sei er schon Monate hier. Schierhuber war gleich gegen die Dorfsäufervariante gewesen.

„Die Allgegenwart ist eine Sache, die genaue Ortskenntnis eine andere. Wir dürfen nicht vergessen, wer Birnstingls Urgroßvater war!" Er leerte sein Glas. Es war mittlerweile das neunte. „Die Birnstingls waren nicht die armen Schlucker, auf die sein heruntergekommener Hof heute schließen lassen könnte. Im Gegenteil. Sein Urgroßvater war Ortsvorsteher, Feuerwehrkommandant, Oberjäger und nebenbei der größte Bauer im Ort."

Normalerweise redeten Hawelkas Gesprächspartner zu wenig. In Wien hieß es: „Ich war's nicht, Herr Polizei, ich kenn ihm überhaupt nicht, da können Sie alle fragen, und im Prater war ich sowieso schon seit fünf Jahr nicht mehr, ich schwöre dir bei meiner Mutter!" Dann Schweigen. Hier aber hörte er vom Gelben nie enden wollende Monologe, aus denen es unmöglich war, das Wesentliche vom vollkommen Nebensächlichen zu trennen. Wahrheit und Fiktion wurden im ewigen Schwafeln zu einem untrennbaren Brei. Erzählungen, Gerüchte, Verleumdungen, Wünsche und Wirklichkeit. Alles eins.

„Während Birnstingls Urgroßvater also aus einer kleinen Landwirtschaft eine große machte, so machte sein ältester Sohn, der Großvater von Birnstingl, diese große Landwirtschaft zu einem regelrechten Betrieb. Er hatte in den besten Zeiten eine Rinderzucht, die weit über die Landesgrenzen hinaus bekannt war. Angestellte. Maschinen! Maschinen, als alle anderen noch mit der Hand droschen und mit der Hand molken. Dann kam der Krieg, und er fiel. Seine Frau war mit der Führung des Betriebes überfordert. Die Bauern haben sie ordentlich übers Ohr gehauen und alles von Wert um einen Spottpreis bekommen. Nun stand sie da mit ihrem Kind und hat wieder ganz von vorne angefangen.

Schierhuber hatte ihn gewarnt. Aber sein Alternativvorschlag war auch nicht besser. So hatte sich Hawelka also gleich am ersten Abend zum Gelben gesetzt. Gebracht hatte es gar nichts.

„Birnstingl! Wie gesagt – ein armer Mensch. Aber ich traute ihm trotzdem nicht. Auch die armen Kreaturen können falsch und schlecht und böse sein. Ich weiß, wovon ich rede. Ich selbst bin auch so. Vielleicht war ich schon immer so, vielleicht auch nicht, wer kann das schon mit absoluter Gewissheit sagen. Ich neige zu der Annahme, ja, ich bin geradezu überzeugt, dass mich das Dorf so gemacht hat. Sie wissen, was ich meine?“

Schon am ersten Abend hatte Hawelka festgestellt, dass es nichts brachte, Jauner konkrete Fragen zu stellen. Der Gelbe bestimmte Thema und Tempo seiner Monologe. Fragen beantwortete er nie. Sie gaben ihm nur Anlass, weit auszuholen und eine neue Tirade gegen irgendjemand aus dem Dorf loszulassen. Sein

Tisch war nahe dem Eingang, von dort aus konnte er die ganze Gaststube überblicken, hatte die Theke im Auge, den Stammtisch und den Ausgang zum Klo. Der Tisch war groß, dennoch saß er immer alleine. Hawelka wusste jetzt, warum.

„Die Leute hier misstrauen Menschen mit einem größeren geistigen Horizont, das war schon immer so. Sie können sich also vorstellen, wie man mich in den letzten zwanzig Jahren hier beäugt und geschmäht und verachtet hat. Genützt hat es ihnen nichts. Das hat mich nur noch umso stärker gemacht."

Er kam jeden Tag um sechs, wenn das Wirtshaus aufsperrte. Um elf hatte er meistens genug und schlief am Tisch ein. Seit Jahren schon weckte ihn der Wirt dann zur Sperrstunde. Außer am Mittwoch. Da war Ruhetag.

„Als man mich mit vierzig in die Frühpension geschickt hat, als man mein Lehrerdasein gewaltsam beendet hat, obwohl ich mir nie etwas zu Schulden kommen ließ, da bin ich hierhergezogen. Seither will ich nur eines: wieder weg von hier. Weit weggehen. Aber dieses Dorf hält einen gefangen. Man entkommt ihm nicht."

Er wurde schon langsamer und hatte den Faden seiner Birnstinglgeschichte verloren. Jetzt würde eine halbe Stunde schwerfälliges Reden folgen. Die Themen nur mehr angerissen. Abgebrochene Sätze. Halbsätze. Schlagwörter. Wiederholungen. Hawelka seufzte.

„Ich bin hier der Dorfpsychologe", behauptet Jauner jetzt. „Es gibt kaum einen Menschen, den ich nicht kenne, den ich nicht ... analysiert habe, bis ins Letzte. Zeit dazu hatte ich ja reichlich ... Nun gut ... ja ... Birnstingl war natürlich eine Besonderheit unter all diesen, an Besonderheiten und ... Absonderlichkeiten nicht gerade armen Leuten. Leuten, ja. Menschen trotz alledem ... Tersch auch. Der Wirt. Der Graf von Opel, die Rubensfrau ... Es gibt hier eine Menge von seltsamen Menschen. Menschen sind sie ja trotz allem ... Und jetzt dieses ... Verbrechen. Es ist aber kein Zufall, dass es hier passiert ist ... ich habe so etwas schon lange erwartet, es war ... überfällig."

Bald war er so weit. Kurz vor elf. Man hätte die Uhr nach Jauner stellen können. Hawelka fühlte sich todmüde. Dabei war der Graf noch gar nicht da.

Wirtshaus

Eine Woche vorher

Gegen Mittag waren sie fast gleichzeitig in Vestenötting eingetroffen. Die Formalitäten waren rasch erledigt gewesen. Sie hatten von den Polizisten vor Ort eine Einweisung und einen Stapel schriftlicher Zeugenaussagen bekommen, die erwartungsgemäß eines gemeinsam hatten: Keiner hatte etwas gesehen, keiner hatte etwas gehört, ein Motiv für einen Mord konnte sich keiner vorstellen, und überhaupt glaubte keiner daran, dass Birnstingl nicht von selbst in seine Kreissäge gestürzt war. Der Postenkommandant bat sie ins Extrazimmer des Wirtshauses und erzählte ihnen den Ablauf.

„Es war Donnerstag, also gestern Nachmittag, wir sind auf der Schnellstraße Streife gefahren, da ist die Meldung reingekommen. Brand in Vestenötting, also sind wir hin, die Feuerwehr war schon dort und hat den Stad'l schon gelöscht gehabt, ruck, zuck, die sind auf Zack, die Buben. Es waren die Vestenöttinger selber und noch zwei Züge aus Waidhofen da, das war überhaupt kein Problem. Für uns hat es nichts zu tun gegeben, also hab ich gleich einmal dafür gesorgt, dass der Brandsachverständige von der Feuerwehrschule Tulln raufkommt, weil in letzter Zeit ist es wieder Mode geworden aufzubrennen."

„Was?" Hawelka verstand nicht.

„Aufbrennen"[8], erklärte Schierhuber, „heißt, dass ein Bauer zuerst seinen Hof gut versichert, dann die Bude anzündet und mit dem Geld von der Versicherung sein Haus schöner und größer aufbaut als vorher."

„Früher war das ganz normal, dann hat sich das eine Zeit lang keiner getraut", ergänzte der Kommandant, „weil die Versicherungen immer genauer nachgeforscht haben, aber mit der heutigen Technik kann man ganz gut Brände legen, ohne dass es gleich wer merkt. Deshalb ist das im Bezirk in den letzten Jahren wieder verstärkt vorgekommen, und deshalb ruft man den Sachverständigen oft noch vor der Rettung oder der Feuerwehr selbst an."

„Aha." Offenbar lebte Hawelka schon zu lange in der Stadt.

„Jedenfalls kommt der her und geht mit zwei Hanseln von der Feuerwehr rein und findet die Kreissäge halb zerschmolzen, und die verkohlten Knochen vom Birnstingl. Da war es schon Abend. Dann hat der Sachverständige gesagt, dass da was komisch ist, weil der Brand durch den Kreissägenmotor ausgelöst worden sein muss, und der ist steckengeblieben, weil der Birnstingl mit der Brust in das Sägeblatt gefallen war, aber wenn man vor dem Schneidetisch steht und – sagen wir ausrutscht und vorfällt, dann kann man vielleicht mit dem Kopf auf das Blatt fallen, oder mit dem Hals, aber niemals mit der Brust, da müsste man schon extra hinaufsteigen. Also haben wir den Amtsarzt geholt und den Polizeiarzt aus Krems und die Kriminalpolizei in St. Pölten angerufen, aber die haben zu wenig Leute, die Spurensicherung war da, hat alles Mögliche eingesammelt und ist wieder abgezogen und, na ja, jetzt seid's ihr da ..." Er zuckte entschuldigend mit den Schultern, als wüsste er von dem verlängerten Hawelkawochenende.

„Wie kann man jemanden ...", setzte der jetzt an.

„Na ja, man geht hinten hin, hebt ihn an den Knien einen halben Meter hoch und lässt ihn vorfallen", zeigte sich Schierhuber verständig. Der Waidhofner Polizist nickte. Hawelka überlegte.

„Weiß man, wie schwer dieser Birnstingl war?", fragte er.

„Durchschnitt", meinte der andere, „so um die achtzig Kilo. Das schafft jeder, dass er so einen ein bisschen hochwuchtet und nach vor kippt."

„Das ist kein Mirakel", bestätigte Schierhuber, „Haltungsnoten werden ja in so einem Fall nicht vergeben."

„Du könntest ihn auch zwei Meter hochstemmen, Sepp", lachte Hawelka. „Aber ich meine, kann das auch eine Frau gewesen sein? Die Ehefrau zum Beispiel? Ist der verheiratet?"

„Nein, nein, der war nicht für das. Ich hab ihn nur vom Sehen aus gekannt, aber die aus dem Dorf sagen, dass er überzeugter Junggeselle war."

„Trotzdem", beharrte Hawelka, „kann das eine Frau auch?"

„Keine Ahnung."

Sie spielten es durch. Der Wirtshaustisch war etwas niedriger als die Kreissäge, aber so genau musste es nun auch wieder nicht sein. Der Uniformierte schaffte es bei Hawelka spielend, obwohl dieser neunzig Kilo auf die Waage brachte. Auch umgekehrt funktionierte es, obwohl Hawelka nicht gerade durchtrainiert war. Dafür hatte der andere kaum achtzig Kilo. Schierhuber war ausgeschlossen, nicht weil er als kleiner Junge in den Zaubertrank gefallen war, sondern weil er von Natur aus zwei Meter fünf groß und hundertachtunddreißig Kilo schwer war. Dann die Frauenprobe. Allerdings war keine da. Schierhuber öffnete die Tür des Extrazimmers und hatte sofort die Aufmerksamkeit der gesamten Wirtsstube. Erwartungsgemäß stand der Wirt keinen halben Meter neben der Tür.

„Wir bräuchten eine Frau", sagte Schierhuber.

„Ich auch oft", antwortete der Wirt. Das war aufgelegt gewesen. Die Gäste brüllten vor Lachen und versuchten, einander mit ergänzenden Wünschen und saftigen Details zu übertrumpfen. Ein anderer hätte sich jetzt geniert und geärgert, aber Schierhuber war Zwettler und Wirtshäuser waren seine Kinderstuben gewesen.

„Ich hab mir gedacht, dass vielleicht du aushelfen könntest", sagte er jetzt lieb und legte dem Wirt seine Pranke auf die Schulter. Die großen Kinderaugen in seinem Boxergesicht zwinkerten dem anderen zu. Nach einem Moment der Stille bebte das Wirtshaus vor Lachen. Der Wirt verfärbte sich rot wie ein Feuerwehrkommandant, der des Geizes bezichtigt wird. „Ich mein, du wirst doch eine Kellnerin haben", setzte Schierhuber unschuldig hinzu, „die würden wir uns halt mit deiner Genehmigung gern ein paar Minuten ausborgen." Mit dem untrüglichen Gespür eines stammtischerprobten Witzeerzählers hatte er natürlich gewartet, bis der Geräuschpegel wieder gesunken war, damit ihn auch jeder verstand.

Hawelka, der das Geplänkel mit halbem Ohr verfolgt hatte, während er in den Protokollen blätterte, war zufrieden. „Der Sepp stellt sich gerade bei den Dorfgranden vor", dachte er. „Er macht ihnen klar, dass er ein gutmütiger Spaßvogel ist, bei dem man allerdings das Verarschen gar nicht erst versuchen sollte, weil es sonst dreifach zurückkommt. Das wird uns hoffentlich die Sache hier leichter machen."

Inzwischen hatte sich der Wirt gefasst, machte gute Miene zum bösen Spiel und hatte zornig nach Sophie gerufen. Unter guten Ratschlägen der Männer in der Gaststube hatte Schierhuber sie ins Extrazimmer gezogen und die Tür zugedrückt. Die Kellnerin, die ihren

Chef hasste und ihm die verbale Niederlage vorhin von Herzen gönnte, war, wie man am Land sagt, zaundürr. Sie wog keine fünfzig Kilo und hatte die einssechzig knapp verfehlt. Hawelka erklärte ihr die Sache. Sie verstand sofort, willigte ein und keine zwanzig Sekunden später lag der Postenkommandant von Waidhofen fast in der Mitte des großen Tisches. Als echter Mann hatte er die Kleine natürlich nicht ganz ernst genommen, sich dadurch nicht rechtzeitig mit den Händen abgefangen und einen schmerzhaften Aufprall mit dem Brustkorb erlebt.

„Das hätten wir also geklärt." Sie dankten und schickten die Kellnerin wieder raus, nicht ohne eine Runde Bier zu bestellen. Dann ließen sich Hawelka und Schierhuber von dem Uniformierten die Hackordnung im Ort erklären und fragten ihn über etwaige Besonderheiten aus. Das Dorf bestand eigentlich aus zwei Ortschaften, Vestenötting selbst und Klein Eberharts, die im Laufe der Zeit zusammengewachsen waren. Vestenötting lag am rechten Thayaufer, Klein Eberharts am linken. Insgesamt waren es um die sechzig Häuser. Das Zeughaus der gemeinsamen Feuerwehr, ein kleines Schlösschen und das Wirtshaus lagen rechts der Thaya, links waren modernere Wohnhäuser und eine Montessori-Dorfschule. Soweit der Postenkommandant wusste, gab es jedoch hier keine Kleinkriege, die sonst bei solchen Konstellationen üblich waren.

„Wenn ihr Fragen habt's, könnt's ihr jederzeit anrufen, ich mach mich wieder auf den Weg. Langes Wochenende, da wird in den Discos im Bezirk gesoffen, dass es eine Freude ist, da gibt's genug zu tun. Raufereien ab zehn, Führerscheine kassieren ab Mitternacht und später dann die schweren Unfälle aufnehmen, na ja, ihr kennt's das ja." Er gab ihnen seine Handynummer, trank sein Bier aus und ging. Sie beschlossen, ihre Zimmer zu beziehen und sich dann in die Gaststube zu setzen. Erstens, weil es Zeit für das Abendessen war, und zweitens, weil man am ehesten im Wirtshaus etwas erfuhr. Wenn man etwas erfuhr.

„Ihr wart's auf Zack, da gibt's gar nichts", sagte Klausner zum Feuerwehrkommandanten, dem er seinen gestrigen Lacherfolg wegen dem Penny-Markt-Bier verdankte, und den er deswegen ein wenig aufbauen wollte. Man konnte ja nie wissen, ob man die Feuerwehr nicht doch einmal brauchen konnte. „Kein größerer Schaden am Haus, das habt ihr voll unter Kontrolle gehabt, da hätten die Waidhofner gar nicht kommen müssen."

„Stimmt", pflichtete der Wirt bei.

„Dass der Stad'l nicht mehr zu retten war, ist klar, der hat schon voll gebrannt, bis irgendwer was gemerkt hat. Da kann man gar nichts machen, das ist normal", redete Klausner weiter. Die Gaststube war übervoll. Natürlich auch wegen des Freitags und des langen Wochenendes, aber hauptsächlich wegen der Neugier der Leute. Weil man am ehesten im Wirtshaus etwas erfuhr. Wenn man ... und so weiter.

Während Schierhuber sich mit der ihm eigenen Begeisterungsfähigkeit für alles Schmackhafte ganz dem Essen widmete, aß Hawelka nur nebenbei, dachte, beobachtete und versuchte, sich dabei einen ersten Überblick zu verschaffen. Es gab einen Stammtisch, der den Platzhirschen vorbehalten war: Wirt, Feuerwehrkommandant, Ortsvorsteher, größter Bauer, größter Witzbold und so weiter. „Früher wären noch der Lehrer und der Pfarrer mit am Tisch gesessen", dachte Hawelka. „Wenn man seinen Stammplatz am Stammtisch hat, dann hat man es zu was gebracht. Dann gehört man dazu, dann ist man geadelt. Ein Stammplatz am Stammtisch in so einem Dorf ist wie eine Einladung zum Opernball. Ab dem Zeitpunkt ist man prominent und hat alle Rechte. Na ja, fast alle."

„Dieser Birnstingl, war der auch öfter da?", fragte er die Kellnerin, die auf Schierhubers eindeutige Zeichen hin für Nachschub auf dem Biersektor sorgte.

„Öfter? Nein. Normal halt. Am Abend halt ... Ich weiß nicht, öfter nicht, glaub ich ..."

„Am Abend? Jeden Freitag, oder wie?"

„Nein. Jeden Abend. Also, wenn wir offen haben halt. Weil am Mittwoch haben wir Ruhetag." Sie ging wieder. Hawelka sah Schierhuber an. „Also, wenn der jeden Abend ins Wirtshaus geht und das ist ‚nicht öfter', was ist dann bei denen ‚öfter'?"

„In der Früh, zu Mittag und auf d'Nacht", erklärte Schierhuber bereitwillig.

„Offensichtlich."

„Wenn einer Junggeselle ist und im Ort seinen Hof hat, also nicht einmal zur Arbeit rauskommt, dann schaut er am Vormittag halt vorbei, auf ein Motivationsachtel, oder eine G'streute."

„Hä?"

„Eine G'streute ist eine Knackwurst, halbiert und mit Pfeffer und Salz angerichtet", erklärte Fernsehkoch Schierhuber geduldig. „Und zu Mittag kommen's dann zum Essen, und am Abend eben wegen der Unterhaltung. Das ist normal. Familienersatz."

„Und die Verheirateten?"

„Schau, wenn sich die Ehe einmal eingespielt hat, dann hat die Frau zu Hause immer was zu tun. Da geht der Mann dann ins Wirtshaus, da stört er sie nicht, hat seine Ruhe, wenn er's braucht, und seine Gaude, wenn er will. Und das Bier schmeckt besser, wenn's die Kellnerin bringt, als wenn du es dir selber aus dem Kühlschrank holen musst." Hawelka nickte. Das stimmte irgendwie.

„Und ein Fassbier", begann Schierhuber jetzt zu dozieren, „ein Fassbier ist immer noch um Klassen besser als ein Flaschenbier. Druck, Temperatur, Kohlensäure – da spielen viele Faktoren zusammen, das kann man sich als Laie gar nicht vorstellen. Bier ist ein sehr sensibles Getränk, da kann man irrsinnig viel falsch machen."

„Wahnsinn", dachte Hawelka, „und ich trink das so ganz ... gedankenlos ..." Aber gedankenlos war er gar nicht, denn er dachte, dass Schierhuber heute relativ redselig war. Am Stammtisch wurde mittlerweile Karten gespielt, zwei Parallelveranstaltungen an anderen Tischen wurden soeben ausgehandelt. Sie selbst saßen an einem kleinen Tisch neben der Schank, dem einzigen, der noch frei gewesen war.

„Zum Gelben werdet's euch ja nicht setzen wollen", hatte der Wirt vorausgesetzt, als er ihnen den kleinen Tisch anwies. Er hatte mit dem Kopf auf einen Mann gedeutet, der in regelmäßigen Abständen Weißwein bestellte. Der Tisch war größer und bequemer, der Mann saß alleine, sah sie interessiert an, machte sogar eine einladende Geste – dennoch lehnten die beiden dankend ab.

„Wir haben was Dienstliches zu besprechen", hatte sich Hawelka unaufgefordert entschuldigt. Jetzt, kaum eine halbe Stunde später, diskutierten sie über ihr weiteres Vorgehen und den Mann. Schierhuber warnte Hawelka: „Wenn du dich auf so was einlässt, kostet dich das irrsinnig viel Substanz. Ich red nicht davon, dass es nichts bringt, aber es kann lange dauern und ist extrem anstrengend. An der Dorfsäufervariante sind schon viele Ermittler gescheitert. Speziell solche, die sich bei der Dauer von so einer Sache verrechnet haben. Die haben die Zeit unterschätzt, die sie aufwenden müssen. Und die Kraft. Das ist ja auch eine Konzentrationssache." So ging das noch eine ganze Weile. Kurz – Schierhuber war gegen die Dorfsäufervariante. Er war Verfechter der Stammtischmethode, die wiederum Hawelka nicht mochte. Bei der Stammtischmethode war auf mehrere Charaktere einzugehen, man musste sich mit mindestens einem Alphamännchen herumschlagen (oft auch mit fünf – selbst wenn sich vier davon nur dafür hielten), Zeit und Aufwand, bis man einmal halbwegs akzeptiert wurde, waren beträchtlich, und das Ganze führte auch nur dann zu einem Ergebnis, wenn keiner der Brüder selbst Dreck am Stecken hatte, sonst konnte man nämlich tausend Jahre lang mit ihnen zusammensitzen und würde nichts erfahren.

„Sepp", sagte Hawelka. „Wenn sie zusammen sind, passen sie aufeinander auf. Einer ist immer dabei, der die Gefahr wittert, einer trinkt immer ein bisschen weniger und erinnert die anderen dezent daran, dass es eine Dorfgemeinschaft zu verteidigen gilt."

„Beim Dorfsäufer kannst du drei Wochen auch sitzen und dann merken, dass er sich nicht verplappern kann, weil er einfach nichts weiß", entgegnete Schierhuber.

„Und die Kosten?" Hawelka steigerte sich jetzt doch ein wenig hinein und brachte die Artillerie gegen seinen als äußerst sparsam bekannten Partner in Stellung. „Hast du dir das überlegt? Schau dir den Stammtisch an, das sind ... acht Leute, vielleicht kommen noch ein oder zwei, das macht also zehn. Willst du von deinem Gehalt jeden Abend zwei, drei Runden für zehn Leute schmeißen, damit sie zutraulich werden? Weil als Spesen können wir das nicht geltend machen, der Erzherzog zerreißt zuerst die Rechnungen und dann uns, wenn wir ihm melden: ‚Fall gelöst, Kostenpunkt: siebzehnhundert Euro, aufgeteilt auf hundertdreiundachtzig G'spritzte, einundneunzig Krügel, siebenundsechzig Achtel und genau siebzig Schnäpse!' Da musst du doch zugeben, dass es billiger ist, den Dorfsäufer regelmäßig abzufüllen. Oder?" Er sah Schierhuber triumphierend an. Dieser wankte tatsächlich unter dem hawelkaschen Dauerbeschuss mit den Kostenfragenraketen.

„Na ja", meinte er – und das war viel. Natürlich hatte er sein Zwettler Zweiflergesicht aufgesetzt, um Hawelka seinen Sieg nicht auch noch zu versüßen. Und einen kleinen Vorstoß wollte er doch noch wagen. „Wenn es alle wissen und keiner was sagt, und die anderen haben auch nur den geringsten Verdacht, dass er irgendwann reden wird, dann ist der hin, bevor du ‚Pah' sagen kannst. Das geht ganz schnell und unauffällig, wenn einer säuft sowieso. Der fällt in die Thaya und spielt ‚Das Boot'. Willst du wirklich ein Menschenleben riskieren?" Er sah Hawelka ernst an, die Kinderaugen in seinem Boxergesicht hatten sich entsetzt geweitet. Hawelka konnte ein Grinsen nicht unterdrücken.

„Jetzt hast du zu dick aufgetragen, Sepp, das war zu viel. Das nehm ich dir nicht ab, diese Besorgnis, diese Angst um ein wertvolles Menschenleben. Tut mir leid, aber wenn du mir so kommst, muss ich dich auslachen. Weil in Zwettl warst du in deiner Jugend in vielen Vereinen, aber die Caritas war nicht dabei. Und das Rote Kreuz auch nicht, und vom Ministrieren in der Kirche hast du auch nie was erzählt. Also, den ‚heiligen Sepp', den musst du noch ein bisserl proben, bevor er oscarreif wird."

„Ministrant war ich schon“, begehrte Schierhuber trotzig auf, konnte aber nicht verhindern, dass es um seine Mundwinkel verdächtig zuckte, weil Hawelka ihn voll erwischt hatte. „Aber nicht lange.“ Er überlegte kurz, ob er die dazugehörige Geschichte erzählen sollte, entschied sich dann aber dagegen. Hawelka benutzte die Gelegenheit zum Todesstoß.

„Ich sag dir was, Sepp, ich sag dir jetzt, warum ich glaube, dass du die Stammtischmethode bevorzugst. Du hast es gerne gemütlich. Du hast es gerne lustig. Du hast gerne ein bisschen eine Abwechslung. Stimmt's? Und da kannst du dir natürlich was Schöneres vorstellen, als nächtelang bei einem einzelnen Säufer zu sitzen und zwischen die Zeilen zu lauschen, ob sich da ein Hinweis versteckt. Am Stammtisch wär das nicht so fad, da erzählt einmal der einen Witz, dann hat man einen anderen auf der Schaufel, dann kann man vielleicht selber beim Bauernschnapsen ein paar Euro gewinnen ...“

„Tarockieren“, warf Schierhuber bockig ein, „sie schnapsen nicht, sie tarockieren.“ Aber es war schon ein letztes Aufbäumen des Zwei-Meter-Mannes.

„... also gut, beim Tarockieren gewinnen“, setzte Hawelka fort, „und schließlich ist halt immer am Stammtisch mehr Gaude als anderswo. Aber Sepp, wir sind zum Arbeiten hier. Ermitteln ist Knochenarbeit, da hilft dir kein Herrgott und ...“

„Ja! Ist schon gut. Ich geb's ja zu. Ich weiß! Du hast recht. Außerdem bist du der Chef“, er winkte der Kellnerin. „Trinken wir noch ein Betthupferl, und dann hau'n wir uns in die Federn. Morgen wird ein anstrengender Tag.“

Aber gerade als sie bezahlten, flog die Wirtshaustür mit lautem Krach auf und eine herrische Stimme brüllte: „Halt! Polizei! Niemand verlässt den Raum!“

Graf

Am selben Abend

Einen Moment lang herrschte vollkommene Stille. Zwei, drei junge Burschen waren sogar aufgesprungen. Alles starrte zur Tür, aber die Öffnung blieb leer, bis sich ganz langsam der Lauf eines Gewehrs vorschob. Hawelka sah aus dem Augenwinkel, wie Schierhuber in die neben ihm liegende Jacke griff.

Das war der Moment, in dem die Präzisionsmaschine Schierhuber von null auf tausend hochdrehte. Freilich ohne auch nur die Spur eines Zeichens nach außen zu lassen. Von außen betrachtet musste das Schierhubergesicht jedem als das harmloseste erscheinen. Hinter der Maske aber war ein hocheffektiver Generalstab dabei, in professioneller Routine einen Schlachtplan zu entwerfen. Die Rechte hatte bereits den Griff der Magnum umfasst. Kontrollblick! Hatte das jemand bemerkt? Wenn ja, war es jemand, der eine unmittelbare Bedrohung darstellte? Nein? Gut. Nächster Punkt: Wohin zeigte der Lauf in der offenen Tür genau? In Richtung des Fensters? Gut. Ein reflexartiges Krümmen des Zeigefingers im Moment des Todes, der durch einen Fangschuss Schierhubers hervorgerufen werden würde, war also ungefährlich. Gut. Kontrollblick! Stand das Krügelglas in der Anschlagslinie, die in wenigen Sekundenbruchteilen von der Waffenhand bezogen werden musste? Nei... Was? Ja?! Verdammt!

Herkömmliche Waffensysteme wären durch solch unvorhergesehene Hindernisse höchstwahrscheinlich empfindlich gestört worden. Ein totaler Systemausfall wäre im Bereich des Möglichen. Die Unternehmung wäre zum Scheitern verurteilt! Herkömmliche

Waffensysteme, wohlgemerkt. Das System Schierhuber 52 war jedoch anders. Ein Spezialmodul im zwettlerischen Kleinhirn lieferte ständig einen Plan B an die Entscheidungseinheit. In diesem Fall war die Alternative zur ersten eine ganz andere Anschlagslinie, die am Boden, links des Tisches, ihren Ausgangspunkt hatte. Die Magnum konnte durch einen präzisen Hechtsprung dorthin leicht in Stellung gebracht werden. Nach Abwägung aller Für und Wider waltete die Entscheidungseinheit ihres Amtes und verwarf Plan B eiskalt. Das Krügel musste geopfert werden. Schlimm, aber nicht zu vermeiden. Die Waffenhand wäre ja auf den Anprall vorbereitet, die Irritation sollte sich in vernachlässigbarem Rahmen bewegen und den Abschluss der Aktion nicht gefährden. Gut. Kontrollblick! Alles klar? Dann lo...

Es ertönte ein dröhnendes Lachen, der Gewehrlauf hob sich gegen die Decke und die Karikatur eines Jägers erschien im Türrahmen.

„Hollodaroh, da Graf is do!“, schrie der Mann vergnügt. „Eine Runde für alle Feuerwerker, die brav gespritzt haben. Schnell, Sophie! Der Durst nach so einem Brand kann sich tagelang hinziehen, und das ist furchtbar. Trinkt's, Burschen, trinkt's, weil ihr habt's brav gelöscht, so gefällt mir das.“ Er ließ sich unaufgefordert auf die Bank am Stammtisch fallen, lehnte die Flinte neben sich und nahm einen Trachtenhut mit riesigem Gamsbart ab. Darunter kam eine polierte Glatze zum Vorschein. „Schauen wir, ob ich's noch kann“, grinste er in die Runde. Dann schleuderte er den Hut, der so gar nicht zu der Gegend passte, quer über Tisch und Bar auf den Kleiderständer zu. Tatsächlich fing sich der Hut an einem der Haken und blieb hängen. „Also“, fragte er laut in die anhaltende Stille hinein, „wer hat ihn umgebracht?“ Niemand sagte etwas.

Der Glatzkopf musterte die Gesichter am Stammtisch, als erwartete er tatsächlich, dass sich einer erheben und ein Geständnis ablegen würde. „Na, jetzt war es wieder keiner, das ist ein Kreuz mit euch“, stieß er in komischer Verzweiflung hervor und seufzte theatralisch. Die Kellnerin kam, stellte einen Krug Bier vor ihn hin und ging wieder zur Schank, wo der Wirt inzwischen begonnen hatte, die Getränke für die eingeladenen Feuerwehrmänner herzurichten. „Prost, auf den Birnstingl, ich will nicht sagen: ‚Schade um ihn‘, aber über die Toten soll man ja auch nichts Schlechtes sagen, also halt ich meine Papp’n und sauf lieber. Prost!“ Er hob das Glas in die Runde und leerte es sogleich bis zur Hälfte. Die anderen am Stammtisch kamen der Aufforderung zögernd, aber doch, nach und tranken ebenfalls. Langsam setzte wieder leises Gemurmel an den Tischen ein, und bald waren Gespräche und Kartenspiele erneut in Gange.

Hawelka und Schierhuber sahen sich an. Das war offenbar der Dorfkaiser. Ein Glatzkopf von fast einsneunzig, massig gebaut, der in einem Fantasiejägergewand steckte, das Michael Jackson alle Ehre gemacht hätte.

„Hat Michael Jackson jemals einen Jäger in einem seiner Videos gespielt?“, fragte sich Hawelka und registrierte nebenbei, wie Schierhuber seine Jacke wieder schön neben sich drapierte. Welches Monster darunter lag, wollte er lieber gar nicht wissen, ging aber davon aus, dass es nicht die gewöhnliche Dienstwaffe war. Dazu kannte er seinen Partner mittlerweile zu gut. Schierhuber liebte gutes Essen, Bier und Jägermeister. Er hörte tagsüber Marschmusik, nachts Polizeifunk („Das Beste zum Einschlafen“) und hatte lange die große Trommel bei der Zwettler Blasmusik geschlagen.

Schierhuber mochte Waffen aller Art, war für Recht und Ordnung und hätte nichts dagegen gehabt, wenn sie öfters in eine saftige Schießerei verwickelt worden wären. Trotzdem hatte er nie Anzeichen von Ausländerfeindlichkeit erkennen lassen, oder die „gute alte Zeit“ beschworen, was hierzulande meist einer vorsichtigen Sympathiebekundung für die Nationalsozialisten gleichkam. Eigentlich war Schierhuber sogar toleranter als Hawelka, wie sich dieser nach Abbau seiner Vorurteile gegen Marschmusikfreunde und Waffennarren eingestanden hatte. „Waffen, Schießereien, Gut und Böse, Recht und Ordnung – beim Sepp hat das alles mehr den Charakter des Indianerspielens“, überlegte Hawelka und ärgerte sich gleich darauf, dass er sich gedanklich schon wieder so treiben ließ. Wichtiger war es doch jetzt, den neuen Gast und die Reaktion der anderen auf ihn genau zu beobachten und die richtigen Schlüsse daraus zu ziehen. In stummem Einverständnis hatten sie den Plan, sich zurückzuziehen, aufgegeben. Schierhuber hatte sogleich mehr Bier und Jägermeister für sie beide geordert, und Hawelka versuchte, sich die wichtigsten Fakten zu merken. Er rekapitulierte:

Der Dorfkaiser hatte sich „Graf“ genannt, was bedeuten konnte, dass er Graf mit Nachnamen hieß, oder aber Adeliger war, am Land kümmerte man sich gemeinhin nicht darum, dass Adelstitel in Österreich seit hundert Jahren abgeschafft waren, ein Graf blieb ein Graf. Weiters schien sich der Graf gerne als unbekümmerter Spaßvogel und spendabler Stammtischbruder zu geben, allerdings war Hawelka eine gewisse Distanziertheit der anderen Gäste aufgefallen. Man rückte, um ihn sich setzen zu lassen, man trank, wenn er zuprostete und man lachte pflichtschuldig, wenn er vorlachte. Aber richtig dazu gehörte er nicht, auch wenn er sich so gab.

„Das ist der natürliche Respekt der Bauern vor dem Adel“, wie Schierhuber später im Zimmer ausführen würde, „der steckt ihnen seit Jahrhunderten in den Genen, da kann einer sich noch so jovial geben, eine gewisse Ehrfurcht bleibt immer.“

Es wurde immer später. Der Gelbe war an seinem einsamen Tisch mittlerweile eingenickt, was niemanden zu kümmern schien. Das Lokal leerte sich langsam, nur am Stammtisch wurde weitergetrunken und gescherzt. Immer noch führte der Graf das große Wort, trank, was das Zeug hielt, und erzählte deftige Zoten. Es würde wohl nichts mehr Vernünftiges zu erfahren sein, also zahlten Hawelka und Schierhuber erneut und wollten soeben in ihr Zimmer, als der Glatzkopf, der von den Stammtischbrüdern wohl leise über die beiden unterrichtet worden war, das Wort an sie richtete.

„Und? Die hohe Exekutive? Habt's schon eine heiße Spur?“ Er fragte nicht unfreundlich, oder gar provokant, eher wie ein Kollege, der ein wenig plaudern will.

„Das wär jetzt doch ein bisschen gar früh“, gab Hawelka vage Auskunft. Er hätte auch sagen können, dass das den anderen nichts angehe, oder dass er über eine laufende Untersuchung nicht reden durfte, aber in dieser Phase war es wichtig, Vertrauen aufzubauen.

„Wenn wirklich wer was weiß“, alliterierte Schierhuber, „dann wären wir die Letzten, denen er es sagen würde, oder?“ Er breitete die Arme aus und schnitt ein Gesicht, das ein bisschen Hilflosigkeit, aber auch Verständnis ausdrückte. „Das ist ja ganz klar, wir sind Kieberer, wir kommen aus der Stadt, wir müssen lästige Fragen stellen ... Da hat uns keiner richtig lieb.“ Er ließ seine Kinderaugen verzweifelt rollen, was ihm ein paar

Grinser vom Stammtisch einbrachte. Sympathiepunkte hatte er ja schon vorher gesammelt, als er den Wirt auf die Schaufel genommen hatte. Falls er Hawelka doch noch zur Stammtischmethode überreden konnte, dann war der Boden wenigstens schon ein wenig bereitet.

„Geh, ihr armen Hascherln", dröhnte der Graf gutmütig, „keiner will mit euch spielen. Das ist traurig, gell? Aber was sitzt's ihr auch so ganz allein im Eck, da wird euch niemand zum Tanz auffordern, kommt's halt her und trinkt's ein Feierabendbier mit uns." Er wies einladend auf den leeren Platz neben sich. Vor ein paar Minuten war einer der Stammtischbrüder mit dem Hinweis, morgen einen harten Tag zu haben, gegangen. Sie sahen sich an. „Aber nur kurz", sagte Schierhuber energisch und wuchtete sich auf den Sessel. „Morgen müssen wir die Sache angehen, sonst wird das nichts." Hawelka zog sich vom Nebentisch einen freien Stuhl heran, und schon saßen sie in der Runde. Der Graf deutete dem Wirt, der Wirt deutete der mageren Kellnerin, und keine zwei Minuten später hatten sie das x-te Bier an diesem Abend vor sich stehen. Der Graf ermunterte die anderen, den beiden von Birnstingl zu erzählen. „Ihr kennt's den doch schon viel länger als ich." Die Aufgeforderten stiegen aber nur sehr zögerlich ein, berichteten auf wortkarge Waldviertler Art und sagten nur das Notwendigste: wo der Hof lag, wie alt Birnstingl geworden war, dass er lange Zeit anderswo gelebt hatte und so weiter. Nichts, was nicht ohnehin im Bericht der Uniformierten gestanden hätte. Der Graf selber kommentierte die einzelnen Beiträge mit Einwürfen, die er selbst für äußerst gelungen hielt, die aber von den anderen nicht einmal mehr höflichkeitshalber belacht wurden und Hawelka ziemlich auf die Nerven gingen. Obwohl er ja ursprünglich in dieser Phase noch keine unangenehmen Fragen stellen wollte, konnte er sich nicht länger zurückhalten. Ganz einfach, um das blöde Geschwätz des anderen abzudrehen, fragte er: „Was könnte man denn über Birnstingl sagen, wenn er nicht tot wäre?“

„Was?“

„Bitte, heißt das“, versetzte Schierhuber gutmütig in bester Stammtischmanier und blinzelte dem Grafen schelmisch zu.

„Na, weil man doch den Toten nichts Schlechtes nachsagen soll“, erklärte Hawelka, „aber ‚Schade um ihn‘ wollten Sie auch nicht sagen vorhin.“

„Ach so“, lachte der Graf jetzt, „das ist gemeint. Ihr passt’s aber auch auf wie die Schießhunde. Das ist super. Das gefällt mir. Da weiß ich, dass mein Steuergeld nicht verschwendet wird.“

„Heute macht er’s aber spannend“, kommentierte Schierhuber in die Stammtischrunde.

„Künstler woll’n eben gebeten sein“, sagte Klausner spöttisch. Er war der Einzige am Tisch, der dem Grafen öfters Paroli bot, was diesen gar nicht störte, erstens, weil Klausner alle auf die Schaufel nahm und zweitens, weil das in jedem Wirtshaus ein Zeichen der Akzeptanz war.

„Na, lasst’s mich halt auch einmal interessant sein“, spielte der Angesprochene die Diva mit Augenaufschlag und komisch verstellter Stimme. „Ich hab den Birnstingl nicht leiden können“, setzte er jetzt trocken fort, „weil er ein Trottel war. So einfach ist das.“ Er blickte beifallheischend in die Runde. „Ein Trottel, dem ich einen Gefallen getan hab und dem ich Geld verschafft hab, als es ihm dreckig ging, und der mich zum Dank dafür überall schlecht gemacht und sogar vor Gericht gebracht hat. So. Und bevor ihr mich jetzt in Ketten abführt, sag ich gleich: Den Prozess hab ich gewonnen, und was der Birnstingl herumerzählt, hat da im Ort noch nie eine Sau interessiert. Na, hab ich recht, oder hab ich recht?", fragte er jetzt die anderen laut. Sie nickten. Nicht gerade euphorisch, aber doch. „Na gut, dann kann ich jetzt entladen", setzte er noch einen drauf, griff nach seiner Flinte, klappte den Schaft ab und entnahm den Läufen tatsächlich zwei mit Schrot gefüllte Patronen. Das Gewehr war also die ganze Zeit über geladen gewesen. Ein klarer Gesetzesverstoß. Allerdings würden sich Hawelka und Schierhuber im Dorf sofort disqualifizieren, wenn sie sich von solchen Männerscherzen beeindrucken ließen. Sie kommentierten die Aktion überhaupt nicht, sondern setzten leicht gelangweilte Mienen auf, was dem Grafen sichtlich den Spaß verdarb. Noch verdrießlicher wurde er, als sich sein Publikum (dazu hatte er heute eindeutig Hawelka und Schierhuber auserkoren, weil sein Repertoire begrenzt war und sich die anderen Gäste längst nicht mehr so begeisterungsfähig zeigten), als sich dieses Publikum nun endgültig verabschiedete. Mit ihnen nutzten auch Klausner und zwei andere die Gelegenheit, sodass der Graf und der Wirt an dem einen und Jauner, der Gelbe, auf dem anderen Tisch zurückblieben. Selbstverständlich dachte der Wirt nicht daran, die Bedienung schlafen zu schicken, sondern überließ ihr die Aufräumarbeiten in der Gaststube, während er dem schwadronierenden Grafen den Gesellschafter machte.

„Was meinst du?", fragte Hawelka. Sie saßen zur Lagebesprechung in Schierhubers Zimmer, das ein wenig geräumiger war als Hawelkas.

„Die Dorfsäufervariante ist nichts für uns", beharrte der Zwettler auf seinem bereits unten bezogenen Standpunkt, „aber du bist der Chef."

Sie legten den Fahrplan für den nächsten Tag fest. Sie würden sich Birnstingls Hof selbst anschauen, die Nachbarn befragen, ob denen in letzter Zeit etwas Ungewöhnliches aufgefallen war, ein verändertes Verhalten des Opfers vielleicht, vor allem aber, was es mit dessen Streit mit dem Grafen auf sich hatte. Es war klar, dass keiner im Wirtshaus etwas auslassen würde, speziell wenn er selbst dabei war. Alleine waren die Leute oft auskunftsbereiter. Hawelka würde mit dem Chef der Spurensicherung in St. Pölten Kontakt aufnehmen und fragen, ob es aus deren Labor neue Erkenntnisse gab. Tagsüber also Routinearbeit und abends den Gelben aushorchen.

„Wenn wir nach ein, zwei Sitzungen mit ihm wirklich nichts haben, dann können wir immer noch an den Stammtisch übersiedeln“, versuchte Hawelka den enttäuschten Schierhuber aufzumuntern. Dann ging er in sein Zimmer. Er war hundemüde.

Keine zwei Stunden später wurde er durch lauten Gesang geweckt. Zuerst glaubte er, dass Schierhuber nicht schlafen konnte und sich die Zeit mit Gesangseinlagen vertrieb, aber erstens hatte Schierhuber noch nie ein Schlafproblem gehabt und zweitens erkannte er jetzt, dass die Stimme von der Straße her kam. Er stieg mühsam aus dem Bett, trat ans Fenster und erkannte im Licht der Straßenlaterne den Gelben, der schwankend sein Wasser gegen ebendiese Laterne abschlug und dabei das Wolgalied vergewaltigte. Gerade als Hawelka das Fenster öffnen wollte, kam der Graf, der wohl bis jetzt den Wirt auf Trab gehalten hatte, aus dem Wirtshaus und setzte dem anderen ohne Weiteres die Flinte an den Hinterkopf.

„Noch ein Ton, und die Welt hat einen Sänger weniger!“, grölte er um keine Spur leiser als der Dorfbarde.

Dieser verstummte, stopfte eilig in die Hose, was dorthin gehörte, und machte sich brummelnd auf den Weg, wobei er die volle Breite der Straße benötigte. Der Graf aber schulterte zufrieden seine Flinte und verschwand in die andere Richtung.

Auskunftsbüro

Drei Tage später

„Er heißt Nikolaus Roland“, erklärte das Auskunftsbüro Berlakovic, personifiziert durch die Chefin selbst. „Roland ist der Nachname. Geboren neunzehnhundertsechzig in Wiener Neustadt. Hat eine ganz schöne Karriere hingelegt. Ein paar kleine Delikte als Jugendlicher, Körperverletzung, Automatenknackereien, Autodiebstahl, nichts Großartiges. Später ist er als Zuhälter in den Akten aufgetaucht, dann dürfte er ein paar Jahre in Deutschland gewesen sein, und wie er zurückgekommen ist, hat er seine Filmfirma gegründet: *DiDi Productions*. Das ‚DiDi‘ steht für ‚Dicke Dinger‘. Hast du eine Ahnung, was damit gemeint sein könnte?“ Sie grinste Hawelka frech an, während sie in eine seiner mitgebrachten Topfengolatschen biss.

Im Lauf der Zeit hatte es verschiedene Währungsreformen im Auskunftsbüro gegeben. Die einschneidenste hatte vor knapp zwei Jahren stattgefunden, als sich eine Art fatale Schlankheitswahnepidemie ausgebreitet hatte, und sich nacheinander die Forstner, die Frischauf, die Berlakovic und sogar die Sommer plötzlich als unerträglich dick empfunden hatten. Nahezu über Nacht, panikartig und ohne Plan, war die Golatsche als Bestechungs-, Belohnungs- und Wiedergutmachungsmittel abgeschafft und durch eine Gurkensticks-Box aus der Kantine ersetzt worden. Die Folgen waren verheerend gewesen. Heute sprach niemand mehr davon, allerdings blieben nach Wiedereinführung der Topfengolatsche auch Fremdwährungen zugelassen.

„Ich hab nicht die leiseste Ahnung", sagte Hawelka. „Geht es um übergewichtige Hunde? Möpse vielleicht? Ist er am Ende Tierfilmer geworden?"

Niemand konnte so herrlich ordinär lachen wie die Berlakovic. Die Forstner, in ihrem Eck, verzog keine Miene, tippte aber um eine Spur schneller, wenn das bei dem atemberaubenden Tempo überhaupt möglich war.

Es war der dritte Tag nach ihrem Aufbruch ins Waldviertel und sie waren noch keinen Schritt weiter. Hawelka hatte mit der Spurensicherung in St. Pölten telefoniert und man hatte ihm erste Ergebnisse in ungefähr einer Woche in Aussicht gestellt. Diesen Vormittag nutzten sie, um Bericht zu erstatten, Informationen zu sammeln und Wäsche für mindestens eine weitere Woche aus ihren Wohnungen zu holen. Momentan präsentierte die Berlakovic gerade die Ergebnisse ihrer Recherche über den Grafen, der, wie erwartet, keiner war. *DiDi Productions* war ein voller Erfolg geworden, wie das Auskunftsbüro herausgefunden hatte. Die damals aufkommenden VHS-Videorecorder hatten Pornofilme einem breiten Publikum zugänglich gemacht, und die Firma des Grafen hatte als eine der ersten billige Massenware produziert. „Seither hat sich nicht mehr die Sitte, sondern nur mehr die Steuerfahndung für ihn interessiert. Kreative Buchhaltung. Mit dem Aufkommen der DVDs hat er seine Firma an eine deutsche Kette verkauft und dürfte dabei auch noch ganz schön verdient haben. Seit gut zehn Jahren ist er jetzt ‚Privatier' und ist ins Waldviertel gezogen. Dort hat er den Jagdschein gemacht und ein stark renovierungsbedürftiges Schlössel in Vestenötting gekauft. Der Vorbesitzer der Bruchbude hieß ... na? Richtig: Birnstingl", schloss die Berlakovic triumphierend. Hawelka nickte nachdenklich. So etwas Ähnliches hatte er sich schon gedacht.

„Super recherchiert, Herta! Gibt's sonst noch was Besonderes in dem Nest?“ Sie leierte ein paar statistische Daten herunter und empfahl ihm dann ein *SeelenBegegnungsZonenZentrum*, das vor ein paar Jahren eröffnet worden war. Yoga, Feng-Shui, Schamanen-Heilungen und Rückführungen, das ganze Programm, in einem alten Bauernhaus am Ortsende. Sie erwähnte auch die Montessori-Schule der Nachbarortschaft. Ganz schöne Besonderheiten für diese Gegend. Er bedankte sich, versprach, vor der Rückfahrt nochmal vorbeizuschauen, und ließ sich Glück wünschen. Das würde er auch brauchen, denn der Rapport beim Erzherzog stand vor der Tür, und wie immer bei solchen Gelegenheiten machte sich bei ihm ein drückendes Gefühl in der Magengegend bemerkbar. Grundsätzlich war er ja dienstzugeteilt und hatte daher an das niederösterreichische Landeskriminalamt zu berichten, aber wenn Zauner auf dem Laufenden gehalten werden wollte, zierte man sich nicht.

„Zieren Sie sich nicht, weil das ist jetzt nicht mehr die Mode“, dröhnte der Erzherzog auch sofort, als Hawelka zaghaft in der offenen Tür zur Kanzlei stehen blieb. Der Alte war unberechenbar, trat man sofort ein, riskierte man einen gewaltigen Anschiss, weil man nicht geklopft oder gewartet hatte. „Was gibt es im schönen Niederösterreich?“, fragte der Erzherzog in herzlichem Ton. Hawelka war sofort auf der Hut.

„Nun ja, wir stehen noch ganz am Anfang, weil ...“

„Am Anfang? Am Anfang war das Wort, und das ist Fleisch geworden, hat der Prophet so schön gesagt. Aber dass der Anfang drei Tage dauern soll, das hat er nicht gesagt. Wie groß ist dieses Vestenötting noch einmal?“

Dass das eine klare Fangfrage war, erkannte Hawelka sofort. Das Dumme an den erzherzoglichen Fangfragen war nur, dass man auch dann gefangen wurde, wenn man die Falle erkannte. Im Falle dieser Falle war der springende Punkt natürlich die geringe Einwohnerzahl von Vestenötting. Da half es auch nichts, wenn man Klein Eberharts ins Treffen führte, wodurch sich die Bevölkerung glatt verdreifachte, weil Klein Eberharts eben mehr Einwohner hatte.

„So. Zwei Ortschaften mit, sagen wir, hundert Leuten. Jetzt sind die Hälfte schon einmal Frauen, die kommen auf so Kreissägenideen gar nicht. Dann gibt's da noch Kinder, die dürfen auch nicht mit Kreissägen spielen, dann gibt es wahrscheinlich ein paar Alte, ein paar Kranke und ein paar, die am Mordnachmittag auf Besuch in Trippsdrill waren, vergessen S' nicht, dass da ein langes Wochenende war", schnarrte der Erzherzog. Die Gefahr, dass Hawelka das lange Wochenende vergessen hatte, bestand allerdings gar nicht. Schließlich war es sein langes Wochenende gewesen. Das heißt – wäre es gewesen, wenn ihn der Erzherzog nicht ... Aber es half ja nichts. Es kam, wie es kommen musste, der Alte brach die Bevölkerung weiter auf mögliche Täter herunter und würde bald bei einer Handvoll angelangt sein.

„Das sind, wenn ich richtig rechne, jetzt also ungefähr, na so zirka eine Handvoll, die da in Frage kommen. In der Polizeischule erzählen's einem ganz genau, wie man da vorgeht, Alibis überprüfen, Testament vom Opfer überprüfen, Blick ins Grundbuch, speziell bei die Bauern, weil da ist immer irgendwas mit Grund und Boden im Spiel, aber jetzt möchte ich Sie einmal was fragen, Hawelka: Warum muss ich alter Trottel mich herstellen und Ihnen erklären, wie Sie Ihre Arbeit machen sollen. Haben S' selber keine Fantasie?"

Keine Fantasie? Das war nun wirklich nicht Hawelkas Problem. Zum Beispiel hatte er in seiner Fantasie mit Bettina Sommer schon Dinge angestellt, von denen die *Shades of Grey*-Leserinnen nur träumen konnten. Also, mangelnde Fantasie konnte man ihm sicher nicht vorwerfen. Und, um ganz ehrlich zu sein, wollte er vom Erzherzog auch gar nicht erklärt haben, wie er seine Arbeit machen sollte. Das freiheraus zu sagen, wäre allerdings nicht Heldentum, sondern pure Dummheit gewesen.

„Es ist ja nicht so, dass ich so Sehnsucht hab nach Ihnen beiden, und deshalb in der Nacht nicht schlafen kann. Nein, da können S' ganz beruhigt sein, aber wir haben selber z'wenig Leut, und wenn wir die Niederösterreicher drei, vier Tag helfen müssen, dann tun wir das, weil das sind auch Menschen, und da woll'n wir nicht so sein. Aber nach drei, vier Tag muss der Spaß vorbei sein, und die richtige Arbeit bei uns geht wieder los. Da kann sich sogar ein Muli wie der Schierhuber nützlich machen. Aber wenn Sie mir sagen: ‚Wir stehen noch am Anfang', dann glaub ich, Sie haben zu viel *Tatort* g'schaut und zu wenig gearbeitet."

Hawelka schwitzte. Um den Erzherzog abzulenken, erzählte er unvorsichtigerweise von ihren Ermittlungsansätzen. Der Alte bekam schmale Augen.

„Dorfsäufervariante? Stammtischmethode? Da wundert's mich nicht, dass Sie noch am Anfang stehen. Da wundert's mich überhaupt nicht! Glauben S' im Ernst, dass sich die dort in euch verlieben, wenn ihr ein bisserl mit ihnen Schmäh führt's? Dass sie dann zum Plaudern anfangen und euch erzählen, was sich da abgespielt hat? Dass einer sagt: ‚Weil ihr so lustige Kampeln seid's, sag ich euch, dass ich den ...' Wie heißt das Pferd?"

„Birnstingl."

„„... dass ich den Birnstingl ein bisschen zurechtgeschnitten hab mit der Kreissäge. Aber bitte verratet's mich nicht.' Glauben S' das wirklich, Hawelka?" Der Angesprochene sah zu Boden und schüttelte den Kopf. „Nein, aber wenn wir das Vertrauen von den Leuten haben, vernadern sie vielleicht den Mörder, weil ... weil ... er vielleicht eh unbeliebt im Dorf ist, oder ..."

„Das ist mir zu blöd! Das hör ich mir nicht länger an, da krieg ich ja Kopfweh", tobte Zauner jetzt, „natürlich werden sie sich gegenseitig vernadern. Jeder wird einen Nachbarn haben, der ihm einmal den Misthaufen zu nah am Zaun geparkt hat, oder seinem Buben eine Watschen gegeben hat. Der wird euch dann eine Raubersg'schicht erzählen, dass der Schierhuber schon die Messer wetzt für die Verhaftung. Und nach drei Tag stellt sich heraus, dass der Verdächtige den ganzen Tag in St. Pölten war, und ihr fangt's wieder von vorne an. Dann singt euch ein anderer ein neues Lied ins Ohr und am Schluss waren alle Männer aus dem Dorf ein paar Stunden in Untersuchungshaft und haben sich die Zeit mit Karten spielen vertrieben. Vertrauen tut euch dann keiner mehr, und wo euch der Schädel steht, wisst's auch nicht mehr vor lauter Lügeng'schichten."

„Wir haben ja da auch noch diesen Grafen, der hat ein recht bewegtes Vorleben", versuchte Hawelka ein neues Ablenkungsmanöver und flocht die Erkenntnisse des Auskunftsbüros in seinen Bericht ein. Er betonte die offensichtliche Abneigung des Grafen gegen Birnstingl und erwähnte auch den Rechtsstreit, um den es da ging und dem sie morgen auf den Grund zu gehen hofften. Die letzten beiden Tage hatten sie den Grafen nicht zu Hause angetroffen, angeblich war er in Tschechien zur Jagd. Die erzherzogliche Stimmung hob sich wieder ein wenig. Das war ja wenigstens ein Hauch von einer Spur, ein Hauch von einem Ansatz.

„Also, fühlen S' dem Herrn Grafen ordentlich auf den Zahn", ordnete er an. „Aber lassen Sie sich Ihnen nicht für blöder verkaufen, als Sie sind. Wenn er es vom Strizzi zum Pornofilmproduzenten g'schafft hat, dann ist er keiner von die ganz Blöden, weil die sitzen im Häfen. Wahrscheinlich hat er es nicht einmal selber gemacht, sondern sich einen groben Lackl von weiß Gott wo geholt." Er beendete die Besprechung mit dem Hinweis, dass ein Verdächtiger alleine noch keinen Sommer machte, und dass sie nicht auf die kriminalistische Knochenarbeit vergessen sollten. Weiters empfahl er Hawelka, sich anzustrengen, und malte dessen Zukunft in düsteren Farben, falls die Sache nicht bis zum Wochenende aufgeklärt war. Dann sagte er noch einige nicht sehr schmeichelhafte Sätze über Schierhuber und scheuchte Hawelka schließlich mit ungeduldigen Handbewegungen aus der Kanzlei. Dieser war ebenso erleichtert, es überstanden zu haben, wie vollkommen erledigt. Obwohl er die Prozedur kannte, nahm sie ihn immer wieder mit. Der Erzherzog hatte es einfach zur Meisterschaft gebracht, ihn wie einen kompletten Trottel hinzustellen. Er verzog sich in die Besenkammer, die nach einem notdürftigen Umbau nun als Büro für Schierhuber und ihn diente. Auch so eine Demütigung. Da irgendein Gesetz Fenster in Büroräumen vorschrieb, hatte man ein solches aus der hinteren Besenkammerwand gebrochen. Seither hatten sie Ausblick auf eine knapp zwei Meter entfernte Wand mit bröckelndem Putz. Um sich wieder einzukriegen, griff Hawelka beherzt in die Schreibtischlade seines Partners und nahm sich zwei Jägermeister.

Sechsundzwanzig Sekunden später ging die Sonne auf, vor dem Besenkammerfenster breitete sich der Garten Eden aus und Paradiesvögel drehten ihre Runden über Hawelkas Kopf. Wunderbare Schmetterlinge, hingegen, hatten auf geheimnisvolle Weise ihren Weg in Hawelkas Bauch gefunden und verursachten dort ein aufregendes Prickeln wie von Champagner. Sie verliehen ihm auch eine Leichtigkeit, dass er meinte, sich jeden Moment in die Lüfte erheben zu können.

Dieses Gefühl auf den Jägermeister zu schieben, hieße nicht nur, das Getränk stark überzubewerten, sondern auch, den Alkoholismus schönzureden, und beides war nicht Hawelkas Absicht. Die Ursache seiner Euphorie war schnell diagnostiziert: Bettina Sommer hatte den Raum betreten.

Mit der übermenschlichen, nein, vielmehr mit der übermännlichen Kraft, zu der sonst nur verliebte Schuljungen fähig sind, schaffte er es, seinen Blick von ihrem schönen Antlitz nicht weiter als bis zu den Schultern abwärts wandern zu lassen. Reiner Selbstschutz eigentlich, denn in seinem von den Erzherzoggemeinheiten noch empfindlich aufgewühlten Gefühlszustand wäre es fatal gewesen, ihr leichtes Sommerkleid mit Blicken auch nur zu streifen. Selbstentzündung und Verbrennung eines Polizeibeamten wären die traurige Folge gewesen. Der Ordnung halber muss angemerkt werden, dass Bettina Sommer einen Sweater und Jeans anhatte, aber für Hawelka war alles, was sie trug, ein leichtes Sommerkleid.

In einer unerträglich schwülen Sommernacht hatte Poet Josef Hawelka einst seine *Ode an die Göttin* verfasst. Sie war ebenso kurz wie ergreifend, und eine Schlüsselstelle lautete:

Oh, dein leichtes Sommerkleid.

Oh! Dein leichtes Sommerkleid!

Damit war eigentlich alles gesagt, und es war erstaunlich, in welchen Kleidungsstücken (vorausgesetzt sie wurden von der Göttin getragen) er seither ganz deutlich leichte Sommerkleider wiedererkannte. Ausgeleierte Skipullover, graue Stoffhosen, bunte T-Shirts, Wintermäntel, dreiviertellange Jeansröcke und dergleichen mehr – alles leichte Sommerkleider. Sogar Kleiderschürzen (aus Nylon, Dralon, Perlon oder ähnlichem Material), wie sie in den Siebzigerjahren sehr beliebt waren, hätte er gelten lassen – wenn sie nur von ihr getragen worden wären.

Um also der Selbstverbrennung zu entgehen, klammerte sich sein Blick an ihr Gesicht. Aber, was musste er sehen? Das strahlende Lächeln, die funkelnden Augen, der süße Schwung der Lippen – verschwunden. Fort! Stattdessen war sie blass, hatte farblose Lippen, sah müde und traurig aus und schaute ihn aus matten Augen leidend an. Das hawelkasche Herz wurde einer argen Zerreißprobe unterzogen.

„Betti, wie schaust du denn a..." HALT, Josef Hawelka! Das ist die völlig falsche Ansprache. Auch die selbstbewussteste und schönste Frau der Welt will im schlimmsten Moment der Geschichte nicht hören, dass sie vielleicht momentan nicht ganz so toll aussieht wie sonst. Niemals!

„Betti, was ist denn passiert?" Schon besser. Sie sah Hawelka mit weidwunden Augen an, die sich sogleich mit Tränen füllten. Dann stammelte sie mühsam beherrscht: „Ich ... es ist nichts ... ich ... nein, frag nicht, es ... ist egal."

„Nein, das ist überhaupt nicht egal, Betti. Da ist doch was. Jetzt sag schon!"

„Ach, Josef, das ist ... blöd von mir ... ich ... ach, es ... geht mir nicht so gut momentan." Es folgte ein Stoßseufzer und sie wandte sich verschämt ab. Trotz des tragischen Moments konnte Hawelka es nicht verhindern, dass sein Blick kurz ihr leichtes Sommerkleid entlangwanderte. Aber nur kurz! Er hätte ihr gerne die Hand tröstend auf die Schulter gelegt, wagte es aber nicht.

„Willst du ... möchtest du ... darüber reden?", fragte er sanft. Sie schniefte und schüttelte den Kopf. Trotzdem setzte er nach: „Das hilft manchmal ... man soll nicht alles in sich hineinfressen, wenn man ..."

„Das ist lieb von dir, Josef", flüsterte sie mit tränenerstickter Stimme, „aber hier hilft gar nichts mehr." Dann huschte sie hastig aus der Besenkammer. Hawelka stürzte ihr bis zur Tür nach, blieb dort unentschlossen stehen, rief: „Betti ...", ohne die Fliehende dadurch zu stoppen, schloss die Tür schließlich wieder und überlegte. Sein Innenleben war in höchstem Aufruhr. Die Göttliche hatte Kummer! Es war klar, dass ihr in dieser Situation nur ein sanfter, taktvoller Mann mit großem Einfühlungsvermögen helfen konnte. Ein lebenserfahrener Mann, der allen Stürmen wie ein Fels in der Brandung trotzen würde. Ein Mann wie ... wie ... ah ja, Hawelka, zum Beispiel.

Aber auch der erfahrenste und einfühlsamste Mann musste zu diesem Zweck zuerst einmal erfahren, was eigentlich los war. Nun gab es viele Methoden, um das herauszufinden. Unendlich viele sogar, und Hawelka kannte nur wenige. Zufällig aber kannte er die schnellste und sicherste Methode, sich umfassend zu informieren: Auskunftsbüro Berlakovic. Da Bettina Sommers Schreibtisch aber neben Herta Berlakovics stand, musste man diskret vorgehen. Er rief die Berlakovic an.

„Herta, kannst du einmal unauffällig zu mir ins Besenkammerl kommen?“

„Ja.“ Sie hatte verstanden. Das bestätigte die ungewohnt kurze Antwort. Keine zwei Minuten später stand die Nothelferin selbst vor Hawelka.

„Ich hab nicht viel Zeit, du bist heute der achte, der wegen der Betti anruft und wissen will, was los ist. Wenn die Karin einen Nervenzusammenbruch gehabt hätt und kreischend durchs Präsidium gerannt wär, hätt sich keiner erkundigt. Also, es ist, wie die halbe Mannschaft im Haus hofft: Die Betti hat Liebeskummer und heult sich die Augen aus, weil ihr momentaner Freund angeblich was mit einer anderen hat, oder vielleicht auch nicht hat, aber irgendwer hat ihn irgendwo gesehen, und das war irgendwie verdächtig, und daraufhin hat er ihr irgendwas erzählt, und sie hat ihren Freund angerufen, und der war nicht erreichbar, eine ganze Nacht und einen ganzen Tag nicht, und dann hat er endlich abgehoben und wollte nicht darüber reden, und dann hat die Betti ihn am Telefon angeschrien, und dann hat er aufgelegt, und dann hat sie ihn nochmals angerufen und er hat nicht abgehoben, und dann und dann und dann ... Kennst dich aus?“ Wenn jemals ein Auskunftsbüro seinen Namen verdient hatte, dann dieses.

„Tja, hört sich nicht gut an“, sagte Hawelka lahm. „Was meinst du?“

„Was ich meine?“, fragte die Angesprochene spöttisch. „Ich meine, dass du dich beeilen musst, wenn du den Tröster spielen willst. Seit heute in der Früh haben drei Kollegen Blumensträuße geschickt, zwei haben es mit Riesenschachteln Pralinen probiert und einer hat mit Konzertkarten für ihre Lieblingsband gewedelt. Die Einladungen zum Abendessen und zum

‚einmal Ausheulen' hab ich nach Mittag zu zählen aufgehört. Noch Fragen?"

Nein, hatte er nicht. Beim Hinausgehen klopfte ihm die Berlakovic tröstend auf die Schulter. „Mach dir nichts draus, Pepi, du musst morgen eh wieder in die Prärie, da bist du abgelenkt genug." Er nickte, dann ging er nochmals zu Schierhubers Erste-Hilfe-Box mit dem Jägermeister.

Es folgten eine Stunde Papierkram, mehrere Telefonate, davon eines mit seinem Partner, in dem Hawelka seinen Jägermeistermundraub gestand und Schierhuber ihm für den absoluten Notfall ein Zusatzdepot im versperrbaren Aktenschrank verriet. Hawelka wiederum verriet ihm die Meinung des Erzherzogs zum Fall und die Fakten über den Grafen. Sie würden die Nacht in Wien bleiben und zeitig am nächsten Morgen ins Waldviertel fahren, um weiterzumachen. Da sie dort wieder eine Überdosis Wirtshaus bekämen, verzichteten sie auf ihren Routinebesuch beim *Resniczek* und wünschten sich eine gute Nacht. Als Hawelka das Präsidium schließlich verließ, war es später geworden, als er gedacht hatte. Die meisten Büros waren schon verlassen, auch der Parkplatz im Hof hatte sich schon geleert. Als er auf sein Auto zusteuerte, wurde plötzlich eine Wagentüre geöffnet, und gleich darauf hörte er eilige Schritte hinter sich. Er drehte sich um und erstarrte: Bettina Sommer stand vor ihm.

„Entschuldige den Überfall, Josef. Ich ... wie soll ich sagen ... aber du warst so lieb und hast mir angeboten, wenn ich reden will ... also, na ja, hast du Zeit? Ich ... würde dich auch zum Abendessen einladen."

Schießübungen

Am nächsten Abend

Die Luft war zum Schneiden. Die Kartenspieler spielten Karten, die Schmähführer führten Schmäh, der Dorfsäufer soff und die anderen soffen auch. Ein Routineabend.

Hawelka und Schierhuber hatten den Tag damit verbracht, das birnstinglsche Anwesen nochmals gründlich zu durchsuchen, anschließend die Nachbarn abgegrast, und waren dann nach Waidhofen gefahren, um sich am Polizeiposten nach diversen Dorfbewohnern zu erkundigen. Gebracht hatte das Ganze nichts. Die Spurensicherung aus St. Pölten hatte immer noch nichts Neues zu berichten, zu wenig Personal, hieß es, bitte warten. Für das Abendprogramm hatten sie sich schließlich zu einer Mischtaktik entschieden. Schierhuber würde am Stammtisch Platz nehmen und Hawelka die Ochsentour mit dem Gelben auf sich nehmen. Während Jauner vor sich hin redete und Hawelka ab und zu nickte, dachte er an gestern.

Bettina Sommer war in sein Auto gestiegen. In seines! Während der Fahrt hatte Hawelka in Gedanken immer wieder die Liste der Präsente heruntergebetet, die diverse Kavaliere für die Sommer abgegeben oder geschickt hatten. Blumensträuße, Pralinen, Konzertkarten. Und von wie vielen Abendesseneinladungen hatte die Berlakovic gesprochen? Zehn? Zwölf? Alle diese Einladungen hatte Bettina Sommer abgelehnt. Alle. Bis auf seine. Das heißt, zunächst abgelehnt, war aber dann selbst zu ihm gekommen. Zu ihm! Das war Wahnsinn. Natürlich musste das gar nichts heißen ... nicht zwingend zumindest. Aber ... eigentlich doch.

Während der Fahrt zum besten italienischen Restaurant, das Hawelka kannte, hatten sie beide geschwiegen. Ihm war absolut nichts eingefallen, das nicht saublöd geklungen hätte, und sie hatte auch nichts gesagt. „Miteinander schweigen kann ja auch ganz schön sein", hatte er gedacht. Wahrscheinlich schätzte sie gerade das so an ihm. Im Nachhinein konnte er nicht mehr sagen, was genau er sich erwartet hatte. Jedenfalls aber nicht das, was dann gekommen war.

Nach dem dritten Glas Lambrusco war Bettina Sommer aufgetaut. Ihre tagsüber gepflegte Enttäuschung und ihr Schmerz hatten sich in eine sagenhafte Wut verwandelt. Bis zur Sperrstunde des Italieners hatte sie Tiraden über ihre bisherigen Partner losgelassen. Hawelka war mit allen Eigenheiten, allen Fehlern und allen Unzulänglichkeiten ihrer Verflossenen konfrontiert worden und erfuhr bis ins kleinste Detail von deren Gemeinheiten und Verfehlungen. Diese Aufzählung dauerte gute drei Stunden. Als sie das Lokal mit einer benachbarten Bar vertauscht hatten, begann die Sondersendung, die sich mit dem gerade aktuellen Exemplar beschäftigte. Es war eine lange Sendung geworden. Hawelka hatte kaum reden müssen.

Seine Stimmung war im Laufe des Abends umgeschlagen. In der ersten halben Stunde war er noch bereit gewesen, ein Schnellgericht gegen jeden Mann einzusetzen, der es je gewagt hatte, die Sommer zu kränken. Es war klar, dass der Lump in Ketten vorgeführt und zur Einstimmung einmal ausgepeitscht werden musste. Dann hätte Bettina Sommer (in einem leichten Sommerkleid) mit Tränen in den Augen die Anklage verlesen, und ohne jeglichen Kommentar hätte der oberste Scharfrichter (also Hawelka) den Daumen nach unten gedreht. Schierhuber, der Mann mit der schwarzen Kapuze, hätte seinen Bihänder gehoben und dem Verbrecher den Kopf abgeschlagen. Anschließend hätte er sich einen Jägermeister unter die Kapuze geschoben.

Aber, wie erwähnt, war Hawelkas Stimmung gekippt. Sicher, ja, er hatte schon gesagt, sie solle sich einmal aussprechen, das täte ihr gut. Aber irgendwann musste sie doch damit fertig sein! Und nicht mehr von diesen unwichtigen Figuren reden, sondern ein ... wichtigeres Thema anschlagen. An die Zukunft denken! Sie sollten beide an die Zukunft denken. Und darüber reden!

Gegen Morgen, als die Sommer in ihr Taxi stieg, hatte sich der Verdacht, der in den letzten Stunden immer konkretere Formen in Hawelkas Kopf angenommen hatte, bestätigt. Sie hatte nämlich mit schwerer Zunge Folgendes zum Abschied gesagt: „Danke für den Abend, Josef. Danke. Das hat wirklich einmal gutgetan, sich auszureden. Das hab ich echt gebraucht. Danke. Ich hab ja gewusst, dass du mich verstehst, ich hab's echt gewusst. Du bist der Einzige, mit dem man über so was reden kann und der nicht ... Ich meine, heute haben mich, glaub ich, zehn oder zwölf Kollegen einladen wollen. Einmal ausweinen und so, aber das kenn ich schon, das ist sicher lieb gemeint und alles, aber das geht dann immer auch in Richtung ... na ja, kannst dir eh vorstellen. Aber bei dir ist das anders ... das ist ... du verstehst das. Wenn das überhaupt ein Mann verstehen kann, dann du. Echt, Josef: danke!" Und damit war sie ins Taxi gestiegen und davongebraust.

„Ursprünglich waren ja die Birnstingls eine wahre Dorffeuerwehrkommandantendynastie, um hier einen etwas hochtrabenden Ausdruck zu verwenden, wobei die Feuerwehrkommandanten zur Zeit von Birnstingls Urgroßvater noch Feuerwehrhauptmänner hießen.

Eine viel treffendere Bezeichnung, wenn Sie mich fragen, denn alleine der Ausdruck Feuerwehrhauptmann sagt ja schon etwas über die Führungs- und Vorreiterrolle dieses Menschen aus. Sie verstehen?“

Das Geschwafel des Gelben hatte in der letzten halben Stunde die Geräuschkulisse zu Hawelkas Erinnerungen an die letzte Nacht gebildet, gemerkt hatte er sich von dem Sermon nichts, bei der Erwähnung des Namens Birnstingl hatte sich seine Aufmerksamkeit mehr oder weniger automatisch wieder erhöht. Ebenso automatisch nickte er, und der andere fuhr fort.

„Ein Kommandant ist jemand, der Kommandos gibt. So wie ein Maler malt, oder ein Fischer fischt. Aber ist er deshalb auch ein Hauptmann? Die Kommandos kann man auswendig lernen. Das ist Handwerk beziehungsweise Mundwerk, weil er die Kommandos ja viel seltener mit der Hand gibt als mit dem Mund. Aber über die Leit- und Führungsqualitäten eines Menschen sagt das noch gar ...“

„So ist das also. Natürlich! Du bist ein Trottel, Josef Hawelka“, hatte sich der Trottel Josef Hawelka auf dem Heimweg gedacht. Er hätte sich ohrfeigen können. „Das gibt es auf keinem Schiff!“, wie er lautstark eine beliebte Floskel aus seiner Jugend gebrauchte, um sich beim Zuknallen seiner Wohnungstür Luft zu machen. Er ärgerte sich über seine Naivität.

„Hauptmann wird man nicht, nein, man ist dazu geboren. Das behaupte ich ganz entschieden. Das hat auch nichts mit Biologismus zu tun, das hat auch nichts mit Kismet zu tun, das ist ein Gesetz der Natur, dass sich von der Anlage her ...“

Er hatte sich vor den Spiegel gestellt und sich beschimpft. Im Laufe der Nacht hatte er natürlich auch einiges an Alkohol zu sich genommen, daher neigte er jetzt zu starken Emotionen und großen Gesten. „Du Trottel, Josef Hawelka“, war er der Einfachheit halber bei der bereits eingeführten Bezeichnung geblieben. „Du Trottel, Josef Hawelka. Deine Kennzahlen sind: dreiundfünfzig, hundertsiebzig, fünfundneunzig und schiach. Und du glaubst wirklich ... Haha ... Nein, du hast wirklich geglaubt, dass die Betti ...“ Er hatte es nicht der Mühe wert gefunden, weiterzureden. Die von ihm verwendeten Kennzahlen bedeuteten Alter, Größe und Gewicht. Schiach war keine Zahl im eigentlichen Sinn. „Du Trottel, Josef Hawelka“, hatte er wiederum gesagt, um die Schuld jemand anderem zuschieben zu können. Die Selbsterkenntnis kam erst, als er im Bett lag. Da sagte er dann schon „Ich Trottel“.

„Die Feuerwehr hat ja in einem Dorf viel mehr Bedeutung als in der Stadt. Obwohl es in der Stadt häufiger brennt. Aber bei der Stadtbevölkerung wird die Feuerwehr kaum wahrgenommen. Hier am Land hingegen ...“ Plötzlich glaubte Hawelka, das Geschwafel keine Minute länger ertragen zu können. Er musste weg, bevor er Jauner das Krügelglas auf den Kopf schlug, um ihn endlich zum Schweigen zu bringen. Die Gespräche am Stammtisch waren zwar auch nicht aufschlussreicher für den Fall, würden ihn aber besser von seiner Bettina-Sommer-Tragödie ablenken. Er stand auf, murmelte etwas von einem wichtigen Gespräch mit seinem Partner und wechselte an den Stammtisch, wo Schierhuber schon bestens eingeführt war.

Hawelka sah mit Schrecken, dass sein Partner eine großkalibrige Pistole neben sich auf die Bank gelegt hatte, um sie von Zeit zu Zeit aufzunehmen, von einer Hand in die andere fallen zu lassen und dann gemütlich wieder hinzulegen. „Entspannung!“, sagte er laut zu Hawelka, als er dessen Blick bemerkt hatte. „Wissen eh alle, dass ein Polizeiorgan eine Waffe dabeihat. Und im Schulterhalfter drückt sie mich so." Wie aufs Stichwort erstarb das lautstarke Gespräch am Stammtisch. Dann ging es Schlag auf Schlag. Zwei Minuten später hatten sie Schierhuber bei einer Extrarunde Schnaps aufs Haus überredet, seine Magnum herzuzeigen. Drei Minuten später hatten sie Schierhuber bei einer Extrarunde Schnaps aufs Haus überredet, die Magnum herumzureichen. Vier Minuten später ...

Das Ganze erinnerte Hawelka an einen Pausenhof, wenn einer der Jungs ein neues Taschenmesser herzeigt. Acht Minuten später brachen sie alle auf, um ein Wettschießen abzuhalten. Der Wirt, der Feuerwehrkommandant, Klausner, Wagner, Döller, zwei schweigsame Brüder, deren Namen Hawelka nicht wusste, alle waren sie wie ungeduldige Kinder vom Stammtisch aufgesprungen und hatten Hawelka und Schierhuber (samt der Magnum) mitgezogen. Schierhuber holte noch Munition aus seinem Wagen, und der Wirt hatte großzügig eine Dopplerflasche Schnaps mitgenommen, die schon während des kurzen Marsches durchgereicht wurde.

„Zielwasser!", bemerkte Klausner.

„Brrr. Der brennt zweimal, einmal beim Saufen und einmal beim Brunzen. Wo hast du denn den her?", fragte Döller den Wirten. „Aus einem Flugzeugtank?" Sie lachten. „Nein", antwortete der Wirt, „den hab ich noch vom alten Bosner. Doppelt gebrannter Sliwowitz." „Schmecken tut er, wie fünfmal gebrannt", bemerkte Wagner. Sie hatten das Ende der engen Kellerröhre erreicht, wo eine größere Nische aus der Erde gegraben worden war. Jetzt packten die Männer beherzt an. Alte Fässer wurden in Position gebracht, Kerzen und leere Flaschen daraufgestellt. Plakate, die sie geistesgegenwärtig vom Aushang des Wirtshauses mitgenommen hatten, wurden mit Scherben an die feuchten Wände gespießt, dann begann Schierhuber, der als Besitzer der Waffe natürlich das Recht auf den ersten Schuss hatte. Er setzte sich kleine Gel-Ohrenstöpsel ein und deutete auf eine Flasche im Eck. Hawelka zerriss geistesgegenwärtig ein Papiertaschentuch und stopfte es sich rasch in die Ohren, zusätzlich hielt er die Hände darüber. Die Stammtischbrüder hingegen taten derlei als weibisch ab und machten keine Anstalten, sich zu schützen. Das bekam ihnen nicht gut.

Zwar hatten sie schon öfters im Keller kleine Wettschießen abgehalten, aber der Colt Magnum, im Zusammenspiel mit Schierhubers Spezialmunition, leistete eine völlig neue Qualität der Geräuschentwicklung. Die Lautstärke war in etwa mit der einer kleineren Schiffskanone vergleichbar, der Klang ein wenig heller.

Die vereinigte Stammtischbruderschaft von Vestenötting schrie kollektiv auf und hielt sich ebenso kollektiv reflexartig die schmerzenden Ohren zu. „Jetzt ist es zu spät“, konnte sich Hawelka nicht verkneifen, ein wenig boshaft zu sein. Sein Partner sah gleichmütig drein und gab die Waffe an den Nächsten weiter. Die anvisierte Flasche stand unbeeindruckt in ihrem Eck. Schierhuber hatte sie tatsächlich verfehlt. Aus fünf, sechs Metern Entfernung! Aus purer Höflichkeit dem Gast und Waffenbesitzer gegenüber wurde nur wenig gelacht und die Schmähworte hielten sich in Grenzen. Außerdem wurden sie durch die sofort tröstend gereichte Flasche Zielwasser zusätzlich entschärft. Hawelka vermied ein Grinsen. „Sepp, du alter Fuchs“, dachte er und konnte nicht umhin, den Zwettler zu bewundern. „So spielst du das also! Ich hab dich vollkommen unterschätzt. Ich hab dir unrecht getan, hab mir gedacht, du kannst es nicht erwarten, den Wilhelm Tell auszupacken, dabei spielst du es so. Bravo, Sepp. " Der nächste Schütze war der Wirt. Irgendwie klar. Hausrecht, sozusagen. Schließlich war er der Kellerbesitzer.

Er zielte lange. Alle hielten sich brav die Ohren zu. Es krachte. Knapp daneben.

Dann ging es Schlag auf Schlag und Schuss um Schuss, der Feuerwehrhäuptling traf, Döller traf, Wagner schoss vorbei, Klausner traf, Hawelka traf, der eine Schweigebruder traf, der andere nicht. Dann ging das Zielwasser reihum und der eigentliche Wettbewerb wurde ausverhandelt. Auf einem der Plakate aus dem Wirtshaus war eine Schlagersängerin, die demnächst in Waidhofen auftreten sollte, abgebildet. Sie stand in einem glitzernden Hosenanzug auf der Bühne. Das Plakat wurde sogleich in Sektoren unterteilt, die unterschiedliche Punkte brachten. Die Punkte würden addiert werden. Sieger sollte sein, wer zuerst tausend Punkte erreichte. Dies war theoretisch schon mit einem Schuss möglich. Man musste nur eine bestimmte Stelle treffen.

Es war nicht die Stirn.

Gerade, als sie loslegen wollten, dröhnte eine bekannte Stimme durch den Keller: „Ja, das gibt's doch nicht. Ihr schießt's wie die Wilden, ohne den Wilden?" Dann ein lautes Lachen, das durch die allgemeinen Vertäubungen allerdings nur leise zu vernehmen war. Der Graf war soeben zu ihnen gestoßen.

„Der Serviertraktor hat mir verraten, wo ich euch finde", sagte er und nahm einen Schluck aus seiner persönlichen Zielwasserflasche, die einige Preisklassen über der anderen angesiedelt war. Er reichte sie an Schierhuber weiter und kassierte dafür die Magnum, die er mit Kennerlächeln in der Hand wog. Dann begannen sie mit dem Wettkampf.

Wieder bewunderte Hawelka seinen Partner. Den musste es einige Überwindung kosten, gerade so mittelmäßig zu schießen, dass er sich nicht blamierte, aber auch nicht im Spitzenfeld mitmischte. Dieses bildeten unangefochten der Wirt, der Feuerwehrkommandant und der Graf. Nach einer knappen Viertelstunde war das Plakat komplett durchlöchert, die Luft mit Pulverschmauch gesättigt und der Graf mit knappem Abstand Sieger. Schierhubers Munitionsvorrat war deutlich geschrumpft. Die Unterlegenen forderten lautstark Revanche.

„Wenn's um nichts geht, ist es fad", meinte der Graf.

„Kiste Bier", schlug Klausner vor. Der Graf winkte abfällig. „Für eine Kiste Bier lade ich normalerweise gar nicht", erklärte er dann großspurig, „ein Fassl muss es schon sein."

Vorschlag angenommen. Neue Runde Zielwasser. Neues Plakat. Frau stand leider keine mehr zur Verfügung, also blieb nur das Ganzkörperwahlplakat eines lokalen Politikers. Die Tausendpunktezone blieb dieselbe. Nur die Bedeutung änderte sich.

Wieder sah Hawelka, wie sich Schierhuber regelrecht zwingen musste, mittelmäßig zu schießen. Er selbst brauchte sich nicht anzustrengen, um auf den hinteren Plätzen zu landen. Nach gut zehn Minuten konnte sich der Graf über ein Fass Bier freuen, das ihm der Rest der Bande finanzieren musste.

„Seid's nicht traurig, dürft's eh mitsaufen!", schrie er vergnügt und schlug dem Wirt auf die Schulter, dass dieser taumelte. Da die wenigen verbliebenen Schuss einen neuerlichen Wettkampf unmöglich machten, vereinbarte man eine Fortsetzung am nächsten Abend, nachdem Klausner in Waidhofen einen ordentlichen Munitionssvorrat besorgt hätte.

„Dann zeig ich euch, wo Gott wohnt“, dröhnte der Graf in froher Erwartung. Sie traten den Rückzug an. Aber ganz konnte es sich Schierhuber doch nicht verkneifen, seine Klasse zu zeigen.

„Die müssen uns ja auch ein bisserl ernst nehmen“, wie er sich später Hawelka gegenüber rechtfertigte. Als sie nämlich einige Schritte gegangen waren, hatte er sich plötzlich umgedreht und aus der Bewegung nochmals auf das Plakat gefeuert. Tausend Punkte.

Schloss

In derselben Nacht

Keine zwei Stunden später hatte der Graf die beiden Polizisten gekidnappt und auf sein Schloss verschleppt.

Die Entführung war recht einfach verlaufen, nach dem Schießen hatte man oben im Wirtshaus tapfer weitergezecht, und irgendwann hatte der Graf Schierhuber etwas ins Ohr gesagt, der wiederum hatte Hawelka zugezwinkert, und der wiederum hatte den Kopf geschüttelt, weil es trotz Gehörschutz in seinen Ohren summte, weil er todmüde war, und weil er zu viel gegessen hatte. Getrunken hatte er sowieso zu viel. Aber Schierhuber hatte nicht lockergelassen, sich zu Hawelka gebeugt und ihm ins vertäubte Ohr geschrien: „Vielleicht erfahren wir was!“ Das war natürlich ein Argument, auch wenn Hawelka den Verdacht hatte, dass es Schierhuber nicht vorwiegend darum ging. Denn von sich aus hätte der Graf ja wohl kaum in Aussicht gestellt, ein Geständnis abzulegen, falls sie mitkämen. Hawelka bestellte also bei der ebenfalls völlig übermüdeten Kellnerin einen doppelten Mokka, stürzte ihn hinunter und hoffte, dass der ihn wenigstens noch eine Stunde wachhalten würde. Dann verabschiedeten sie sich von ihren neuen besten Freunden und folgten dem Grafen aufs Schloss.

„Es war tatsächlich einmal ein Schloss. Na ja, Schloss – sagen wir lieber Schlössel – groß ist es ja nicht, aber eine Sparkasse, kann ich euch sagen, da hätte der Stronach seine Freude. Da steckst du hunderttausend in das Dach, und dann merkst du erst, dass die Feuchtigkeit von unten kommt. Dann holst du dir eine Truppe aus Polen, weil die Tschechen schon zu teuer sind –

die haben ja Preise, da kannst du gleich eine Gmünder Firma beauftragen, also holst du dir die Polentruppe, die dir die Grundmauern freilegt und durchschneidet und Blech durchschießt, und dann kommt so ein Arschloch von Nachbar auf die Idee und ruft die Baupolizei an. Die schicken die Polen heim, und ich muss eine Gmünder Firma nehmen, mit Anmeldung und Versicherung und Steuer und was weiß ich was noch alles. Dreihunderttausend, für das bisschen Blech im Keller! Da war ja der Kaufpreis niedriger."

„Was?", fragte Hawelka. „Das ganze Schloss hat keine dreihunderttausend gekostet? Da ist ja ein Einfamilienhaus teurer ..." Schierhuber schüttelte den Kopf und antwortete für den Grafen: „Das kommt auf den Zustand an, manchmal sind schon zehntausend für ein Schloss zu viel, wenn du nämlich vom Denkmalamt die Auflage hast, die Bude wieder herzurichten. Das kann in die Millionen gehen. Ich hab einmal dem Schwager geholfen ..."

„Dein Schwager hat ein Schloss gekauft?"

„Nein, hergerichtet. Er hat eine Pfuscherpartie gehabt, und wenn ihm einer ausgefallen ist, bin ich mit."

„Da hast du recht. Das kann in die Millionen gehen. Mit der Technik und der Einrichtung und den neuen Fenstern ... Dann vergesst's nicht die Sanitärgeschichten. Rohre neu, Abwasser neu und der ganze Zirkus. Ich hab bis jetzt über eineinhalb reingesteckt, und es gäb immer noch genug zu tun", sagte der Graf, der sie in eine Art Jagdstube geführt hatte und ihnen sofort den gut gefüllten Barschrank zeigte.

„Aber", fuhr er fort, „ich hab noch ein bisschen was auf der hohen Kante. Und man gönnt sich ja sonst nichts." Er lachte. „Ihr wisst ja sicher schon, wie ich früher mein Geld verdient hab, oder?" Sie nickten. Er nickte auch. Unbekümmert. „Das ist ja klar, sonst wärt ihr ja euren Gehaltszettel nicht wert. Na ja. Die Zuhälterei ist schon so lange her, dass ich gar nicht mehr weiß, wie es geht. Und das ist kein Honiglecken, Jungs, und das meine ich nicht für die Weiber. Die machen einfach die Beine breit und die Sache hat sich. Aber damit die da stehen kann, wo sie steht, da muss ich meinen Kopf hinhalten, da muss ich die Konkurrenz einseifen, aber so, dass es verstanden wird. Da riskierst du öfter als einmal dein Leben. Da ist die Filmerei schon viel entspannter. Wir waren bei den Ersten dabei. Goldgräberstimmung. Aber bevor jetzt Neid aufkommt ... Irgendwann kannst du keine Frau mehr sehen. Ja! Ehrlich! Ich schau mir keine Frau mehr an! Nein, jetzt nichts Falsches denken, ich will mir auch keinen Mann anschauen, so bin ich nicht. Aber Frau auch nicht. Das interessiert mich nicht, da schlaf ich stehend freihändig ein, wenn sich eine auszieht. Da geh ich lieber auf die Jagd, oder ins Casino, oder ich les ein gutes Buch, vom Konsalik. Aber das mit dem Sex, das hab ich gehabt, blond, braun, dick, dünn, oben, unten, vorne, hinten, mir ist das ganz wurscht. Wenn eine anfängt, ihre Bluse aufzuknöpfen, fang ich an zu gähnen."

„Er redet sich seine Impotenz schön", dachte Hawelka. Laut aber fragte er: „Wissen die Leute im Dorf eigentlich von deiner Vergangenheit?"

„Aber klar. Das hab ich am ersten Abend im Wirtshaus erzählt. Glaubt ihr, so was lässt sich lang geheim halten? Blödsinn! Da muss man offensiv damit umgehen. So. Drei Tage reden sie, dann beschäftigt sie wieder was anderes. Sicher, manche glauben, dass ich immer noch heimlich im Schloss Pornos drehe. Jedes Mal, wenn ich Gäste hab, schleichen sie ums Schloss herum und hoffen, dass sie was sehen. Ich mach mir dann oft den Spaß und bitte die Frauen oder die Töchter meiner Bekannten, doch einmal rüber ins Wirtshaus zu gehen und sich dort zum Beispiel Zigaretten zu holen. Die Stammtischbrüder glauben dann natürlich, das ist eine der Darstellerinnen. Das beflügelt die Fantasie, sag ich euch. Na ja, im Prinzip sind sie ja liebenswert hier. Wie ich angekommen bin, haben sie mich ‚Graf von Opel' genannt, weil ich einen Opel gefahren bin ... in ihren Augen kein Fahrzeug für einen Grafen, und auch nicht für einen Pornomacher. Ich hab mir dann einen Land Rover gekauft, das ist standesgemäßer. Sie sagen Graf zu mir, natürlich spöttisch, das weiß ich. Aber in Wirklichkeit wollen sie einen Grafen und brauchen sie einen Grafen. Nur wenn es wo einen Grafen gibt, kann auch jemand der Freund, der Wirt, der Holzlieferant oder der Maurer vom Grafen sein. Das ist schon was. Sonst bist du nämlich der Freund, der Wirt oder der Lieferant vom Maier, oder Müller. Das ist lange nicht so aufregend. Oder?"

„Ein philosophierender Ex-Pornoproduzent", dachte Hawelka, „was für tiefschürfende Erkenntnisse wird der noch für uns parat haben? Dass er Birnstingl umgebracht hat, aber nur, um die Unsterblichkeit der Seele zu beweisen?" Aber der Graf war schon auf den eigentlichen Grund der Einladung zurückgekommen, vielmehr auf das Lockmittel, mit dem er Schierhuber vorhin geködert hatte. Er griff in einen Wandschrank und zog hinter einer dort eingebauten Klappe eine alte amerikanische Maschinenpistole hervor. Stolz, wie ein Kind seine erste Zeichnung präsentiert, zeigte er sie Schierhuber. Der pfiff durch die Zähne. „Ganz was Feines!"

„Die Munition ist verdammt schwer zu kriegen. In den Sechzigern haben sie aufgehört, die Dinger zu bauen, aber ich hab Kontakte ..." Er lachte stolz. Dann zwinkerte er ihnen zu, und obwohl sie alleine in dem großen Zimmer waren, senkte er die Stimme zu einem vertraulichen Flüstern: „Das ist nicht mein einziges schönes Stück. Aber das bleibt unter uns, ich hab nicht die Lust, alle Dorftrottel mit meiner Sammlung schießen zu lassen. Aber mit euch ist das was anderes. Ich hab auch einen Keller …“

Während er mit Schierhuber in weitschweifige Fachsimpeleien versank und dabei großzügig Whiskey einschenkte, dachte Hawelka nach. Warum hatte sie der Graf tatsächlich mitgenommen? Um mit seiner Sammlung anzugeben? Nein. Oder doch, ja. Schon auch. Vielleicht auch, weil er in Schierhuber eine verwandte Seele gefunden hatte. Beide schießwütige Waffennarren. Eigentlich. Der Sepp sympathisch, der Graf … eigentlich auch nicht wirklich unsympathisch. Sicher, seine Einstellung zu Frauen war … na ja. „Er weiß natürlich, dass wir ihm gewaltige Schwierigkeiten machen könnten wegen der illegalen Waffen. Aber er vertraut uns. Oder testet er uns?“, überlegte Hawelka. Vielleicht war das alles nur ein Manöver, um zu zeigen, wie sehr er ihnen vertraute und wie offen er ihnen gegenüber war. Und warum? Weil er der Mörder war? Nein. Der Kerl war doch nicht blöd, das konnte er doch nicht wirklich annehmen, dass sie ihn nicht beim geringsten Verdacht … na ja, vielleicht nicht beim geringsten Verdacht, sondern bei der Spur eines Beweises …“

„Hawelka? Josef? Pepi? Wie soll ich sagen?“, fragte der Graf jetzt, der seine Gastgeberpflichten nicht vernachlässigen wollte und sich ihm zuwandte.

„Wie du willst“, antwortete Hawelka.

„Ob du mit dem vom Kaffeehaus verwandt bist, wirst du wahrscheinlich auch schon tausendmal gefragt worden sein.“

„Ja und nein", antwortete Hawelka.

„Was?"

„Ja, ich bin schon tausendmal gefragt worden, und nein, ich bin nicht verwandt. Ich komm aus Horn."

„Horn ... sehr schön. Und du bist auch kein typischer Wiener, Sepp."

„Zwettl."

„Passt! Ich hab einmal einen Schierhuber gekannt, der war auch aus Zwettl. Supertyp. Wir haben in Deutschland eine Blashütte gemanagt. Gute alte Zeit." Er setzte sich und spielte mit einem Colt, den er Schierhuber zuvor gezeigt hatte.

„Wisst's ihr, seit ich Produzent geworden bin, ist mir die Polizei wurscht, nur die Finanz geht mir auf den Arsch. Ehrlich, ich hab Verständnis für euch. Ihr macht's nur eure Arbeit. Manches find ich übertrieben, aber das gehört scheinbar dazu. Den Birnstingl hab ich nicht zersägt, und mir ist auch wurscht, wer es war. Vielleicht würd ich es euch sagen, weil der Sepp und ich, wir verstehen uns. Vielleicht würd ich es aber auch nicht sagen. Aber eines sag ich euch ... Ihr glaubt's vielleicht, ich hab kein Herz, wegen meinem Vorleben, oder was. Aber das stimmt nicht. Zum Beispiel hab ich mir schon oft vorgestellt, wenn ich euren Job mach ... und da geht es um Kindesmissbrauch, oder so ... Vergewaltigung von so einem kleinen Mäderl ... Ich tät die Sau abknallen, wenn ich sie überführt hätt. Einfach so. Da wär ich natürlich auch bald im Häfen, aber ein paar von denen tät ich erwischen. Ihr habt's ja die Daten und die Akten und so, ihr wisst's ja, wo die ... also ich tät schießen. Dann wäre ein Schuss wirklich ein Schuss, und zwar einer, den die Sau – ihr verzeiht's den Ausdruck – den die Drecksau – ihr verzeiht's schon wieder – den diese kranke, perverse Drecksau herbeisehnen würde wie sonst nie etwas im Leben, denn vorher tät ich die Sau kastrieren, aber bei lebendigem Leibe und mit einem stumpfen Messer.“

Hawelka beobachtete aus dem Augenwinkel Schierhuber, der sich bereits zum dritten Mal aus der kristallenen Whiskeykaraffe nachschenkte. Ihm selbst war schlecht und er wünschte sich weit weg.

„Wirklich ein Guter“, lobte Schierhuber den Whiskey, „so was Feines.“ Er lächelte den Grafen leutselig an. „Ich würd auch schießen“, sagte er dann gelassen.

„Was?“ Hawelka glaubte, sich verhört zu haben.

„Wenn ich die Sau nicht anders kriegen könnt, zum Beispiel weil ich zu wenig Beweise hab, um ihn anklagen zu können, dann kann man halt nichts machen, dann muss man seinem Gewissen gehorchen.“

Täuschte sich Hawelka, oder war der Graf blass geworden, als Schierhuber das gesagt hatte?

„Die ganzen Morde, so wie der da, und andere Geschichten, das ist eine Sache – aber so was, was du da schilderst ... Kinder! Das ist eine andere Sache, das geht nicht, so einer gehört weg. Da hilft nichts, Herr Graf.“ Schierhuber hatte ganz leidenschaftslos geredet, aber der Graf starrte ihn an wie ein Kaninchen die Schlange.

Eine Viertelstunde später hatte es Hawelka mit allerlei psychologischen Tricks, gekonnter Schauspielerei, diversen Unhöflichkeiten und einem vorgetäuschten Schwächeanfall endlich geschafft, Schierhuber zum Aufbruch zu bewegen. Zu diesem Zeitpunkt war es halb vier in der Früh. Sie hatten noch sämtliche bewohnbaren Räume des Schlosses bewundern müssen, hatten erfahren, dass das Gebäude Anfang des 20. Jahrhunderts lichterloh gebrannt hatte, dass tapfere Männer aus dem Dorf eine junge Frau samt Kind in letzter Sekunde aus den lodernden Flammen gerettet hatten, dass ...

Zu diesem Zeitpunkt der Erzählung des Grafen musste Hawelka tatsächlich kurz eingenickt sein, denn plötzlich sah er diese Szene ganz deutlich vor sich. Das brennende Schloss, und am Fenster des Turmgemaches die verzweifelte junge Frau mit dem Baby im Arm – eindeutig Bettina Sommer. Hawelka stürzte auf den Eingang des Schlosses zu, aus dem eben Schierhuber in einer viel zu engen Uniform trat. Er sah aus wie der fleischgewordene Wachtmeister Dimpflmoser aus dem *Räuber Hotzenplotz*. Das wurde Hawelka aber erst hinterher klar. Schierhuber schüttelte den Kopf und sagte: „Das Stiegenhaus brennt, da kommt niemand durch." Hawelka antwortete nicht, jede Sekunde zählte, er wollte sich an Schierhuber vorbeidrängen, aber der hielt ihn fest, schrie: „Josef, das ist Wahnsinn!", doch Hawelka rammte seinem Partner den Ellbogen in den Magen und befreite sich aus der Umklammerung. Inzwischen hatte sich eine Menschenmenge vor dem Schloss versammelt, die den Atem anhielt. Hawelka hielt ebenfalls den Atem an, rannte das brennende Stiegenhaus hinauf, lief durch endlose Gänge, trat die Tür zum Turmgemach ein, packte Bettina Sommer samt Kind, jagte zurück durch die Gänge, stürzte das Treppenhaus hinunter und holte im Hofe des Schlosses erst wieder Luft, als die Leute aus der Menge sich schon weinend vor Erleichterung in den Armen lagen. „Oh, Josef", hauchte die rußgeschwärzte Bettina Sommer. Ein gutaussehender Prinz teilte die Menge, nahm der Sommer das Kind ab, reichte es der Amme, umarmte die Sommer zärtlich und sagte zu Hawelka: „Hab Dank, du guter Knecht. Du hast mir Weib und Kind gerettet, dafür will ich dich fürstlich belohnen. Du und deine

Nachfahren, ihr sollt ...“ So hatte sich das Hawelka eigentlich nicht vorgestellt.

„Jedenfalls hat er irgendein Testament verfasst, das den Retter damals reich machen sollte, wenn er und seine Familie ...“ Das war wieder der Graf. Hawelka schrak hoch. Er musste ins Bett. Er wünschte eine gute Nacht und floh. Schierhuber lachte gutmütig, schlug dem Grafen auf die Schulter und folgte Hawelka, wobei er einen flotten Marsch pfiff. „Gut, dass wir quasi beim Nachbarn wohnen“, dachte Hawelka. Als er dann im Zimmer ans Fenster trat, um es zu schließen, bemerkte er unten eine Gestalt, die sich aus dem Schatten der Schlossmauer löste und rasch davonging.

Katzen

Einen Tag später

Am nächsten Morgen hatte Hawelka Kopfweh und Schierhuber Hunger. Er verdrückte ein, wie er es nannte, „englisches Frühstück“, ungeachtet der Tatsache, dass ein solches im Wirtshaus gar nicht angeboten wurde. Dennoch briet man ihm Würstchen mit Speck, grillte Paradeiser und Erdäpfel, dazu Blutwurstscheiben und natürlich Spiegeleier. Hawelka wurde vom Zuschauen übel. Er dachte an die letzte Nacht. Bei dem ganzen Sermon, den der Graf von sich gegeben hatte, war er auf den Streit mit Birnstingl nicht näher eingegangen.

„Und wir Trottel haben auch nicht nachgefragt“, überlegte Hawelka. Er war eindeutig zu müde gewesen und Schierhuber wohl zu fasziniert vom Whiskey und den Waffen. „Wenn der Graf Birnstingl das Schloss um weniger als dreihunderttausend abgeluchst hat, dann doch nur mit irgendeiner linken Geschichte. Birnstingl hat sich über den Tisch ziehen lassen, später deswegen prozessiert, und der Graf hat ihn beseitigt“, dachte er. „So einfach ist das. “ Aber ganz so einfach war es wohl doch nicht. Erstens war Birnstingl alles andere als vermögend gewesen und dreihunderttausend waren dreihunderttausend. Das Auskunftsbüro musste herausfinden, was mit dem Geld geschehen war. Außerdem hatte ja wohl eher Birnstingl einen Grund, den Grafen zu erledigen, der sich wahrscheinlich die besseren Anwälte leisten konnte. Und noch dazu ...

„... noch dazu musst du froh sein, wenn dir einer überhaupt so viel gibt für eine feuchte Bude, mit kaputtem Dach und Auflagen vom Denkmalamt“, führte der ausgewiesene Experte für Renovierungsfälle, Josef

Schierhuber, schmatzend aus. „Weil jeder, der rechnen kann, addiert natürlich den reinen Kaufpreis und die Kosten für die Instandsetzung. Und dann kommen eben eineinhalb Mille raus – da ist das Schnäppchen dann schon nicht mehr ganz so toll." Er orderte eine weitere Kanne Kaffee. Hawelka musste ihm recht geben. Birnstingl selbst hätte sich eine Renovierung bestimmt nicht leisten können. Sein Hof war klein, ebenfalls renovierungsbedürftig, und sein sonstiges Vermögen wurde seit gestern vom Auskunftsbüro durchleuchtet. Bei der Hartnäckigkeit der Berlakovic bekämen sie die Daten sicher noch heute. Bis dahin mussten sie nochmals die Ochsentour von Tür zu Tür machen und nachbohren.

„Wir machen Zwischenbilanz, Sepp", sagte Hawelka entschlossen.

„Ja."

„Also, wir haben ein Dorf mit einem verhaltensoriginellen Grafen, der keiner ist, wir haben einen Stammtisch voller lustiger Leute, die gerne schießen, wir haben einen Dampfplauderer und wir haben einen Toten. Was meinst du?"

„Schwierig."

„Stimmt."

„Ja."

Da Schierhuber nichts mehr sagte, fuhr Hawelka mit der Analyse fort: „Also, ein Eifersuchtsdrama scheidet aus, kann man sagen. Zumindest finden sich keine Hinweise in diese Richtung. Ich glaube am ehesten, dass der Graf dahintersteckt. Vielleicht war doch etwas mit diesem Schlossverkauf nicht ganz koscher."

„Vielleicht."

„Irgendwer im Dorf wird die Hintergründe kennen, wir müssen nur herausfinden, wer. Und dann müssen wir feststellen, wie wir denjenigen dazu bringen, uns das zu sagen."

„Ja."

„Nicht leicht."

„Nein."

Sie sahen auf die Liste. Mit Tersch hatten sie abseits des Wirtshauses noch nicht gesprochen. Er war Schichtarbeiter in einer Fabrik, heute Vormittag angeblich zu Hause. Sie machten sich zum Aufbruch fertig.

„Zum Katzelmacher geht's?", fragte der Wirt grinsend.

„Katzelmacher?"

Hawelka erinnerte sich an seine Jugend, da war „Katzelmacher" ein negativ besetzter Spitzname für Italiener gewesen, wegen deren kinderreichen Familien. Hatte Tersch so viele Kinder? Hatte er überhaupt Familie?

„Na, ihr müsst's doch die zehn Millionen Katzenviecher auf seinem Hof gesehen haben, wie ihr beim Birnstingl wart's, ist ja fast daneben." Der Wirt miaute zum besseren Verständnis theatralisch. „Die Hoferin behauptet ja, dass er sie selber macht, die Katzen." Er miaute wieder und lachte über seine gelungene Vorstellung. „Der Birnstingl hat eine Räumungsklage gegen ihn erwirken wollen. Als nächster Nachbar hat er ja das meiste von dem Gestank und dem Katzengeschrei abgekriegt."

Das war interessant. Schön langsam zeigten sich doch einige Risse in der bisher so glatten Mauer des Zusammenhalts im Dorf.

„Und warum hat er wirklich so viele Katzen?", fragte Schierhuber.

„Fehlende Familienplanung wahrscheinlich", antwortete der Wirt. Sie sahen ihn fragend an. „Na, wenn du die Katzen nicht kastrierst, dann werfen sie. Bis zu zwanzig Junge kriegt eine, manche sogar mehr. Eh nicht auf einmal, sondern nach und nach. Na, und wenn du die nicht gegen die Wand schmeißt oder in einem Erdäpfelsack schwimmen schickst, werden die größer und werfen selber. Wieder bis zu zwanzig Junge. Könnt's euch ausrechnen, was da von einem einzigen Paar in zehn Jahren rauskommt. Der Tersch will sie nicht kastrieren lassen, und zum Umbringen hat er ein zu gutes Herz, sagt er."

Tatsächlich ein Familienplanungsproblem. Sie schwiegen. In der Gedankenpause versuchte Hawelka auszurechen, wie viele Katzen in zehn Jahren ... Er dachte an das Schachbrett mit dem Reiskorn. Ein Reiskorn auf dem ersten Feld. Am nächsten doppelt so viele, also zwei. Noch nicht besonders aufregend. Aber am nächsten wieder doppelt so viele und am nächsten wieder und so weiter. Bereits nach sechzehn Feldern sind es über dreißigtausend. Reiskörner, nicht Katzen. Ganz so arg würde es bei Terschs Viechern nicht sein, aber ein Motiv für einen deftigen Nachbarschaftsstreit gab das allemal.

Sie zogen los und unterwegs rief Hawelka im Präsidium an. Da sie in Niederösterreich dienstzugeteilt waren, hätte er eigentlich die Innendienstunterstützung in St. Pölten anfordern müssen, aber an Effizienz war eine ganz bestimmte Frau nicht zu schlagen.

„Auskunftsbüro Berlakovic, die Herta is!"

„Ich bin's, der Josef. Kannst du ein paar Sachen für uns prüfen?"

„Ja, natürlich, meine Buben, für euch mach ich das doch ohne Widerrede. Vor allem, nachdem du die Betti so lieb getröstet hast. Die hat den ganzen Tag von dir geschwärmt. Wie gut du zuhören kannst und wie einfühlsam du bist und so weiter. Echt lieb von dir."

„Äh ... ja. Wie geht's ihr denn, der Betti?"

„Haben sich schon wieder versöhnt, die zwei. Heute Nacht. Kannst dir vorstellen, wie. Jetzt schnurrt sie wieder wie ein Katzerl. Na ja, weißt eh, wie das in dem Alter ist."

Hawelka fasste es nicht. Bei ihrer nächtlichen Anklagerede gegen alle Männer (im Allgemeinen) und ihren Ex (im Besonderen) hatte die Sommer ungefragt tausend Eide geschworen, nie, nie, nie wieder auf so ein Arschloch hereinzufallen, und keine sechzehn Stunden später hatte sie ...

„Also, was darf ich, was soll ich, was kann ich?", fragte die Berlakovic munter. Hawelka riss sich zusammen und bat sie um eine Übersicht der Vermögensverhältnisse von Birnstingl und den Ablauf des damaligen Verkaufes vom Schloss.

„Interessant ist vor allem, wieso er überhaupt der Besitzer von dem Schloss war. Soweit ich weiß, waren das doch Bauern, wie sind die an das Schloss gekommen? Und was hat er dann mit dem Geld gemacht? Das müssen knapp dreihunderttausend gewesen sein. In seinen heruntergekommenen Hof hat er die Kohle jedenfalls nicht gesteckt."

„Wir werden im Unterausschuss darüber diskutieren und zu gegebener Zeit einen mehrheitsfähigen Vorschlag präsentieren." Die Berlakovic war bestens gelaunt. Unter diesen Voraussetzungen dürfte sie in wenigen Stunden die Informationen zusammengetragen haben. Ihre gute Laune wirkte ansteckend und lenkte Hawelka von seiner Wut über die Sommer ab.

„Aber ein bisschen plötzlich, wenn ich bitten darf!", bellte er ins Telefon und versuchte, die scheppernde Erzherzogstimme nachzumachen.

„Du mich auch, Schnucki!“, schrie sie zurück und legte auf. Er grinste Schierhuber an. „Die Herta ist in Höchstform. Bald wissen wir mehr.“ Der Zwettler nickte und deutete auf einen Lieferwagen mit der Werbeaufschrift einer Katzenfutterfirma, der gerade von Terschs Auffahrt auf die Straße einbog. Sie sahen sich an und schüttelten gleichzeitig den Kopf. Der Typ musste ein Vermögen für Katzenfutter ausgeben, wenn er sogar Hauszustellungen direkt vom Erzeuger bekam. Als Fabrikarbeiter konnte er nicht gerade Unsummen verdienen. Davon noch ein Heer Katzen zu ernähren, ging über Hawelkas Tierliebe weit hinaus.

„Ich mag Katzen, andere mögen Hunde und wieder andere gehen segelfliegen“, sagte Tersch, als sie wenig später in seine Stube geflüchtet waren. Draußen, im Innenhof, hätten sie es keine Minute länger ausgehalten. Zwei, drei Dutzend Katzen in allen Farben und Größen waren ihnen um die Beine gestrichen, hatten Hawelka ins Stolpern gebracht, ständig gebettelt und miaut. Aus dem angebauten Stadel hatte sich ein weiterer Chor gemeldet und der Geruch war schwer zu ertragen gewesen. Zum Glück hatte Tersch schon in der Tür gewartet, vermutlich hatte er sie vom Fenster aus schon kommen gesehen.

„Ja. Sie mögen Katzen, das ist nicht zu bestreiten“, sagte Hawelka, dem auffiel, dass im Haus kein einziges Tier war. Offenbar hatte Tersch seine Prinzipien. „Aber der Herr Birnstingl war nicht so begeistert, oder? Hat’s da nicht eine Klage, oder so was, gegeben?“

„Sie fragen, obwohl Sie es eh wissen.“

„Und?“

„Und was?“

„Wie weit ist es gekommen? Haben Sie schon einen Räumungsbescheid zugestellt bekommen?“

„Gar nichts. Er ist mit der Klage abgeblitzt.“

„Schön für Sie. Trotzdem dürfte er dadurch nicht gerade Ihr bester Freund geworden sein. Nicht einmal der zweitbeste. Stimmt's?“

„In dem Nest ist niemand der Freund von irgendwem.“ Tersch stand mit den Händen in den Taschen mitten in der Küche, sie beide mehr oder weniger noch in der Tür, er hatte ihnen keine Plätze angeboten, auch keinen Kaffee oder sonst etwas zu trinken. Er machte keinen unfreundlichen Eindruck, aber herzlich konnte man ihn auch nicht nennen.

„Na ja, am Stammtisch versteht's euch aber doch ganz gut“, warf Schierhuber ein.

„Das heißt gar nichts. Hier gönnt keiner dem anderen was.“

„Haben Sie ein Alibi für den bewussten Nachmittag?“

„Ich hab keine Schicht gehabt.“

„Also? Wo waren Sie dann?“

„Na da! Alleine. Und wie die Sirene gegangen ist, bin ich zur Feuerwehr.“ Tersch zuckte mit den Achseln. Es schien ihm gleichgültig zu sein, ob ihm die beiden glaubten oder nicht.

„Wie war denn der Birnstingl so? Jetzt einmal abgesehen von der Klage, weil die ist doch irgendwie verständlich. Sein Hof ist gleich dort drüben, das sind ... keine dreißig Meter, oder? Das versteht man dann schon, dass ihn die zehn Millionen ... wie viele sind es denn eigentlich?“

„Hab sie nicht nachgezählt. Ein paar sind es schon.“ Tersch zuckte erneut mit den Schultern. Schierhuber wiegte den Kopf mit zweifelnder Zwettlermiene. „Eher ein paar mehr“, korrigierte er dann.

„Vielleicht auch ein paar mehr“, gab Tersch zu und holte nun aus einem überdimensionalen Kühlschrank, der vielleicht einmal in der Gastronomie seine Dienste geleistet hatte, einen Plastikkübel. „Ich müsste dann füttern gehen, gibt es sonst noch Fragen?“

„Ja. Wie der Birnstingl war, wollen wir wissen. Aus Ihrer Sicht. Hab ich doch schon vorher gefragt.“ Langsam wurde Hawelka grantig.

„Er war lange weg. In der Stadt. Wollt vom Ort und vom Hof nichts wissen. Wie er wiedergekommen ist, wollt er wieder dazugehören. Feuerwehr, Stammtisch, alles. Aber das geht halt nicht so einfach.“

„Wieso hat er das Schloss ausgerechnet an den Roland verkauft?“, mischte sich jetzt Schierhuber ein.

„An wen?“ Tersch sah von einem zum anderen.

„Nikolaus Roland. Der Filmproduzent.“

„Ah so ... der Graf von Opel! Ich glaub, bei uns weiß gar keiner seinen richtigen Namen.“

„Aber von den Pornos wisst's schon, oder?“

„Sicher. Der Döller hat sich extra alte Filme vom Grafen seiner Firma bestellt und so einen Beamer vom Filmclub Waidhofen ausgeborgt. Wir haben die dann im Hinterzimmer vom Wirtshaus getestet, die Filme.“

„Und?“

„Na ja, nicht schlecht. Zukunftsorientiert. Viele von den Darstellerinnen haben da schon in den Achtzigern die Achseln rasiert gehabt und die Muschi sowieso. Apropos Muschi – ich muss jetzt wirklich füttern gehen, die werden sonst so narrisch ... Ihr seht's mich eh am Abend im Wirtshaus, falls noch was ist.“

„Okay“, sagte Hawelka, „aber was ist jetzt mit dem Schlossverkauf. Warum hat er ausgerechnet an den Grafen verkauft? Der ist euch doch in Wirklichkeit suspekt. Da wär euch doch ein unauffälliges altes Pärchen lieber gewesen als Nachbarn, oder?“

„Der Graf war als einziger blöd genug, die feuchte Bruchbude zu kaufen. Da steckst du Millionen hinein, bis du da normal leben kannst. Mit vernünftigen Heiz- und Erhaltungskosten …“

„Na gut, wir sehen uns. Frohes Schaffen.“ Hawelka und Schierhuber stapften hinaus und achteten im Hof darauf, wohin sie traten. Dann fiel Hawelka etwas ein. Er drehte sich um, rief: „Eine letzte Frage noch: Wie ist der Birnstingl überhaupt an das Schloss gekommen?“

„Geerbt!“, rief Tersch zurück, der aus seinem Kübel eine Art Blutsuppe in Fressnäpfe schöpfte. „Schon als Kind.“

Sie marschierten zurück zum Wirtshaus. Hawelka dachte nach. „Ist dir was aufgefallen, Sepp?“, fragte er dann. Schierhuber dachte auch nach und fragte dann probeweise: „Katzen?“ Hawelka schüttelte den Kopf. „Dann weiß ich momentan nicht …“

„Der Katzenfutterlieferwagen. Hast du irgendwo eine Dose von denen gesehen? Oder einen Überkarton?“ Er sah den anderen an. Schierhuber schüttelte den Kopf.

„Und gefüttert hat er aus einem Kübel mit … weiß ich nicht, hat ausgeschaut wie … Reste aus der Fleischerei, aber sicher kein Firmenkatzenfutter.“ Wieder sah er seinem Partner in die Augen. Schierhuber nickte.

„Also … hat der Katzenfutterlieferwagen vielleicht gar kein Katzenfutter geliefert, sondern was anderes.“ Hawelkascher Kontrollblick zum Zwettler. Und abermals nickte Schierhuber.

Erzherzog

Am selben Tag

„Vom Ministerium her hat es geheißen, die Kommunikation gehört verbessert! Die Kommunikation zwischen die Dienststellen und zwischen die Bundesländer muss verbessert werden, das steht in jeder zweiten Dienstanweisung. Überall sollen wir die Kommunikation verbessern. Aber ich sag Ihnen was, mir ist das Reden immer noch lieber, wie die ganze Kommunikation, weil wenn einer was sagt, dann kann ich was drauf sagen und dann reden wir drüber. Deshalb bin ich fürs Reden, statt der ganzen Kommunikation. Reden und sich dabei in die Augen schauen! Oder von mir aus auch am Telefon reden. Das geht über ganz weite Entfernungen mittlerweile, Hawelka. Auch von – wie heißt das Nest? – ah ja, Vestenötting. Auch von Vestenötting nach St. Pölten geht das. Auch von St. Pölten nach Wien geht das. Und da hat mich der Sowieso von der Kripo Niederösterreich angerufen und mit mir geredet. Normalerweise freu ich mich, wenn einer redet mit mir – aber diesmal hab ich mich nicht gefreut, wie der Sowieso mit mir geredet hat, weil der hat mir was ins Ohr geflüstert, und da hab ich eines herausgehört: Er freut sich auch, wenn wer mit ihm redet. Weil er genau so denkt wie ich, auch wenn er Niederösterreicher ist. Wenn wer redet, dann kann er auch was zurückreden. Aber wenn wer nicht mit ihm redet, dann kann er natürlich nichts zurückreden! Und jetzt raten S' einmal, wer nicht mit ihm redet. Ich geb Ihnen einen Tipp: Er heißt Hawelka und ist Ermittler. Aber nicht mehr lang, gell? Weil, wenn man dienstzugeteilt ist, dann hat man Bericht zu erstatten und das heißt nicht, alle Tag fünf, sechs Zeilen mit E-Mail zu schicken, sondern auch einmal den neuen Kommandanten anrufen und ein bisschen mit ihm plaudern. Aber nicht übers Wetter, und auch nicht über die Waldviertler Karpfen, sondern über die Sach, wegen der man a Geld kriegt vom Vater Staat. Über den Fall sollen S' mit ihm reden. Einen g'scheiten Bericht, eine Lagebeurteilung sollen S' ihm durchgeben. Einen Plan. Eine Verdächtigenliste, eine Alibiliste, eine Liste, die Sie noch abarbeiten wollen. Aber wenn man keinen Plan hat, dann kann man auch nicht reden darüber. Wenn man niemand verdächtigt, dann kann man auch keine Verdächtigenliste erstellen. Wenn man nichts tut, kann man auch nicht darüber reden, was man tut. Ich kann mir schon vorstellen, was Sie mit dem Schierhuber dort machen. Ein bisserl die gesunde Luft genießen, und sich dann im Wirtshaus das Essen schmecken lassen, weil die frische Luft macht ja hungrig. Ich sag Ihnen eines: Hüten Sie sich vor diese Grobheiten! Hüten Sie sich! Es ist nicht meine Manier, dass ich mich wo einmisch in eine Arbeit. Aber wenn einer nicht arbeit, dann misch ich mich ein, aber g'scheit misch ich mich da ein. Sie werden jetzt den Oberst … Sowieso von die Niederösterreicher anrufen und ihm was erzählen. Dann werden Sie sich hinsetzen und die Erzählung noch ein bisserl ausschmücken, so vier, fünf Seiten, das ist dann der Bericht, den Sie ihm mailen. Und damit er was zum Lesen hat, heut Abend, werden S' ihm noch drei, vier Listen anhängen an den Bericht."

Etwa zwei Minuten, nachdem der Erzherzog losgelegt hatte, überlegte Hawelka kurz, einfach das Handy auf den Tisch zu legen und ein bisschen aus dem Fenster zu schauen, die erzherzoglichen Tiraden sozusagen als unbedeutende Hintergrundmusik abzutun. Aber das traute er sich dann doch nicht.

„Haben S' mich verstanden, Hawelka?"

„Ja."

„Ja oder ja?"

„Ja."

„Gut. Und damit Ihnen der Zwettler Muli dabei nicht die Sicht verstellt, erinnern S' ihn daran, dass er morgen acht Uhr zwanzig noch eine Anhörung im Präsidium hat, wegen der Hundlinger-G'schicht ..."

„Huntzinger-G'schicht", verbesserte Hawelka automatisch. Er hatte nicht nachgedacht. Das war ein Fehler.

„Ihre Belehrungen können Sie sich dahin schieben, wo es schön warm ist", dröhnte es aus dem Hörer. „Wenn ich Ihre Meinung hören will, dann werd ich schön drum bitten, aber bis dahin haben Sie Pause. Und den Schierhuber, den setzen S' morgen in Marsch, aber mit Schwung und Elan, sonst ..."

Er polterte noch ein paar Minuten so weiter, dann wurde es ihm offenbar zu langweilig und er brach das Gespräch abrupt ab.

Hawelka atmete tief durch. „Besser, ich bring es gleich hinter mich", dachte er und begann, sich Stichworte zu notieren, die er während des Gespräches mit dem niederösterreichischen Oberst erwähnen wollte. Jedes Stichwort ein Ermittlungsansatz, quasi schon fast ein Durchbruch. Es musste so klingen, als wären sie schon beim Fädenvernähen. Aber was klang jetzt wirklich nach heißer Spur? Das mit dem Grafen, das mit dem Schloss, das mit dem Prozess zwischen den beiden? Das mit Tersch, das mit den Katzen, das mit der Anzeige? Das mit der Heimkehr nach langer Abwesenheit und nicht mehr so recht Fuß fassen zu können? Hawelka seufzte. Wenn man Schierhuber glauben durfte, dann waren die hiesigen Nachbarschaftsstreitigkeiten Kinderkram. Ein geradezu paradiesischer Zustand und Vestenötting ein Musterdorf für Frieden und Harmonie. Da es ausnahmsweise Hawelka war, der an dieser Stelle ein zweifelndes Gesicht aufsetzte, hatte sich Doktor Sch. gezwungen gesehen, ein Beispiel aus dem Land um Zwettl anzuführen.

„Der Paschinger Schorsch hat mit seinem Saustall mitten in Moidrams einen derartigen Geruch verbreitet, dass ihm die Nachbarn nicht nur einmal die Bude angezündet haben, damit sie wieder frei durchatmen können. Blöderweise war er gut versichert und ist jedes Mal aufgebrannt. Dadurch ist er immer reicher und reicher geworden. Das haben ihm die anderen natürlich nicht vergönnt, vor allem, weil er beim Neubau den Saustall nicht außerhalb von der Ortschaft gebaut hat. Aber mit der Zeit hat er dann keine Versicherung mehr gefunden, die ihn nehmen wollt. Das haben die Nachbarn spitzgekriegt, und jetzt war das Anzünden natürlich eine richtige Freude. Bei der Feuerwehr war er auch nicht so beliebt, die haben nach allen Regeln der Kunst gelöscht, sodass nachher alles hin war.“

„Was?“ Hawelka verstand gar nichts. Schierhuber, der normalerweise wenig redete, seufzte. Er hatte seinen Partner ja gerne, aber dass man ihm die einfachsten Dinge des ländlichen Lebens erklären musste, war manchmal schon lästig. Dabei war Horn doch auch nicht gerade ein urbanes Ballungszentrum.

„Du hast irgendwo einen Brand. Der ist an irgendeiner Stelle am stärksten. Den kannst du schnell ausmachen, oder langsam. So fängt es schon einmal an. Dann gibt es Nebengebäude, die musst du schützen, indem du sie bewässerst, gerade so viel, dass sie nicht zu brennen anfangen. Du kannst es aber auch falsch machen. So viel Wasser auf die Nebengebäude, dass drinnen quasi nichts mehr brauchbar ist, alles ersoffen. Die Mauern sind vollgesaugt mit Wasser, über Jahre hinaus versaut, die Böden faulen und so weiter. Beim Paschinger Schorsch war das Nebengebäude halt leider sein Wohnhaus, weil der eigentliche Brand war ja im Saustall. Den haben sie langsam gelöscht, das Haupthaus haben sie vollgepumpt, als wäre dort ein Munitionsdepot. Nachdem er ja keine Versicherung gehabt hat, war er dann endlich ruiniert und hat sich nicht einmal mehr eine halbe Sau leisten können. Von einem Saustall ganz zu schweigen. Da ist er halt nachher ins Wirtshaus."

„Du meinst, das hat er nicht verkraftet und hat zum Saufen angefangen?"

„Nein, nein, gesoffen hat er eh vorher auch schon", beruhigte Schierhuber. „Nein, ich mein, er ist mit der Doppelläufigen ins Wirtshaus, wie Jahreshauptversammlung bei der Feuerwehr war. Hat gesagt, er will sich bedanken für die Löscharbeiten." Jetzt verstand Hawelka. Das Erstaunliche war laut Schierhuber, dass der Paschinger dreimal zum Nachladen gekommen war, bis ihm endlich jemand eine Dopplerflasche auf den Schädel geschlagen hatte. Insgesamt also acht Schuss aus der Schrotflinte. „Der Boden im Wirtshaussaal ist aus Holz", erzählte Schierhuber, „da sieht man heute noch ein paar dunkle Flecken vom Blut."

Trotzdem wollte Hawelka die Leute von Vestenötting nicht als Beispiel für harmoniesüchtige Friedensapostel gelten lassen. Es gab aber ohnehin wichtigere Punkte.

„Matzinger!"

„Ja, grüß Gott, Herr Oberst, Hawelka hier von der Wiener Kripo. Der Dienstzugeteilte, Sie wissen schon, der mit dem Kreissägenmord in Vestenötting ...“

„Aha.“

„Ja. Ich wollte einmal persönlich einen Zwischenbericht erstatten, weil das mit den Mails und so ... doch ein bisschen zu ... also, ich hab mir gedacht, vielleicht wollen Sie doch vielleicht eher einmal einen mündlichen ...“

„Ja?“

„Ja. Einen Bericht. Weil ... vielleicht haben Sie ja auch Fragen, oder eine Idee, einen Vorschlag, wie wir ... also, wenn Sie mit unserem Vorgehen nicht ... oder so ...“

„Wie heißen Sie?“

„Hawelka.“

„Und Ihr Dienstgrad ist?“

„Gruppeninspektor. Und mein Partner, der auch dienstzugeteilt ist, ist der Gruppeninspektor Schierhuber.“

„Aha. Jetzt hören Sie einmal genau zu, Gruppeninspektor Hawelka. Sie werden ...“ Es folgte eine Viertelstunde voller Zurechtweisungen, Anordnungen und untergriffiger Bemerkungen über Kollegen aus Wien, die wohl glaubten, die niederösterreichischen Vorgesetzten nicht ernst nehmen zu müssen. Sogenannte „Kollegen“, die meinten, sie seien etwas Besonderes oder etwas Besseres, und hätten die Weisheit ohnehin mit Löffeln gefressen. Dabei wären diese „Kollegen“ keinen Deut besser als die hiesigen, wenn nicht sogar schlechter, weil undisziplinierter und so weiter und so weiter ...

„Glauben Sie, ich weiß nicht, dass Sie vor ein paar Jahren noch Dienst am Horner Posten geschoben haben und der andere, dieser Schirlmaier ...“

„Schierhuber“, verbesserte Hawelka automatisch. Der zweite Fehler an diesem Tag. Eine heftige, fast beleidigende Reaktion blieb nicht aus. Aber am Ende des Gesprächs war Hawelka doch ein wenig enttäuscht über die niederösterreichischen Vorgesetzten. Dem Oberst, zum Beispiel, fehlte es an heiligem Zorn, den man dem Erzherzog ohne Weiteres abnahm. Es fehlte ihm auch die Gabe, mit seinen Bemerkungen offene Wunden zu treffen und noch weiter aufzureißen. Es fehlte ihm das Untergebene-zur-Sau-machen-Gen. Sicher, als Hawelka auf die Frage, welche Auskünfte über Vermögens- und Verwandtschaftsverhältnisse, Vorstrafen und so weiter er denn vom St. Pöltner Innendienst angefordert habe, gestand, dass er diese Recherchen aus alter Gewohnheit von Wien erbeten habe, da war der Oberst schon ein wenig in Rage geraten. Aber wer je einen Tobsuchtsanfall des Erzherzogs erlebt hatte, dem kam das hier wie der sanfte Tadel eines Waldorfpädagogen vor. Hawelka verkraftete den niederösterreichischen Anschiss also ganz gut. Er ging aufs Zimmer, um den Bericht zu tippen. Schierhuber war mittlerweile seit drei Stunden in Waidhofen zur Informationsbeschaffung bei Gemeindeamt, Feuerwehr und Polizei. Aber Hawelka hatte eher den Verdacht, dass er sich bei einer verlängerten Mittagspause mit den Uniformierten des Waidhofner Postens fraternisierte.

Als er den Bericht zur Hälfte in sein Notebook geklopft hatte, meldete sich das Handy. „Auskunftsbüro B.“ stand auf dem Display. Auf die Herta war Verlass.

„Schöne Grüße vom ganzen Hendlstall soll ich dir ausrichten, und dem Sepp natürlich auch. Besonders die Betti lässt dich schön grüßen. Pfah ... so beliebt möcht ich einmal sein, dass sich alle die Augen ausweinen, wenn ich einmal drei Tage nicht da bin. Wenn ich einmal auf Kur fahr, oder so, dann werdet's ihr das gar nicht merken wahrscheinlich." An dieser Stelle des berlakovicschen Redeschwalls musste Hawelka herzlich lachen.

„Das wird sein, Herta", prustete er in den Hörer, „die Angst hab ich auch, dass das niemand bemerkt, wenn du nicht da bist. Aber das liegt wahrscheinlich daran, dass du so ein stilles, graues Mäuschen bist. Zurückhaltend und unauffällig. Und auch irgendwie so leise, gell?"

„Gell, ja!", schrie die Berlakovic vergnügt aus dem Hörer. „Das ist genau mein Wesen. Ganz meine Worte, Pepi. Ja, so bin ich halt, was soll ich machen? Also, du Zuckerbub, bist du bereit für das Informationskompott?"

Informationskompott traf es ganz gut. Eine Herta Berlakovic konnte sich nämlich sehr gut selbst einschätzen. Sie hatte ihre Stärken, und die waren Legende. Der Begriff Multitasking hätte für sie erfunden werden müssen – wenn er nicht ohnehin schon existiert hätte. Weitere Stärken: erstaunliche Rechercheansätze, rasche Auffassungsgabe, unbedingte Loyalität zu den Kollegen, Schlagfertigkeit und so weiter und so fort.

Allerdings hatte sie auch ihre Schwächen. Und die größte Schwäche war: Informationskompott. Soll heißen, alle Informationen (auch wenn sie drei, vier Personen, Sachverhalte oder sogar verschiedene Fälle betrafen) wurden ungeordnet, vermischt und beinahe gleichzeitig dem Auskunftssuchenden entgegengeschleudert. Dafür in einer beachtlichen Lautstärke.

„Ich schreib dir das dann eh noch alles geordnet und in analphabetischer Reihenfolge auf", war ihr Beschwichtigungssatz, wenn man sich gegen die Infoflut wehren wollte und sie um mehr Struktur bat. Stolz war sie vor allem auf die „analphabetische Reihenfolge", die sie immer betont als „anal-phabetische

Reihenfolge“ aussprach, was, wie sie wusste, bei den Kollegen immer gut ankam. Tatsächlich war es dann die Forstner (von den Kollegen gerne als „die Frostige“ bezeichnet), die aus dem Chaos die Quintessenz heraushörte und nicht selten schon während der mündlichen Präsentation eine Zusammenfassung tippte, mit Zahlen, Daten und Fakten versah, und in dieser vernünftigen Form an den betreffenden Kollegen mailte. Dennoch war die mündliche Präsentation von enormer Wichtigkeit (zum Beispiel wenn es zeitkritisch wurde), hatte außerdem einen gewissen Unterhaltungswert und brachte der Berlakovic meist den verdienten Applaus für ihre Arbeit.

„Jedenfalls, hör zu, also der Graf Roland hat scheinbar, seit er im Filmgeschäft tätig ist, nichts Böses angestellt. Bei der Steuer allerdings ..., aber das interessiert euch ja nicht so, dort ist er schon ein bisschen ... unbeliebt, egal, das Schloss gehört jetzt ihm mit Brief und Siegel, und die Auflagen vom Denkmalamt sind wirklich ... also, das kann sich ja kein normaler Mensch leisten, solche Auflagen, wie die haben, da musst du dich verpflichten, warte, wie heißt das jetzt? Ah ja ... den historisch relevanten Baukern in seinem ursprünglichen Wesen zu erhalten und in ein, dem damaligen Kontext entsprechendes Ensemble, gemäß den Auflagen Nummer sowieso aus dem Denkmalschutzgesetz von 1973, einzubetten ... Auf eigene Kosten. Das musst du dir einmal auf der Zunge zergehen lassen, Pepi. Ich hab eh zur Karin g'sagt, mir bräuchten sie so was gar nicht andrehen. Das nehm ich nicht einmal geschenkt, wenn du dann das G'scher hast und dauernd ... Also jedenfalls die Kaufsumme war siebenundfünfzigtausend Euro und ...“

„Siebenundfünfzigtausend?“

„Ja, sag ich doch, siebenundfünfzigtausend, hab ich doch g'sagt, also ..."

„Das sind aber deutlich weniger als dreihunderttausend. Uns wollt der Graf ... also dieser Roland einreden, dass es knapp unter dreihunderttausend waren ... wir sind von ... weiß nicht – zweihundertsiebzig-, zweihundertachtzigtausend ausgegangen."

„Was? Ja, kann sein, aber da steht ganz deutlich siebenundfünfzigtausend, wobei, das kann natürlich ein steuerschonender Kaufpreis gewesen sein. Vielleicht haben sie vereinbart, dass der Rest ohne großes Aufsehen den Besitzer wechselt, jedenfalls ... über diesen Tersch weiß ich auch was, das sag ich dir nachher, der sammelt die Anzeigen richtiggehend, apropos ... das Geld hat der Birnstingl schon dringend gebraucht, er war schon über hunderttausend im Minus mit seinem Konto, das heißt, von der offiziellen Kaufsumme hat er nicht einmal alle Schulden zurückzahlen können. Die sind aber nicht auffällig, das heißt, Spieler oder so war er nicht, die Schulden sind einfach über die Jahre langsam gewachsen. So wie unser Bonsai da am Fenster, der wachst auch so langsam, ein Wahnsinn, na ja, verkaufen hat er sowieso müssen, weil ihm das Denkmalamt so zugesetzt hat. Geld hat er keines gehabt, dass er selber renoviert. Euer Graf Roland hat übrigens alles, was er braucht: Waffenbesitzkarte, Jagdschein und so weiter, also wirklich eine saubere Weste, aber Maschinenpistolen und Maschinengewehre sind da natürlich trotzdem nicht erlaubt, also nur für den Fall, dass ihr ihm da Druck machen wollt, weil ihr ihn ..."

„Super, Herta. Aber was ist mit dem Katzenmenschen?"

„Der hat ... warte einmal ... da ist es, sag einmal, weißt du, dass es Anzeigen von sechs verschiedenen Nachbarn gibt? Außerdem vom Tierschutzverein, von der Gemeinde und ... was ist das?"

„Was?"

„Bei mir am Schreibtisch ist gerade ein Ufo gelandet. Ein ziemlich kleines. Schaut aus wie eine ... nein, das ist ein Käfer, den ich noch nie gesehen hab. Der schaut ja aus wie ..."

„Herta. Bitte!"

„Na, den musst du einmal sehen, der schaut aus wie von einer anderen Welt, den hab ... na gut, ja, jedenfalls steht eine Zwangsräumung kurz bevor. Aber es ist nicht so, dass der Birnstingl das alleine bewirkt hat, da waren die anderen Anzeigen auch ... Übrigens ist der Ministerialrat Jakob Pfleger gern gesehener Jagdgast bei den Ausflügen vom Roland nach Polen, wo sie Hirsche schießen. Nur, damit ihr seht, in welchen Kreisen der Pornofilmproduzent ... apropos: Glaubt ihr, dass der selber auch mitgespielt hat? Am Anfang? Ich glaub schon ... Dann hat er sich hochgeschlafen – im wahrsten Sinn des Wortes. Na ja, jedenfalls ist der Tersch ein typischer Glücksritter. Der war schon dreimal selbstständig, hat immer irgendwelche verrückten Geschäftsideen ... und immer geht alles schief. Der hat übrigens auch Schulden, dass die Hälfte genug wär ..."

„Okay, du allwissende Göttin der Recherche und der Information, wenn du mir jetzt noch sagst, warum dem Tersch ein Katzenfutterlieferwagen kein Katzenfutter bringt, dann wasche und salbe ich dir die Füße."

„Echt?"

„Echt. Und wenn du mir sagst, was er stattdessen bringt, dann ..."

„... dann trocknest du sie mir mit deinem wallenden Haar ab", vollendete die Berlakovic und kicherte. Angesichts Hawelkas extrabreitem Scheitel, der den beinharten Verdrängungswettbewerb gegen sein schütteres Haar schon vor Jahren gewonnen hatte – war der Wunsch des Auskunftsbüros schwer zu erfüllen.

„Sagen wir lieber – dann werde ich dir die Füße küssen“, schlug er vor. Erneutes Berlakovicgekicher, das langsam in das berühmte Berlakoviclachen überging.

„Pepi, du Saubär, da werd ich ja ganz rot, wenn du dich mit deiner Zunge an mir zu schaffen machst.“ Hawelka wurde auch rot, als ihm nämlich in diesem Moment einfiel, dass Bettina Sommer vermutlich das Gespräch mithören konnte – zumindest den Berlakovicteil. Den Hawelkateil stellte sie sich vermutlich vor, und dabei dachte sie sich sicherlich ihren Teil. Angesichts dieser Überlegung fand er es schwierig, das Gespräch in unbefangen frivolem Rahmen fortzuführen, dennoch sagte er: „Ja, das Angebot ist heikel, aber vergiss nicht, dieses Privileg musst du dir erst verdienen. Also, sag schon: Was bringt der Katzenfutterlieferwagenfahrer?“ Sie überlegte kurz, dann erwiderte sie: „Warum fragst du ihn nicht selber?“

„Weil meine Zunge dann nicht an deine Beine dürfte.“

„Oho, zuerst waren es die Füße, jetzt schon die Beine“, ihr Lachen hatte jetzt eine herrlich ordinäre Färbung. Dann brach sie plötzlich ab und es wurde ein paar Sekunden still in der Leitung.

„Vielleicht“, sagte sie nachdenklich, „vielleicht bringt er ja auch gar nichts. Vielleicht holt er ja was ab.“

Schatten

Einen Tag später

Hawelka konnte nicht schlafen. Es war lange nach Mitternacht und er rauchte am offenen Fenster. Schierhuber war schon am Abend nach Wien gefahren, um in seiner Wohnung nach dem Rechten zu sehen und morgen pünktlich im Präsidium zu erscheinen. Im Wirtshaus war es abends auffallend leer gewesen. Hawelka hatte Jauners Monologe brav ausgehalten und sich dann zurückgezogen. Vor dem Zubettgehen hatte er den Bericht getippt.

Dieser fasste zusammen:

Sie hatten bisher rund 95 Prozent der Dorfbevölkerung befragt und waren dabei erwartungsgemäß auf keine Augenzeugen getroffen. Direkte Anschuldigungen hatte niemand gemacht, allerdings waren durch verschiedene Aussagen von Jauner, Tersch, dem Wirten und diversen anderen Dorfbewohnern mehrere mögliche Motive verschiedener Leute aufgetaucht und mussten überprüft werden.

Wenn Jauners Voyeurgeschichte über Birnstingl nicht dessen Fantasie entsprungen war, dann wäre das für einen empfindlichen Ehemann vielleicht ein Grund zum Streit, der irgendwann eskaliert sein konnte. Aber zuerst müsste die Geschichte durch jemanden bestätigt werden, denn Jauner selbst war nicht unbedingt zuverlässig.

Das Schloss und dessen Verkauf an den Grafen gehörten näher untersucht. Niemand hatte sich bisher dazu geäußert, den Vertrag hatten Roland und Birnstingl scheinbar nicht am Stammtisch gemacht.

Die Spezialisten in St. Pölten hatten bisher keine konkreten Ergebnisse zu den sichergestellten Knochenresten oder der Kreissäge geliefert. Hawelka würde vielleicht die Berlakovic fragen, ob sie dort jemanden kannte, der die Sache beschleunigen würde. Das schrieb er allerdings nicht auf.

Nachdem er den Bericht abgeschlossen hatte, fiel er todmüde ins Bett. Aber schon nach fünf Minuten hatten seine Gedanken zu laufen begonnen. Der Graf, Jauner, der Wirt, Tersch, der tote Birnstingl – alle waren durch seinen Kopf gerannt. Die Berlakovic, der Erzherzog, die Sommer, Schierhuber – an alle hatte er gedacht. Kontostände und Kaufverträge, Anzeigen und Räumungsklagen, Beziehungen und Feindschaften – alles konnte wichtig sein.

Oder auch nicht.

Zuerst hatte er versucht, es positiv zu sehen. Grundsätzlich war ja am Nachdenken über den Fall nichts auszusetzen. Aber es wäre schön gewesen, wenn sich einer der Gedanken länger gehalten hätte. Sich entwickelt hätte. Sich präzisiert hätte. Er hätte sich gefreut, wenn sich aus einem dieser Gedanken eine Idee entwickelt hätte. Ein Verdacht, oder ein Ermittlungsansatz. Jedenfalls für eine halbe Stunde, oder wenigstens bis zum Einschlafen.

Leider nicht.

Also war er aufgestanden, und nun stand er am Fenster und rauchte. Plötzlich sah er drei Häuser weiter einen Schatten aus einer Hauseinfahrt treten und um die Ecke huschen. War das derselbe wie letztes Mal? Hatte er die ganze Zeit dort gestanden? Um was zu tun? Ihn zu beobachten? Das Wirtshaus zu beobachten? Dort war doch niemand mehr. Oder saß Jauner noch in der Wirtsstube und schlief? Wenn nichts los war, warf ihn der Wirt oft schon vor Mitternacht hinaus, und heute war nichts los gewesen. Was hatte ihm der Gelbe erzählt? Birnstingl, Tersch, auch er selbst war öfter in der Nacht unterwegs gewesen. Die ersten beiden waren Voyeure, wie Jauner behauptet hatte – er hatte angeblich die Voyeure beobachtet. Aber Birnstingl war tot, und für Jauner hatte sich der Schatten zu schnell und sicher bewegt. War es also Tersch?

Hawelka beschloss, der Sache auf den Grund zu gehen. Er zog sich hastig an und verließ das Zimmer, ohne Licht zu machen. Ein kleiner nächtlicher Streifzug durch den Ort würde vielleicht Klarheit bringen.

In kaum einem Fenster brannte Licht. Hinter zwei, drei Scheiben zuckte noch der bläuliche Widerschein von Fernsehapparaten. Nichts zu hören, nichts zu sehen. Er marschierte bis zum Feuerwehrhaus, überlegte, ob er die Brücke nach Klein Eberharts überqueren sollte, entschied sich aber dann, geradeaus weiterzugehen bis zum *SeelenBegegnungsZonenZentrum*, dem letzten Haus im Ort. Jauner hatte ihm erzählt, dass dieses Haus, neben dem Fenster der Eisenbahnertochter, das bevorzugte Ziel der Dorfvoyeure gewesen war.

„Tersch habe ich dort nicht nur einmal gesehen. Nicht nur einmal! Praktisch war er andauernd dort – wenn sich nicht gerade Birnstingl ums Haus herumgedrückt hat. Beide waren sie natürlich hinter der Rubens-Frau her, die das Zentrum leitet. Beide hätten sie natürlich gerne das Wurzel-Chakra der Rubens-Frau erkundet, sie hätten gerne die Chakra-Wurzel der Rubens-Frau massiert und sich auch gerne ihre eigene Chakra-Wurzel von der Rubens-Frau massieren lassen. Im Wirtshaus spotten die Männer natürlich über die ‚Esoterik-Weiber', wie sie die vorwiegend weiblichen Besucher des Zentrums nennen. Aber gegen eine Chakra-Wurzel-Massage hätte keiner etwas. Die Rubens-Frau, die sie nur die ‚Rote Hex' nennen, zieht sie magisch an. An der Chakra-Wurzel zieht sie sie magisch an!" Jauner hatte dann noch eine halbe Stunde länger ausführlich über die Begehrlichkeiten der Männer im Dorf geredet. Es war klar, dass es hauptsächlich seine eigenen Fantasien waren, die er den anderen andichtete. Hawelka musste an die Ausführungen des Gelben denken, als er das dunkle Haus sah.

„Die Männer", hatte Jauner erzählt, „haben immer wieder davon berichtet, dass nach den Seminaren im *SeelenBegegnungsZonenZentrum*, vielmehr nach den sogenannten Seminaren, die Gäste nicht selten über Nacht bei der Rubens-Frau blieben. In solchen Nächten schlichen Tersch und Birnstingl besonders gerne ums Haus herum. Natürlich hofften sie, etwas von den ausschweifenden Orgien zu sehen, oder wenigstens zu hören, die sie sich ausgemalt haben. In ihren kranken Fantasien haben sie wohl gedacht, dass die Rubens-Frau ihre Gäste, seien es nun Frauen oder Männer, zu wilden, ursprünglichen Handlungen animiert. Auf Brunftgeschrei hofften sie. Auf Laute, die direkt dem Wurzel-Chakra entspringen."

Hawelka ging einmal in gehörigem Abstand um das Haus herum. Er ertappte sich dabei, wie er stehen blieb und lauschte. „Wenn mich jetzt jemand beobachtet, denkt er sicher auch, dass ich hinter der ‚Rubens-Frau' her bin, oder wenigstens ihre Chakrawurzelgäste bei einer Orgie belauschen will. Niemand wird mir glauben, dass ich eigentlich nur einen Schatten verfolgt habe." Er entfernte sich rasch von dem Haus, fand es jetzt auch lächerlich, sich überhaupt eingebildet zu haben, einen möglichen Voyeur zu überraschen – oder gar zu fassen. Wer auch immer der Schatten war, es war klar, dass er sich wesentlich besser im Ort auskannte, sich wesentlich leichtfüßiger bewegte und wesentlich vorsichtiger agierte als Hawelka.

Er marschierte zurück zum Feuerwehrhaus an der Brücke und überlegte gerade neuerlich, sie zu überqueren, als er ein Geräusch wie von reißendem Papier hörte. Es kam aus Richtung des Wirtshauses. Sein Puls beschleunigte sich und er eilte in die Richtung. Tatsächlich stand vor der kleinen Anschlagtafel beim Kriegerdenkmal ein Mensch. Der Schatten! Genauer gesagt stand er nicht still, sondern riss Plakate von der Tafel. Als Hawelka näher kam, erkannte er eine ungewöhnlich kleine alte Frau. Jetzt fiel ihm ein, dass er sie tagsüber schon oft in der Ortschaft gesehen hatte, meistens in der Nähe des Kriegerdenkmales.

„Was machen Sie da?“, fragte er wenig einfallsreich. Die Alte hatte ihn sicherlich herankommen gehört, sich ihm aber nicht zugewandt, und auch jetzt würdigte sie ihn keines Blickes. Vielleicht war sie schwerhörig. „Was machen Sie da?“, wiederholte er etwas lauter und trat noch näher.

„Ah, das sind alles alte Plakate, die gelten schon lange nicht mehr, aber niemand nimmt sie herunter, jeder pappt nur immer wieder das nächste drauf, und dann wieder das nächste und immer so weiter. Die Tafel wird immer dicker, bald kommt der Autobus nicht mehr vorbei, und irgendjemand muss sich darum kümmern, oder? Da, das ist eine Tanzerei vom letzten Jänner und da hängt noch so ein Wahlzettel ... von wann ist der? Die letzten Wahlen waren doch schon im ... Weiß ich nicht, schau dir was an, jetzt fallen mir die letzten Wahlen nicht mehr ein, aber die Sozialisten hab ich gewählt, das weiß ich noch. Wie der Kerl da heißt, weiß ich auch nicht, fesch ist er schon, aber den Namen ... ah, da steht er ... Schnucklovatz ... oder wie? Ist das ein Sozialist? Ich weiß ja gar nicht. Aber mir ist das wurscht, ich wähl immer die Sozialisten, ganz egal, wie die heißen, das ändert sich ja dauernd, alle Namen kann ich mir nicht merken, aber das ist nicht so wichtig, wie die heißen. Vor der Wahl versprechen sie dir immer das Blaue vom Himmel herunter und nach der Wahl kennen sie dich nicht mehr. Aber das machen nicht nur die Sozis, das machen alle so. Die anderen sind noch schlimmer." Während sie redete, fuhr sie konsequent fort, die Plakate von der Anschlagtafel zu reißen. In der Rechten hatte sie eine Malerspachtel, mit der sie hinter die besonders hartnäckigen Klebestellen fuhr. Gut fünf Schichten hatte sie schon heruntergerissen.

„Und wieso machen Sie das in der Nacht?"

„Na, am Tag hab ich doch keine Zeit, da muss ich doch auf den Friedhof schauen und das Kriegerdenkmal putzen, das Trottoir kehren ... na, und die Blumen und das Gras? Wenn man da nicht dahinter ist, dann wächst es einem über den Kopf. Mein Neffe sagt immer, ich bin ein richtiger Gartenzwerg, weil ich immer mit den Pflanzen herumwerkle. Und heuer ist es so trocken, da muss ich zweimal am Tag gießen, sonst gehen sie ein. Schaut ja sonst niemand auf das Kriegerdenkmal und die Wege. Das Trottoir kehren sie alle heiligen Zeiten einmal. Der dort hinten hat nicht einmal zu Fronleichnam das Trottoir gekehrt, dann hab's halt ich gemacht, weil wie schaut denn das sonst aus?"

„Aber jetzt ist es schon ... fast zwei."

„Ja, jetzt fahren wenigstens keine Autos. Die fahren ja sonst wie die Narren da. Da trau ich mich nicht auf die Straße. Ich sag eh schon dauernd ..."

Sie erzählte munter weiter, immer noch, ohne Hawelka anzusehen. Das mit dem „Nicht-auf-die-

Straße-Trauen“ war eine glatte Lüge, Hawelka erinnerte sich sehr gut daran, dass sie sich tagsüber keineswegs stören ließ, wenn ein Auto daherkam. In aller Seelenruhe kehrte sie weiter – manchmal mitten auf der Straße, sodass die Fahrer gezwungen waren, sie im Schritttempo zu umfahren. Sie betrachtete die Umgebung des Kriegerdenkmals als ihren Privatgarten, und benahm sich auch ganz danach.

Hawelka hatte eine Eingebung. Wer, wenn nicht diese Frau, wusste über alle Vorgänge im Dorf bestens Bescheid? Ein Gespräch mit ihr versprach, interessant zu werden.

„Darf ich Ihnen helfen?“ Er begann, die Papierfetzen vom Boden aufzuheben und in ihren Plastiksack zu stopfen.

„Ja, da tun Sie’s rein. Fest zusammenstopfen und immer wieder draufsteigen, damit mehr hineingeht in den Sack. Fest.“ Sie hatte jetzt ihre Tätigkeit an der Tafel unterbrochen und überwachte die hawelkasche Arbeit. „Nein, so dürfen Sie’s nicht machen! Nicht so, sondern so ...“ Sie zeigte ihm, wie er die großen, vom getrockneten Kleister steifen Plakatfetzen zuerst zusammenlegen musste, um dann die so erhaltenen Päckchen in den Sack zu stopfen. Schon nach dem zweiten oder dritten Versuch erkannte sie sein Antitalent und erledigte die Sache selbst. Hawelka durfte nur mehr den Sack aufhalten und gelegentlich sein Gewicht Sinn bringend einsetzen, indem er auf den Sack stieg.

„Sie kennen sich doch sicher gut aus im Dorf, oder?“, begann er das Gespräch.

„Was suchen Sie denn?“ Sie glaubte, dass ihre Ortskenntnisse gefragt waren.

„Na ja, ehrlich gesagt, suche ich nicht etwas, sondern jemanden.“

„Jetzt, in der Nacht?"

„Ja, das heißt, nein, das heißt, ja, auch in der Nacht, eigentlich dauernd, weil ich bin ..."

„Also jetzt reden Sie schon. Wen suchen Sie denn."

„Also, ich bin Polizist und ..."

„Das weiß ich alles. Sie sind aus Wien. Und der andere auch, der Große mit dem Quadratschädel. Polizisten. Krimineser. Das weiß ich ja. Im Wirtshaus wohnt's ihr."

„Genau. Und dann wissen Sie wahrscheinlich auch, warum wir hier sind."

„Freilich. Wegen dem Birnstingl seid's ihr da. Die Leute reden ja, dass den einer in seine Kreissäge g'stoßen hat. Na ja, da wird schon was dran sein, wenn ihr sogar aus Wien kommt's."

„Und, was glauben Sie?"

Der Sack war voll, die Plakatfetzen verstaut, die Tafel leer. Die Alte wandte sich jetzt Hawelka direkt zu, sah ihn ein wenig misstrauisch an. Wahrscheinlich wollte sie zuerst feststellen, ob sie sich auf seine Diskretion verlassen konnte. Offenbar fiel ihr Urteil gut aus, jedenfalls legte sie sofort los.

„Zutrauen tu ich das fast jedem hier im Ort. Die kennen alle keinen Herrgott mehr. Da sieht man keinen in der Kirche von denen. Ins Wirtshaus gehen sie immer, in die Kirche gehen sie nie. Und jeder ist hinter dem Geld her. Der eine so, der andere so. Und der Glatzerte[9], der vom Schloss, das ist der Ärgste von allen. Der hat früher so Filme gemacht, mit nackerte Weiber, so einer ist das. Rennt dauernd mit dem Gewehr herum, nennt sich Graf. Das ist kein Graf, so ist kein Graf. Ich hab einen richtigen gekannt, einen Grafen, samt seiner Familie. Feine Leute waren das, haben immer zuerst gegrüßt, richtige Herrschaften. Die Frauen immer freundlich, und sogar die Männer. Das war ein Graf, der da ist ein Strizzi. Ein Spitzbub." Sie sah Hawelka fest in die Augen, als wolle sie sich davon überzeugen, dass die Botschaft auch angekommen war. Insgeheim hatte sie wohl den Verdacht, dass dieser kleine, dicke Mann sehr naiv war, sich vom falschen Grafen täuschen ließ und womöglich dachte, er hätte es mit einem richtigen Adeligen zu tun, der so ein niederträchtiges Verbrechen sicher nicht auszuführen im Stande war.

„Also, Sie würden dem Grafen ... besser gesagt, diesem Herrn Roland am ehesten zutrauen ..."

„Aber was – zutrauen – jedem würde ich das zutrauen, jedem von diesen Wirtshausbrüdern. Den Feuerwehrlern, dem Wirten, dem Eisenbahner, allen."

„Herrn Jauner auch, zum Beispiel?"

„Ah geh, dem alten Deppen doch nicht. Das ist ein armer Hund, reden tut er viel, machen tut er nichts, der kann keiner Fliege was zu Leide tun, nicht einmal, wenn er woll'n tät. Der sauft, bis er nicht mehr kann, und dann wackelt er heim. Sicher, in der Nacht ist er auch schon oft herumgeschlichen, vielleicht hat ihn die Seinige auch ausgesperrt, und dann hat er halt wo ein Eck gesucht, wo er sich seinen Rausch ausschlafen kann. Manchmal hat er auch probiert, bei der Eisenbahnertochter zu spechtln, wie der Birnstingl und der Tersch und die jungen Burschen aus dem Ort. Das war ein Andrang in dem Garten dort ... Und jeder hat geglaubt, die anderen merken es nicht, in jedem zweiten Gebüsch ist einer gesessen. Zuerst ist der eine hin, dann hat man auf der Straße Schritte gehört, also versteckt sich der im Gebüsch, kommt der andere von der Straße, will hin zu dem Fenster, das war ja ebenerdig, die hat ja keinen Genierer, alle die jungen Weiber haben keinen Genierer, ebenerdig das Fenster und oft nicht einmal die Vorhänge zugezogen, oder wenigstens die Jalousie ... Dann steht der zweite vor dem Fenster, hört man wieder was von der Straße, jetzt rennt der auch ins Gebüsch, ein Wunder, dass sie sich nicht gegenseitig draufgetreten sind, die Spechtler[10]. Ein Wunder.

Wenn dann der Gelbe auch noch gekommen ist, war das auch im Haus nicht zu überhören, weil er meistens über irgendwas gefallen ist, ein Stück Holz, eine Schaufel, oder auch seine eigenen Füße. Dann ist der Eisenbahner oft mit der Hacke in der Hand rausgekommen, ‚Ist da wer? Ich hau euch das Kreuz ab, ihr blöden Buben', hat er dann manchmal geschrien – im Gebüsch hat's geraschelt, und fort waren sie alle, nur der Gelbe ist noch im Gras gelegen und hat irgendeine geschwollene Entschuldigung gemurmelt, und der Eisenbahner hat gesagt, er soll verschwinden."

Sie redete schnell und machte dabei immer wieder wegwerfende Handbewegungen, als wäre das Erzählte eigentlich gar nicht der Rede wert. Hawelka hakte trotzdem ein.

„Können Sie sich vorstellen, dass diese ... Besuche und der besoffene Gel... Jauner im Garten dem Mädchen Angst gemacht haben? Und der Eisenbahner ... wie heißt er?"

„Der Klausner ist das. Der Klausner ist bei der Eisenbahn. Eh schon, seit er aus der Schule ist."

„Ah ja, also, können Sie sich vorstellen, dass dieser Herr Klausner, dieser Eisenbahner, deshalb Streit mit dem Birnstingl gehabt hat? Und dadurch vielleicht ..."

„Aber so einen Blödsinn hab ich überhaupt noch nie gehört, die hat sicher keine Angst gehabt, die hat sich lustig gemacht über die alten Deppen. Über die jungen nicht, mit denen fährt sie ja immer in die Diskothek und was weiß ich, was sie sonst noch tut mit denen."

„Und dass einer von den Burschen dem Birnstingl eine Lektion erteilen wollte? Glauben Sie das?“

„Geh ... die haben da doch ihren Spaß gehabt, die sind ja immer auf der Lauer gelegen mit ihren Fotoapparaten und so Filmkameras, die auch in der Nacht gehen – die haben denen aufgelauert und dann die Bilder aufgehängt. Da ...“, deutete sie jetzt auf die leere Plakatwand, „da haben sie einmal lauter Fotos aufgehängt, vom Birnstingl, vom Tersch, vom Gelben. Das sind so Kameras, die blitzen nicht und machen so grüne Bilder in der Nacht, aber erkannt hat man die trotzdem genau und auch, wo sie sich hin greifen ... Die Eisenbahnertochter hat ja gewusst, was los ist, die ist im Zimmer immer ganz ohne Gewand herumgegangen und hat geschaut, dass sie alle gut sehen und ganz wurlert[11] werden.“

„Das war also ein abgekartetes Spiel?“

„Was war das?“

„Das war also abgemacht? Die haben gemerkt, dass die in der Nacht spannen gehen und haben ihnen aufgelauert und sie fotografiert. Dann haben sie die Fotos da aufgehängt ...“

„Na ja, nicht lang aufgehängt, der Birnstingl hat's ja gleich runtergerissen, das war das einzige Mal, wo die Tafel sauber war, ohne dass ich was tun hab müssen. Dann hat's nichts mehr gegeben. Aber das war nur wegen dem Geld.“

„Wegen was für einem Geld?“

„Na, die wollten ein Geld für die Fotos, die Eisenbahnertochter und die Buben. Sonst geben sie die Fotos an die Zeitung, haben's g'sagt.“

Schierhuber

Am nächsten Tag

Hawelka konnte nach diesem Gespräch natürlich erst recht nicht schlafen. Im Gegenteil. Hatte er vorher nur „einfach so“ nicht schlafen können, so hatte er jetzt eine konkrete Sache, die ihn nicht schlafen ließ. Birnstingl und Tersch waren also mit peinlichen Fotos erpresst worden. Jauner vielleicht auch, aber bei dem war absolut nichts zu holen, außerdem war sein Ruf schon ruiniert, also ging es bei ihm um nichts, das war klar. Birnstingl und Tersch verfügten zwar auch über kein Vermögen, aber die Dorfjugend traute ihnen scheinbar zu, irgendetwas aufzutreiben.

„Vielleicht ist es das“, dachte er, „die Burschen haben die Fotos aufgehängt und der Birnstingl hat sie wieder abgenommen, die Burschen haben gesagt, die Fotos kommen in die Zeitung, und um das zu verhindern, hat er ihnen Geld gegeben. Und dann? Ein Streit? Und einer kippt ihn in die Säge? Aber logischer wäre doch, dass er den oder die Erpresser umbringt. Die haben doch keinen Grund, die Kuh, die man melken will, schlachtet man doch nicht, oder? Also ist das kein Motiv, wie es zum Beispiel der Graf vielleicht hat.“

Er lag bis halb sechs wach und schlief erst dann vor Erschöpfung ein, ohne sich einen Wecker gestellt, und leider auch ohne einen konkreten Ansatz entwickelt zu haben.

„Die Alte“, hatte er noch gedacht, „die Alte war eigentlich sehr neutral. Sie hat zwar an niemandem ein gutes Haar gelassen, aber direkt beschuldigt hat sie auch niemanden.“ Das war ihm höchst verdächtig erschienen. „Von ihrem zentralen Beobachtungsposten, dem Kriegerdenkmal, aus, sieht sie doch alles, kontrolliert die einzige Straße, die Brücke nach Klein Eberharts und sogar das Schloss. Sie weiß, wer wann wohin geht. In der Früh, am Abend und sogar in der Nacht. Mittags sowieso.“ Der Brand war am Nachmittag entstanden, kurz nach dem Mord. Vom Kriegerdenkmal aus waren das Haus Birnstingls und der Eingang zum Innenhof mit dem Stadel deutlich zu sehen. Hinter dem Stadel floss die Thaya. Von dort war eine Annäherung unmöglich. Er musste gleich am Vormittag nochmals zur Brandruine. Wenn es tatsächlich keinen anderen Weg zum Stadel gab als die Einfahrt zum Hof, dann hatte die Frau mit Sicherheit jemanden gesehen. Die Frage war dann nur: Warum sagte sie nichts?

Sophie, die Kellnerin, rüttelte ihn wach. Das Erste, das Hawelka einfiel, war seine Dienstwaffe, die irgendwo herumlag. Er ärgerte sich, dass er offenbar vergessen hatte abzuschließen.

„Hallo! Sie haben aber einen gesunden Schlaf. Ich hab schon fünf Minuten geklopft. Es ist wer da für Sie.“

„Was? Wer?“

„Zwei von der Kriminalpolizei. Aus St. Pölten, haben sie gesagt.“

„Was? Scheiße. Wie spät ist es?“

„Kurz nach zehn.“

„Scheiße!“ Das musste ja so kommen. Oberst Matzinger war eingetroffen. Die Kellnerin verschwand, und er zog sich in rasender Eile an. Ein Blick aufs Handydisplay zeigte sieben versäumte Anrufe und vier Nachrichten auf der Mailbox. Sie hatten seit Beginn der Ermittlung jeden Tag pünktlich, ja sogar überpünktlich begonnen. Sie waren den ganzen Tag im Dorf unterwegs gewesen und hatten alle Türklinken mehrfach geputzt. Er hatte heute Nacht eine neue Spur gefunden, aber das alles würde nichts nützen, wahrscheinlich würde man ihm die nächtliche Aktion nicht einmal glauben. Der erste Eindruck bei Matzinger war ein schlechter gewesen und hatte sich heute in dessen Augen sicherlich mehr als bestätigt. Schlechter konnte ein Tag eigentlich gar nicht anfangen.

„Guten Morgen, Herr Kollege", sagte der Niederösterreicher förmlich, als Hawelka in die Gaststube kam. Ein jüngerer Beamter war bei ihm, vermutlich sein Fahrer. Der Oberst war in Zivil, trug einen Anzug und wirkte wie ein Manager. Er mochte fünf, sechs Jahre jünger als Hawelka sein, hatte aber bereits graue Haare, die perfekt geschnitten waren.

„Guten Morgen, Herr Oberst", sagte Hawelka eine Spur zu laut und zu zackig. „Fast hätte ich jetzt salutiert", dachte er, obwohl er doch eher über eine Verteidigungsstrategie nachdenken sollte. „Ich sollte schleunigst darüber nachdenken, wie ich mich für zwei Stunden Dienstbeginnverschiebung rechtfertige", dachte er und dann dachte er, dass ...

„Haben Sie wohl eine Minute für uns?", fragte Matzinger immer noch förmlich und deutete auf die Tür. Nach einem Seitenblick auf den Wirt und die Kellnerin, die sich die Szene interessiert anschauten, folgte Hawelka.

Er hatte einmal über die Methoden von Stalins Geheimpolizei gelesen. Auch die hatten untertags, vor aller Augen, ihre Kandidaten auf diese Weise abgesondert. „Haben Sie wohl eine Minute für uns?", „Könnten Sie einen Moment mitkommen?", „Draußen möchte Sie jemand sprechen, Genosse. Ein alter Bekannter." Zack! Rein in den Wagen, rüber ins Untersuchungsgefängnis und ab nach Sibirien. Alle Verhafteten hatten genau gewusst, was kommen würde, als sie die harmlosen Bitten gehört hatten, kaum einer hatte sich zur Wehr gesetzt, oder wenigstens auf die Szene aufmerksam gemacht. Alle waren sie wie die Kaninchen vor der Schlange erstarrt und dann brav mitgegangen.

„Danke, lieber Kollege. Danke! Seit ... – warten Sie – fünfzehn Jahren warte ich jetzt darauf, es der präpotenten Sau heimzuzahlen, und jetzt ist es soweit. Endlich. Seit fünfzehn Jahren ist das die erste handfeste Gelegenheit, das überhebliche Arschloch in seine Schranken zu weisen. Ich weiß noch nicht bei welcher Gelegenheit, aber sie wird kommen, das weiß ich sicher. Vielleicht bei irgendeiner Ehrung, bei einem Ministerrapport, bei ... keine Ahnung, aber es eilt ja nicht. Wichtig ist mir nur, dass viele Zeugen dabei sind, dass viele hören, wie beschissen er seine Leute im Griff hat, und was das für Flaschen sind. Das ist mir persönlich sehr wichtig. Vor ... ja, es sind wirklich schon wieder fünfzehn Jahre, also vor fünfzehn Jahren war ich ein junger, aufstrebender Offizier und hatte die besten Bewertungen von Scheibbs bis Nebraska und wieder zurück. Und dann kam der Tag, wo wir gemeinsam mit den Wienern an diesem Mädchenhandelsfall arbeiteten. Und euer Erzherzog war der Leiter der Sitte, und euer Erzherzog hat damals Fehler gemacht, dass einer Sau gegraust hätte vom Zuschauen. Fehler in der Führung, aber vor allem Fehler im Ermittlungsansatz und in der Analyse und der Interpretation der Ergebnisse. Ich hab ihn mit aller gebotenen Höflichkeit und mit dem gehörigen Respekt darauf aufmerksam gemacht – unter vier Augen, versteht sich, damit er nicht das Gefühl hat, vor der Mannschaft kritisiert zu werden und er ...“ Jetzt flüsterte der Oberst aus St. Pölten wie ein Märchenerzähler, der den Kindern gerade die Grausamkeit des Menschenfressers beschreibt, „... er ließ eine sofortige Besprechung ausrufen, also die ganze Mannschaft antreten, nicht nur die Zivilfahnder, auch Uniformierte und den Innendienst, alle, alle, alle – es fehlte nicht viel und er hätte auch alle Autobahnstreifen und Schülerlotsen aus Wien und Niederösterreich dazu geholt – und dann hat er mich eine halbe Stunde lang zur Sau gemacht. Eine halbe Stunde lang, ich schwöre es. Ein Wunder, dass ich wieder hochgekommen bin. Aber so drei, vier Jahre dürfte es meine Karriere schon gekostet haben. Und Sie, Herr Havel, Sie sind jetzt mein ... meine Wunderwaffe. Danke! Vielen Dank." Er trat rasch auf Hawelka zu und schüttelte dem völlig Verdutzten herzlich die Hand. Sein junger Begleiter grinste schief. „Alles", setzte Matzinger jetzt noch hinzu, „alles, was Sie tun, vielmehr nicht tun, alles schreiben wir sehr genau mit, alles wird aufgezeichnet, dokumentiert und ausgewertet. Diese Protokolle vorzutragen – im passenden Rahmen versteht sich –, wird mir ein unendliches Vergnügen sein. Danke!"

Der Oberst salutierte tatsächlich zackig vor Hawelka und der junge Beamte tat dasselbe (allerdings eine Spur legerer). Dann sprangen sie in den Dienstwagen und keine zehn Sekunden später war der Spuk vorbei. Hawelka rieb sich die Augen und fragte sich, ob er das alles tatsächlich erlebt hatte.

„Na ja", meinte Schierhuber am Telefon dazu, als Hawelka seinen verzweifelten Bericht beendet hatte. Ein typischer Schierhuberkommentar, ausschweifend und äußerst emotional.

„Was soll ich machen, Sepp?"

„Da kannst du gar nichts machen."

„Nichts. Oder?"

„Gar nichts."

„Eben. Was soll ich da auch machen ..."

„Nichts kannst du machen.“ Das war schon ziemlich tröstlich. Ein Schierhuber fand immer die passenden Worte. Auch wenn es nicht viele waren. „Und du?“, fragte Hawelka, „wie ist die Anhörung gelaufen?“

„Na ja.“ Dann war ja alles klar. Abschließend erzählte sein Partner noch, dass im Auskunftsbüro ein kleiner Umtrunk angesetzt war. Die Forstner hatte Geburtstag. Hawelka ließ seine Glückwünsche ausrichten und legte auf. Wirklich hilfreiche Tipps, wie mit der Situation umzugehen war, hatte er nicht erhalten, trotzdem war es irgendwie beruhigend gewesen, Schierhubers Stimme zu hören.

Er seufzte, bestrafte sich selbst für sein Verschlafen, indem er das Frühstück ausließ, und marschierte zur Brandruine. Die Kriegerdenkmalpflegerin, die laut der Kellnerin Frau Hofer hieß, war bereits in ihrem Element, zupfte Unkraut und reagierte auf seinen lauten Gruß mit keinem Wimpernzucken. Es war, wie er gehofft hatte, der Eingang der Birnstinglscheune war nur über den Innenhof seines Hauses zu erreichen und dieser wiederum konnte nur über die Auffahrt und das stets offene Tor betreten werden. So weit, so gut. Jetzt galt es nur noch, Frau Hofer zum Reden zu bringen. Dass sie den Täter gesehen hatte, stand für Hawelka fest. Na ja, fast fest. Sicher, wenn einer ihre Eigenheiten kannte, hatte er sie vielleicht beobachtet, abgewartet, bis sie ins Haus ging, um Werkzeug zu holen, oder ihren ständigen Begleiter, den Mistkübel für den Straßenstaub, ausleerte, und dann war der Täter ... Oder vielleicht doch eine Täterin? Egal, Hawelka war davon überzeugt, dass sie jemanden gesehen hatte. Sonst hätte sie nicht so ... neutral, so ... seltsam verhalten über alle geschimpft, aber niemanden konkret verdächtigt. Oder doch? „Nein“, dachte Hawelka entschlossen, „die weiß was. “ Aber wie war sie zu knacken?

Während er nachdachte, wanderte er durch das Birnstinglhaus und begutachtete zum zwanzigsten Mal seit Beginn der Ermittlungen die Räume. Es war nicht anders als die anderen neunzehn Male (und würde sich vermutlich auch die nächsten neunzehn Male nicht anders anfühlen). Es war und blieb eine heruntergekommene Junggesellenbude, nicht unbedingt sauber, nicht unbedingt aufgeräumt, nicht unbedingt einladend, vor allem aber ohne irgendwas von Interesse. Einen Schreibtisch in dem Sinn gab es nicht, alle Dokumente hatten sie schon bei der ersten Durchsuchung in einer Lade der Küchenkredenz gefunden und es war nichts dabei gewesen. Schierhuber hatte den Auftrag, die Berlakovic auf den Anwalt anzusetzen, der damals Birnstingls Interessen gegen den Grafen vertreten hatte. Ansonsten gab es von dieser Seite nichts. Er versperrte das Haus wieder, brachte einen der amtlichen Aufkleber über dem Schlüsselloch an und schlenderte dann in Richtung *SeelenBegegnungsZonenZentrum* davon.

„Das hat jetzt überhaupt nichts mit meiner Chakra-Wurzel zu tun. Aber irgendjemanden muss ich ja befragen, die Eisenbahnertochter ist in der Schule, die Burschen sind zur Arbeit und die Esoterik-Tante ist eine von vielleicht dreieinhalb Leuten aus dem Dorf, die noch nicht dran waren“, dachte er und spürte die Blicke der Kriegerdenkmalpflegerin im Nacken. Als Schierhuber und er Klinken geputzt hatten, war die Tür des Zentrums nicht geöffnet worden, ein handgemachtes Pappschild „Gruppenmeditation, bitte nicht stören“ hatte Auskunft über den Grund der seelenbegegnungsmäßigen Zentralverriegelung gegeben. Zwei

Tage später war niemand zu Hause gewesen, und dann hatten sie es gar nicht mehr versucht, das Haus lag zu weit weg und überdies hinter einer Kurve, niemand hätte von dort aus etwas beobachten können, ein Naheverhältnis der Esoterikerin zu irgendjemandem im Dorf bestand laut Wirt nicht, also hatten sie die Befragung der Frau auf der Prioritätenliste ganz nach hinten gesetzt.

Es blieb lange still im Haus. Vielleicht war die Rubensfrau wieder nicht zu Hause, anhand des Wagens ließ sich das nicht feststellen, die Garage war verschlossen, vielleicht versteckte sie den Wagen immer, weil in ihrer Welt eigentlich kein Platz für so etwas Triviales wie einen gebrauchten Golf war. Das hätte vielleicht die Gäste irritiert, dass ihre Leiterin oder Lehrerin ...

„Gibt es eigentlich eine weibliche Form von Guru", überlegte Hawelka, während er lauschte, ob sich nicht doch Schritte näherten. „Wie muss das dann heißen: Gura? Und wie ist die Mehrzahl? Beim Gurutreffen, zum Beispiel: Heute waren wieder viele Gurus und Guras da? Oder: Liebe Gurinnen und Gurus? " Er dachte schon wieder zu viel.

„Ich denke schon wieder zu viel", dachte er, „vor allem aber denke ich zu viel an völlig schwachsinnige Dinge. Ich muss aufhören und mich konzentrieren."

„Willkommen, nachdenklicher Mann." Die Stimme hätte bei einer Erotikhotline eingeschlagen wie eine Granate. Bei Hawelka jedoch schlug sie ein wie eine Atombombe. Das lag zu einem Gutteil daran, dass sich die Frau ihm unbemerkt von hinten genähert, und ihm ihren Gruß fast ins Ohr gesagt hatte. Er fuhr herum, überrascht, erschrocken, beschämt, rot im Gesicht und am Hals. Und auch auf seinem extrabreiten Scheitel hatte sich die Kopfhaut rot gefärbt. Die Frau, die vor ihm stand, war atemberaubend. Füllig, um nicht zu sagen üppig, gekleidet in eine Art Tunika, über die wallendes rotes Haar fiel, entsprach sie genau Hawelkas Vorstellung einer mittelalterlichen Hexe, die mit ihrem Liebeszauber die Männer zu willenlosen Werkzeugen ihrer Lust macht[12]. Ihr Blick war forschend und ein klein wenig belustigt.

„Sie wollen zu mir, nehme ich an? Haben die Männer im Wirtshaus Ihnen die wahre Bedeutung meines *SeelenBegegnungsZonenZentrum* verraten? Haben sie Ihnen erzählt, dass ich hier ein esoterisches Geheimbordell betreibe? Hat Ihnen die Frau Hofer geflüstert, dass ich alle Männer da packe, wo sie am empfindlichsten sind?" Sie lachte gurrend. „Sind Sie neugierig geworden und wollten einmal sehen, ob das alles stimmt, was man so sagt?"

„Nein, nein, ich ... bin eher ... dienstlich da. Ich bin ... von der Polizei." Die Röte wollte nicht von Hawelkas Kopf weichen.

„Ach ja, der Brand, nicht wahr? Man erzählt sich, dass das Mord war." Ihr Akzent war nicht genau einzuordnen, vielleicht stammte sie aus Oberösterreich, oder Salzburg. Eine Hiesige war sie jedenfalls nicht. Wienerinnen sprachen auch anders. Hawelka ging nicht auf die Mordgeschichte ein, sagte stattdessen: „Könnte ich wohl ein paar Minuten mit Ihnen sprechen? Vielleicht können wir reingehen?"

„Natürlich. Ich lasse alle Männer rein ..." Sie lachte herzlich und sperrte die Tür auf. Gott weiß, wo sie vorhin hergekommen war. Sie ließ Hawelka vorausgehen. Das Haus war so eingerichtet, wie Hawelka es sich vorgestellt hatte. Helles Holz, pastellfarbener Mauerputz, diverse geheimnisvolle Symbole in Holzrahmen an den Wänden, Sitzkissen und so weiter. Ein undefinierbarer Hauch von ätherischen Ölen in der Luft. „Das volle Programm", dachte Hawelka.

„Das volle Programm, oder?", sagte die Rothaarige vergnügt, als sie seinen Rundumblick bemerkte. „Setzen Sie sich hin, wo Sie sich am wohlsten fühlen. Möchten Sie Tee? Oder dürfen Sie auch etwas Alkoholisches im Dienst trinken. Ich habe auch Bier im Kühlschrank. Weniger für die Teilnehmerinnen als für eventuelle Begleitpersonen. Mit selbstgebrauten Liebestränken kann ich nicht dienen." Hawelka fand ihre Stimme überaus angenehm, auch wenn sie so klang, als würde die Besitzerin jeden Moment laut loslachen. Oder fand er sie gerade deshalb so angenehm?

„Wasser?"

„Wasser gibt es auch. Ich hol uns welches." Sie verschwand, und Hawelka riskierte einen weiteren Rundumblick. Etliche Zwischenwände des Hauses waren herausgebrochen worden, bei anderen, wo dies wahrscheinlich aus bautechnischen Gründen unmöglich war, hatte man breite Durchgänge zum nächsten Zimmer geschaffen, wodurch das ganze Erdgeschoss wie ein einziger großer Raum wirkte, allerdings mit allerlei Ecken und Vorsprüngen, heimeligen Winkeln und Nischen. Irgendwie wirkte dieses Zimmer ... inspirierend auf ihn.

„Ich glaube, ich fange gerade an, mich für Esoterik zu interessieren", dachte Hawelka, und kurz darauf galt sein Rundumblick nicht mehr dem inspirierenden Raum, sondern der Gastgeberin. Auch hier gab es einiges, was Hawelka inspirierte. Die Winkel, Nischen und Vorsprünge waren allerdings deutlich runder als beim Zimmer. Hawelka fühlte sich augenblicklich reich beschenkt. Sie schenkte ihm ein Lächeln, sie schenkte ihm ihre Aufmerksamkeit und sie schenkte ihm ein.

Hawelka trank ein wenig zu hastig, aber er brauchte dringend Kühlwasser. Leider hatte er seine Augen auch danach noch nicht hundertprozentig unter Kontrolle.

„Ich glaube, Sie fangen gerade an, sich für Esoterik zu interessieren“, sagte sie und folgte seinem unfolgsamen Blick mit einer Kopfbewegung, wie sie Figuren in Zeichentrickfilmen machen: langsam, überdeutlich und mit weit aufgerissenen Augen. Seine flammende Gesichtsröte von vorhin kam wieder auf einen Sprung vorbei.

„Entschuldigung“, sagte er und überlegte krampfhaft, was er denn nun als Entschuldigung anführen sollte. „Ich hab nur ihr Kleid bewundert. Ist das Leinen, dieser Stoff?“ Nein, das war einfach nur blöd. „Ich wollte mich nur überzeugen, ob sie auch genug essen, dieses ständige Heilfasten soll gar nicht so gesund sein.“ Nein, auch blöd. „Ich habe kurz meinem Urtrieb nachgegeben und eine begehrenswerte Frau angesehen, wie es alle Männer mehr oder weniger verstohlen tun, aber ich bin Hawelka, und daher zu langsam und zu ungeschickt, um meinen Blick rechtzeitig in Sicherheit zu bringen.“ Ganz schlecht. „Wenn ich malen könnte wie Rubens, dann würde ich Sie bitten, mir Modell zu stehen.“ Na ja. Mittelmäßig. Außerdem hatte er noch nie ein Bild von diesem Rubens gesehen. Was, wenn der ganz furchtbar malte? Er ließ also das „Entschuldigung“ einfach so im Raum stehen, wo es durch die viele positive Energie sicherlich irgendwann vollkommen harmonisiert im richtigen Eck (nach Feng Shui[13]) landen würde, und begann seine Befragung.

„Frau ...“

„Dobrovolny. Erika.“

„Aha. Gut, Frau Dobrovolny, ich ...“

„Sie können gerne Erika zu mir sagen. Oder Aisha. Das ist mein angenommener Name als Heilerin und

Lehrerin. Dobrovolny passt nicht ganz so gut, aber so heiße ich nun einmal."

„Okay. Gut. Also, wo waren Sie am ... Verzeihung, Frau Do... , also gut, Erika, Entschuldigung, das klingt jetzt irgendwie wie ... eine ... oder wie ein Verhör, aber ..."

„Ist es das nicht?"

„Es ist eine Befragung. Eine Zeugenbefragung. Also, eher eine Zeuginnenbefragung, in Ihrem Fall."

„Ich lege auf solche Spitzfindigkeiten keinen Wert. Auch wenn man ‚Zeuge' zu mir sagt, fühle ich mich durchaus noch als Frau." Hawelka glaubte ihr aufs Wort. Er hätte sie auch gerne als Frau gefühlt. Aber leider, das Zeugenschutzprogramm ...

„Wo waren Sie am Donnerstag, den 15. Juni, sagen wir ... ab zwölf Uhr Mittag?" Er hatte seinen Notizblock gezückt und ihren Namen aufgeschrieben. Jetzt erwartete er ihre Antwort schreibbereit. Durch die Verzögerungen bei der Befragung lag das bewusste Datum schon über eine Woche zurück, es war klar, dass man das nicht auf Anhieb wusste. Viele Leute sagten einfach, sie wüssten es nicht mehr. Sie hingegen dachte intensiv nach, hatte dabei die Augen geschlossen, den Kopf leicht in den Nacken gelegt und Hawelka hing an ihren Lippen, obwohl sie gar nichts sagte.

Das war der Moment, in dem sich Bettina Sommer (die anerkannt schönste Frau der ... und so weiter) einmischte. „Josef", sagte sie leise, zumindest meinte es Hawelka ganz deutlich zu hören, „Josef, hast du mir nicht ein Versprechen gegeben? Zumindest ... innerlich? Hast du dir nicht einmal so intensiv geschworen, dass es fast so war, als hättest du es mir geschworen, also jedenfalls hast du geschworen, dass du nur mich ... also, dass ich die einzige Frau bin, die du gerne ... also, ich meine ... hast du, oder hast du nicht?“ Das fand Hawelka jetzt ein bisschen unfair von der Sommer. War es nicht so, dass sie ihn erst unlängst eine Nacht lang als ... ja, als was eigentlich? Als Klagemauer, vielleicht? Als Kumpel? Als Vertrauten? Jedenfalls aber als guten Zuhörer gebraucht, um nicht zu sagen: missbraucht hatte? Und sich dann wieder in die Arme des Mannes geworfen hatte, den sie in seiner Gegenwart verflucht und dem sie abgeschworen hatte? Und gut, wenn das so war, wenn ihr Verhältnis so war, warum erhob sie dann jetzt plötzlich Besitzansprüche auf ihn? Noch dazu Besitzansprüche, die sie aus einem Versprechen ableitete, das er ihr in seiner Fantasie gegeben hatte, das er vielleicht sich selbst, aber nie ihr persönlich gegeben hatte. Das war doch unfair! Das war doch ... „Ich hab auch nichts gesagt, als du mit diesem ...“, wollte er ihr antworten, aber sie kam ihm zuvor und sagte schon: „Und schon der ersten Frau, die dich ein bisschen neckt und dir schöne Augen macht, verfällst du mit Haut und Haar und denkst nicht einmal mehr an mich. So hab ich dich wirklich nicht eingeschätzt, Josef Hawelka, so nicht.“ Das war nun wirklich eine Lüge. Natürlich dachte er an Bettina Sommer, sonst würde ja dieses imaginäre Gespräch gar nicht stattfinden. Das musste sie doch einsehen! Manchmal war sie aber auch wirklich zu egoistisch. „Ist das jetzt unser erster Streit? “, dachte Hawelka. „Ich fürchte, ja. Wir haben unseren ersten Streit, dabei ist sie gar nicht da.“

„Haben Sie Streit?“, fragte die Rubensfrau.

„Was?“

„Sie strahlen momentan so eine ... Frustration aus, so eine Aggression und innere Anspannung, als hätten Sie gerade einen veritablen Streit mit jemandem, der Ihnen sehr nahesteht.“

„Ich ... Was? Streit? Ich ... also, ich ... soweit ich weiß, war meine letzte Frage, was Sie am Donnerstag vor einer Woche gemacht haben, wenn Sie sich erinnern."

„Das ist schon in Ordnung. Sie müssen nicht darüber reden. Vielleicht ist es irgendwann soweit, dass Sie darüber reden wollen, aber jetzt nicht, das ist mir klar. Sie blockieren, und das ist auch gut so. Das ist zu Ihrer eigenen Sicherheit."

„Gut. Wenn Sie vielleicht meine Frage ..."

„Soweit ich mich erinnern kann, war da ein Seminar, das müsste auch in meinem Kalender stehen ..." Sie stand auf, holte einen Terminplaner und schlug nach. „Da ist es ja, wir haben in einer Kleingruppe gearbeitet. Zu viert. Von halb neun in der Früh bis nach Mitternacht, es war ziemlich intensiv. Ich glaube, die Feuerwehrsirene haben wir gehört, aber was los war, haben wir erst am nächsten Tag erfahren."

„Können die anderen aus dieser ... Kleingruppe das bestätigen?"

„Was für eine Frage! Natürlich. Es ist ja nicht so, dass ich alle Teilnehmer morgens in Trance versetze und erst in der Nacht wieder zurückhole. Wir essen dazwischen, wir diskutieren, lachen, reden ..."

„Die Adressen hätten Sie für mich?"

„Also, solange ich nicht des Mordes angeklagt werde, geb ich die bestimmt nicht her. Aber ich kann die Leute anrufen und fragen, ob ich sie nennen darf. Wenn sie das erlauben, dann okay ..."

„Also haben Sie nichts gesehen und nichts gehört."

„Leider. Oder glücklicherweise, wie man's nimmt."

„Kannten Sie Birnstingl?" Die Befragung lief jetzt eigentlich wie auf Schienen. Vernünftige Fragen, ehrlich klingende Antworten. Die Einmischung von Bettina Sommer war wirklich ... hilfreich gewesen. „Sehr hilfreich!“, dachte Hawelka. „Wirklich sehr hilfreich! Vielen Dank auch, Frau Sommer!“

„Sie wirken schon wieder sehr ... grantig“, bemerkte die Gastgeberin. Irgendwie schien sie tatsächlich Hawelkas Stimmung zu fühlen.

„Birnstingl?“, beharrte er auf seiner Frage. Sie lachte. Ob über sein Nicht-auf-ihre-Anspielung-Eingehen oder über die Birnstinglfrage, war nicht klar.

„Birnstingl habe ich oft in der Nacht gesehen. Andere auch. Ich habe sie gesehen, lange bevor ich ihre Namen kannte. Frau Hofer, Birnstingl, Tersch, Jauner, die junge Klausner, einen Burschen, der Pollak heißt, zwei oder drei Freunde von ihm, manchmal auch den Pornofilmproduzenten, den sie ‚Graf‘ nennen. Es ist ganz schön was los in diesem Dorf. Vor allem nachts.“

„Und Sie, was haben Sie in der Nacht ... ich meine, wenn Sie die alle öfters gesehen haben, dann waren Sie doch auch unterwegs, oder?“

„Ich bin ein Nachtwesen. Ich gehe oft durch die Dunkelheit, wandre die Thaya entlang, oder stehe stundenlang und lasse die Nacht auf mich wirken. Das sind Kräfte, das kann man sich gar nicht vorstellen.“ Es waren auch nicht die Kräfte der Nacht, die sich Hawelka momentan vorstellte. Vielmehr war es die leichtbekleidete Rubensfrau, die auf einer weichbemoosten Waldlichtung einen Tanz im Mondenschein vollführte. In seinem Hinterkopf räusperte sich Bettina Sommer energisch.

„Und Sie haben die Dorfbewohner beobachtet?“ Das war wieder sehr sachlich.

„Nicht direkt, aber manches bekommt man mit, ob man will oder nicht.“

„Was denn, zum Beispiel?“

„Die Urinattacke von Birnstingl zum Beispiel.“

„Die was?“

„Ich nenne es Urinattacke. Die Leute im Dorf sagen anders dazu.“

„Ich verstehe nicht ganz …“

„Birnstingl fühlte sich durch die Katzen von Herrn Tersch belästigt, aber er blitzte mit allen Klagen ab. Also schlug er zurück. Vielleicht sollte man besser sagen, er markierte zurück. Er sammelte in mühevoller Kleinarbeit den Urin eines ganzen Tages in einem Kanister, den er dann morgens, gegen vier, über die Fassade von Terschs Haus leerte.“

Tristan-Akkord

Am nächsten Abend

Hawelka saß auf seinem Bett und überlegte. Er kam zu keinem Ergebnis. Das war an und für sich nichts Neues, aber derart unschlüssig und entscheidungsunfähig hatte er sich noch nie gefühlt. Trotzdem musste etwas unternommen werden. Es war jetzt der dritte schierhuberlose Abend. Das war noch nicht das eigentliche Problem, Hawelka konnte sich auch gut alleine beschäftigen, aber geplant war eigentlich gewesen, dass Schierhuber am Abend nach seiner Aussage in der Huntzinger-Geschichte wieder in Vestenötting eintreffen sollte. Nun konnte durchaus etwas dazwischengekommen sein, vielleicht musste sich sein Partner nach dem kleinen Umtrunk im Auskunftsbüro ein wenig ausrasten und hielt es für unverantwortlich, noch mit dem Auto ins Waldviertel zu fahren. Sehr vernünftig. Gut, aber dann hätte er zumindest angerufen. Natürlich war es auch möglich, dass Schierhuber so müde war, dass er auf den Anruf vergessen hatte. Gut, aber dann wäre er am Morgen gekommen. Sicher hätte es sein können, dass er doch noch dienstlich aufgehalten worden war, und deshalb erst nachmittags oder abends kommen konnte. Gut, aber dann hätte er sicher angerufen. Es war irgendwie seltsam. Um es auf den Punkt zu bringen: Hawelka machte sich Sorgen. Meist ist es zwar so, dass Polizisten mit einer Länge von über zwei Metern und einem Gewicht deutlich jenseits der hundertdreißig Kilo ganz gut auf sich selbst aufpassen können, aber trotzdem: Hawelka machte sich Sorgen. Es war nicht Schierhuberart, zum vereinbarten Zeitpunkt nicht aufzutauchen. Es war auch nicht Schierhuberart, sich nicht zu melden. Und es war schon gar nicht Schierhuberart, nicht auf eine von Hawelkas mittlerweile drei Mailboxnachrichten zu reagieren. Was ihn aber am meisten beunruhigte, war die Tatsache, dass die Berlakovic nichts wusste. Nichts! Er hatte sie gegen Mittag zum ersten Mal angerufen, und dann am Nachmittag noch einmal, und dann kurz vor Dienstschluss hatte sie ihn angerufen. Da hatte sie versprochen, bei Schierhubers Wohnung vorbeizufahren. Hinein konnte sie nicht, den Zweitschlüssel hatte nur Hawelka. Schierhuber und er hatten schon bald, nachdem sie ein Team wurden, beschlossen, sich gegenseitig ihre Zweitschlüssel anzuvertrauen – man konnte ja nie wissen. Kurz vor sieben hatte dann wieder die Berlakovic angerufen, um zu melden, dass sie ungefähr eine Viertelstunde ergebnislos Sturm geläutet habe, und dann auf die glorreiche Idee gekommen war, sein Auto zu suchen. Die Parkplätze in der Hochhaussiedlung waren fest nummeriert – jede Wohnung hatte einen. Schierhubers war leer gewesen. Also war es auch sinnlos, die Wohnung aufbrechen zu lassen, man würde dort glücklicherweise kein Waldviertler Herzinfarktopfer finden. Was aber nicht hieß, dass es Schierhuber gut ging ... An Schlaf war für Hawelka also nicht zu denken.

Nach der gestrigen Begegnung mit der Rubens-Frau war er ohnehin sehr aufgewühlt gewesen. Einerseits wegen der Wirkung, die sie auf ihn ausübte, andererseits wegen der von ihr erzählten Geschichte.

„Ah, die Brunzkanisteraktion“, hatte der Wirt achselzuckend gemeint, „das war doch nichts Aufregendes. Deshalb bringt man doch keinen um. Der Tersch hat ihm dann eh als Revanche Katzendreck auf die Türschnallen geschmiert, und so waren sie wieder pari.“ Dass die Rubens-Frau praktisch das halbe Dorf in der

Nacht bei diversen, mehr oder weniger heimlichen, Tätigkeiten beobachtet hatte, war am Stammtisch zwar noch nicht bekannt gewesen, trotzdem eher gleichmütig aufgenommen worden. Heute war Birnstingls offizielles Begräbnis gewesen, aus dem Dorf waren wenige gekommen. Die Burschen, die Hawelka danach beim Feuerwehrhaus aufgestöbert hatte, taten die Erpresseraktion als harmlosen Scherz ab, sie hätten kein Geld bekommen, behaupteten sie zumindest, aber die Fotos trotzdem nicht ins Internet gestellt, man wollte die alten Geilspechte nur ein bisschen ärgern. Das hatten sie zumindest gesagt. Nach seinem vorbildlichen schriftlichen Bericht (am Telefon hatte sich Matzinger verleugnen lassen), war Hawelka wieder in der Gaststube gesessen und war Zeuge eines alten Vestenöttinger Brauches geworden. Nach der fünften oder sechsten Runde Bier war der Wirt in die Mitte getreten und hatte die hochoffizielle Abschiednahme „von einem von uns" verkündet. Daraufhin hatte Döller, der auch Ortsvorsteher war, mit Bierernst ein paar Worte gesprochen, die man schon zu kennen meinte („... einer von uns ...", „... über die Toten nichts Schlechtes ...", „... letzte Ehre erweisen ..." und so weiter). Dann hatten sich die Gäste (es waren nur Männer aus dem Dorf da) erhoben und zur Melodie eines alten Kirchenliedes gesungen:

Hans, du alter Sack, du stehst nicht mehr,
und das wird nie mehr besser werden,
Hans, du alter Sack, du stinkst schon sehr,
drum brachten wir dich unter d' Erden,
du warst dein Lebtag frech und faul,
jetzt hältst du wenigstens dein Maul,
Hans du alter Sack, du stehst nicht mehr.

Hans, du alter Sack, du bist dahin,
du hast es immer bunt getrieben,
Hans, du alter Sack, jetzt steckst du drin,
jetzt werden dich die Würmer lieben,
du hast dein Lebtag streng gerochen,
jetzt ist das Auge dir gebrochen,
Hans, du alter Sack, du bist dahin.

Hans, du alter Sack, wir sagen tschau,
wir werden deine Witwe trösten,
Hans, du alter Sack, und jede Frau,
die sich jemals für dich entblößte,
du hast sie alle angelogen,
dafür hab'n sie dich oft betrogen,
Hans, du alter Sack, wir sagen tschau.

Hans, du alter Sack, du musst zerfließen,
denn es hilft nichts, du wirst nicht jünger,
Hans, du alter Sack, bald werden sprießen,
aus dir die Blumen – und du bist der Dünger,
du warst dein Leben lang ein Hund,
jetzt wirst du wenigstens schön bunt,
Hans, du alter Sack, du musst zerfließen.

Den Text hatte viele Jahre zuvor der Vater des Wirten verfasst und seither wurde er, unter Auswechslung des Namens, nach jedem Begräbnis eines männlichen Dorfbewohners gesungen, egal, ob eine Witwe vorhanden war, oder nicht.

Als die Männer geendet hatten, schrie der Feuerwehrkommandant: „Schweigeminute!" und die Männer senkten den Kopf, verharrten für gut zehn Sekunden ganz still, dann folgte das Kommando: „Ex, auf den Birnstingl!" und sie tranken die Krügel aus. Dann begab man sich zu den Tischen, und die Gespräche wurden wieder aufgenommen. Daraufhin hatte Hawelka es vorgezogen, in sein Zimmer zu verschwinden.

Dort saß er also und überlegte. „Wenn der Sepp morgen auch nicht auftaucht, muss ich das melden, den Niederösterreichern und dem Erzherzog." Das wäre Wasser auf Matzingers Mühlen und Öl ..., nein: Benzin, nein: Dynamit ins Feuer des Erzherzogs. Disziplinarverfahren, wenn nicht noch Ärgeres. „Und eine Vermisstenanzeige werd ich auch aufgeben müssen", dachte Hawelka. „Wer soll das sonst machen?" Gerade, als er sich zum fünften Mal in dieser Nacht zum Rauchen ans Fenster gestellt hatte, hörte er den vertrauten Klang von Schierhubers altem Mercedes näher kommen. „Na, endlich!" Bald darauf hörte man die Wagentür schlagen, und dann längere Zeit nichts mehr, weil Schierhuber nicht in sein Zimmer ging, sondern offenbar gleich in der Gaststube hängengeblieben war.

„Ich mach mir die ärgsten Sorgen um ihn, aber der Sepp findet es nicht einmal der Mühe wert, sich zurückzumelden, oder mich vorher anzurufen, oder ... irgendwas", dachte er wütend. Und weil er jetzt so wütend war, dass sich sicherlich schon wieder kein Schlaf einstellen würde, ging er auch hinunter in die Gaststube. Er würde Schierhuber natürlich jetzt keine Szene machen, aber ein schlechtes Gewissen wollte er ihm schon bereiten. Dazu stand er.

„... Du warst dein Leben lang ein Hund,
jetzt wirst du wenigstens schön bunt,
Hans, du alter Sack, du musst zerfließen."

Schon im Stiegenhaus hörte er den virtuosen Vestenöttinger Männerchor (die stärkste Konkurrenz der Don-Kosaken), der, offenbar dem Groupie Josef Schierhuber zuliebe, nochmals den weltberühmten

Hit *Hans, du alter Sack* intoniert hatte. Das Ende vom Lied wurde von Applaus (größtenteils von den Sängern selbst) gekrönt. Hawelkas Eintritt in die Gaststube ging da ein wenig unter, was seine Laune nicht wirklich hob.

Der angesungene Schierhuber hingegen war glänzend gelaunt. Entgegen seiner sonstigen wortkargen Art redete er heute geradezu ohne Unterlass. Er lobte die Darbietung, bedankte sich seinerseits mit einem Kanon („Mia haum dahoam an oidn Wetzstoa, die Muata sogt mia soin eam wegdoa, da Vota sogt mia soin eam g'hoitn, den Wetzstoa, den oitn ..."), der nach kurzer Lernphase von der ganzen Gaststube gesungen wurde.

Kaum acht Minuten später beendete man den Vierzeiler nach der siebenundfünfzigsten Wiederholung und bemerkte Hawelka. Er wurde mit Hallo begrüßt, Schierhuber machte keinerlei Anstalten, sich zu erklären, gab sich vielmehr leutselig und erzählte von seiner ruhmreichen Vergangenheit bei der Zwettler Blasmusik.

„Irgendwann sind wir dann auf den Tristan-Akkord gekommen", lachte er in die Runde. Er begegnete verständnislosen Gesichtern. Sein Lachen verstarb langsam. „Na, der Tristan-Akkord! Der vom Beethoven, wisst's eh", er grinste probeweise in die Runde. „f-h-dis1-a1, ein Klassiker." Wieder nur Unverständnis ringsum. „Ich hätt's ja auch nicht gewusst", gab Schierhuber mit ausgebreiteten Armen zu, „aber der Koppensteiner Sepp war ein so ein Trompeter!" Er formte ein „O" mit Daumen und Zeigefinger. „So ein Trompeter, das hat Zwettl noch nie gesehen. Und nach der Matura ist er auf die Musikhochschule gegangen. Die haben ihn mit Handkuss genommen. Heute spielt er bei den Philharmonikern. Aber bei uns war er lang dabei. Und irgendwann hat er uns vom Tristan-Akkord erzählt. Der kommt am Anfang von einer Oper vor. Tannhäuser, oder so. Der Koppensteiner Sepp hat erzählt, dass der musiktheoretisch viele Deutungen zulässt. Theoretisch. Nach den Proben sind wir dann oft heimgegangen, das heißt, ins Wirtshaus halt, und haben gedeutet. Praktisch. Also, wir haben ein paar ausgesucht, die haben den Akkord gespielt. Dann haben wir ihn gedeutet. Ich hab gesagt, dass ich ihn so deute, dass der Beetho... aber nein, Blödsinn, der Wagner war's. Der Wagner hat den geschrieben, der Wagner."

„Ich?", schrie Wagner, der links von Schierhuber am Tisch saß. „Ich hab gar nichts geschrieben. Ich bin ein anständiger Mensch!"

„Nein", schüttelte Schierhuber den Kopf, „der Komponist, der deutsche. Der deutsche Wagner. Wurscht! Jedenfalls hab ich gedeutet, dass der Wagner ganz einfach besoffen war und sonst gar nichts. Der wird sich einfach irgendeinen Stiefel zusammengeschrieben haben, weil's schon spät war und er ein bisserl müd war und schon doppelt gesehen hat, und am nächsten Tag war er zu faul, dass er die Passage neu schreibt, oder wahrscheinlich war ihm zu schlecht, also hat er gar nicht nachkontrolliert und dann passiert so was. Na ja ...", er grinste in die Runde, „jedenfalls hat meine Deutung in der Kapelle die größte Zustimmung erhalten, und daher hab ich den ausgelobten Preis erhalten. Einen Abend lang Freibier! Die ganze Runde teilt sich die Kosten und der Sieger sauft halt gratis. Normalerweise für jeden Beteiligten ein Klacks. Aber bei mir haben sie geschaut! Dafür sind wir dann durch die Straßen gezogen und haben eine Show abgezogen, die Zwettl bis heute nicht vergessen hat. Jeweils vier haben den Akkord an einer Straßenecke geblasen und die anderen haben dann ihre Interpretationen durch die Gegend geschrien. Das war angewandte Musikerziehung." Er schwieg glücklich und nahm einen Schluck Bier. „Wahnsinn", dachte Hawelka, „ich weiß gerade, dass Beethoven und Wagner irgendwelche Komponisten waren – das heißt: Beethoven hat die Fünfte geschrieben, das weiß ich auch, aber sonst? Und der Sepp, den ich für einen normalen Blasmusikanten gehalten hab, geht herum und spielt Stücke von Wagner. Das ist schon ... irgendwie beeindruckend. Hätt ich ihm nicht zugetraut."

„Bin beeindruckt. Das hätt ich dir gar nicht zugetraut, Sepp."

„Na ja, der Tristan-Akkord ist ja ein Blödsinn. Der ist mir doch wurscht." Schierhuber winkte verächtlich ab. „f-h-dis1-a1, was soll das schon können? Ein schöner Akkord, wenn nicht sogar der allerschönste ist der C-Dur-Akkord. Da können sie sagen, was sie wollen, die G'scheiten. C-Dur, der perfekte Dreiklang ist das. Das kann man nur so erklären. Sagen wir ... du willst mit einer Frau ... na, du weißt schon. Dann wäre der perfekte Dreiklang C-Dur. Drei Elemente: C-E-G. So wie: Ich will, ich darf und ich kann. Drei Elemente. Passen optimal zusammen. Klingen so richtig. C-Dur." Er nickte nachdenklich und wiederholte: „C-Dur. Eindeutig. Weil wenn eines der Elemente nicht passt – dann entsteht ein nicht mehr ganz so richtiger Akkord. Also natürlich schon ein richtiger Akkord, aber nicht mehr der schöne C-Dur-Akkord. Sagen wir C-Moll. Klingt schon nicht mehr so ... richtig. Klingt wie: Ich will, ich darf – aber ich kann nicht so richtig. Oder sagen wir F#, das ist wie: Ich will, ich darf eigentlich nicht, kann wahrscheinlich nicht einmal – aber scheißegal, Hose runter und los geht's. Aber C-Dur ist das nicht mehr."

„Wo hast du das alles her?" Hawelka kam aus dem Staunen nicht mehr heraus.

„Ich hab neben dem ganzen Schlagwerk, also neben der Trommel, auch Klavier gelernt. Das haben wir in unserer Kapelle zwar nicht gebraucht, aber ein Onkel hat es mir ein bisschen beigebracht. Die weißen Tasten hab ich schnell gehabt. Aber mit den schwarzen haben die Schwierigkeiten angefangen. Halbe Töne! Das zerstört doch jeden gescheiten Akkord! Halbe Töne. Halb! Das ist ... das ist so wie halbleer, halb so viel, halb ... wurscht. Halb ist nicht ganz. Deshalb bin ich kein Freund von Halbtönen. Ein schöner Dreiklang macht keine halben Sachen. Der hat keine Halbtöne. Der bleibt sauber. Rein. C-Dur ist der reinste Dreiklang, den es überhaupt gibt. Sicher, die Trompeter haben lieber ein anderes Dur. Weil die gehen ja nicht vom C aus." Er nahm einen Schluck. Es fehlte nicht viel und Hawelka hätte applaudiert.

Trotzdem konnte er nicht umhin, zu bemerken, dass sein Partner zu viel redete. Zu viel für einen Schierhuber. Zu engagiert! Es war, als wollte er von etwas ablenken. Es war, als wollte er von der Frage nach seinem Aufenthalt ablenken, die Hawelka jeden Moment stellen konnte. Und es war, als wäre Schierhuber ein anderer. Ein aufgewühlter Mensch.

Was, zum Teufel, hatte er in den letzten achtundvierzig Stunden gemacht?

Aussagen

Am nächsten Morgen

„Und?“

„Mhm.“

„Wie war’s?“

„Ja, eh.“

„Alles okay?“

„Sicher.“

„Ich denk mir nur. Weil du ja länger weg warst ...“

„Ja.“

„... und dich nicht gemeldet hast.“

„Nein.“

„Die Herta war sogar bei deiner Wohnung ...“

„Ja.“

Sie saßen beim Frühstück. Das Gespräch wollte nicht so recht in Gang kommen. Hawelka war rücksichtsvoll genug, keine direkten Fragen zu stellen. Der andere war Schierhuber genug, keine direkten Antworten zu geben. Am Vorabend hatte sich Hawelka dann lieber doch wieder zurückgezogen. Das war kurz nachdem jemand vorgeschlagen hatte, das alte Trauerlied nochmals anzustimmen. Gegen drei hatte dann unten ein Jagdhornquartett seinen großen Auftritt[14]. Die dumpfen Schläge hatte vermutlich Schierhuber beigesteuert. Mangels großer Trommel musste er wohl mit den Fäusten die Tischplatte bearbeitet haben, seine Pranken waren immer noch gerötet und geschwollen. Hawelka war erst gegen fünf eingeschlafen und dennoch um sieben, auf das erste Weckersummen hin, aus dem Bett gesprungen. Er würde sich nicht mehr von Matzinger schlafend erwischen lassen, das hatte er sich geschworen. Aus dem Nebenzimmer war lautes

Schnarchen gedrungen, also hatte er sich alleine auf einen Streifzug durch das Dorf gemacht. Es galt, ein paar Aussagen zu überprüfen.

„Ah ja, die sind alle nichts wert", hatte Frau Hofer mit einer wegwerfenden Handbewegung zur Urinattacke gemeint. Ob sie diese bestätigen könnte?

„Na, vor mir hat er nicht in den Kanister geludelt", war ihre Antwort gewesen, und dann hatte sie sich intensiv mit dem kaum vorhandenen Unkraut rund ums Kriegerdenkmal beschäftigt und war auf keine der weiteren Fragen mehr eingestiegen. Da das Dorf am Vormittag so gut wie ausgestorben war, begegnete er niemandem sonst. Auch der letzte Bursch aus der Amateurfotografenrunde, den er noch nicht befragt hatte, war nicht zu Hause gewesen, und die Eisenbahnertochter ohnehin nicht. Er hatte sich gezwungen, nicht in Richtung *SeelenBegegnungsZonenZentrum* zu wandern. Was hätte es dort auch zu tun gegeben? Die Aussage hatte er, das Alibi war jederzeit überprüfbar. Er hatte also die Brücke nach Klein Eberharts überquert, auch dort war alles wie ausgestorben gewesen. Auch dort hatten sie alle Aussagen schon aufgenommen und genau nichts erfahren. Er hatte sich die Montessori-Dorfschule eine Weile von außen angesehen und dabei festgestellt, dass eine Menge Katzen dasselbe taten. Scheinbar hatten ein paar von Terschs Lieblingen einen kleinen kulinarischen Ausflug unternommen und waren herübergekommen, um den Kindern in der Pause Milch und Wursträder abzuluchsen. Durch eines der großen Fenster hatte er den roten Haarschopf einer Lehrerin gesehen und sofort wieder an die Rubens-Frau denken müssen. Warum eigentlich nicht ein kleiner Spaziergang zum *Zentrum*? Aber als er dann zurück über die Brücke gegangen war, hatte er die allgegenwärtige Kriegerdenkmalbeschützerin Hedwig Hofer an einem Blumentrog direkt daneben gesehen und hatte sich plötzlich unwohl unter ihren scharfen Augen gefühlt, und so saß er nun mit Quasselstrippe Schierhuber beim Frühstück.

„Willst du wissen, was ich mittlerweile herausgefunden hab?“

„Ja.“

Die Frage war rein rhetorisch gewesen, aber er wollte wenigstens die Bestätigung haben, dass sein Partner zuhörte und trotz seines dunklen Geheimnisses noch am Fall interessiert war.

„Erinnerst du dich noch an das *SeelenBegegnungsZonenZentrum*, das letzte Haus im Ort?“ Komisch, dass er ausgerechnet damit anfing. „Komisch, dass ich ausgerechnet damit anfange“, dachte er, „wo doch eigentlich die Hoferin zuerst ausgesagt hat – und dann die Buben und dann die Eisenbahnertochter und ...“

„Mit der Rubens-Frau?“ Was? Woher kannte Schierhuber ihren Namen? Das heißt, nicht ihren Namen, sondern seinen, Hawelkas Gedankennamen von ihr. Durfte nicht nur er, Gruppeninspektor Josef Hawelka, sie so nennen?

„Wieso sagst du Rubens-Frau zu ihr? Ich meine, die heißt doch Dobrovolny. Erika.“ Das war jetzt unabsichtlich ein bisschen scharf über seine Lippen gekommen.

„Du hast mir g’sagt, dass der alte Jauner dir von der Esoterik-Tant erzählt hat. Im Dorf sagen’s ‚die rote Hex‘ zu ihr, und er sagt halt ‚Rubens-Frau‘, vielleicht der Name vom Ex-Mann.“ Okay. Das war eine vernünftige Erklärung. Einen seltsamen Moment lang hatte Hawelka so etwas wie Eifersucht gespürt.

„Dieses Dorf, dieses Eingesperrtsein da macht mich ganz krank. Meine Fantasie geht mit mir durch“, überlegte er. „Irgendwie habe ich schon den Sepp mit der Rubens-Frau in den wildesten Verrenkungen gesehen.“ Er hatte sogar daran gedacht, dass Schierhuber vielleicht halbnackt[15] im Nebenzimmer versteckt war, als die Rubens-Frau ihm Wasser gebracht und sich über seinen begehrlichen Blick amüsiert hatte.

„Mit mir geht es durch, wir müssen bald weg da“, dachte er und ertappte sich dabei, wie er den kauenden Schierhuber scharf musterte.

„Wo war der Sepp? Warum sagt er mir nichts?“ Es bestand kein Zweifel – zwischen ihnen stand etwas. Das hatte er gestern noch auf den vielen Alkohol und die Wirtshausrunde geschoben, wo natürlich kein Wort über die Sache möglich war, aber mittlerweile ließ es sich nicht mehr leugnen. Trotzdem erzählte er dem anderen eine ziemlich gute Zusammenfassung seiner Erkenntnisse: die nächtlichen Gruppenreisen des halben Dorfes, die Urin-Attacken, auch Brunzkanisteraktionen genannt, die Katzendreckrevanche, den Fotowettbewerb mit Erpressungsversuchen, die unbedingte Augenzeugenschaft der Kriegerdenkmalbewacherin und ihre hartnäckige Aussageverweigerung, vermutlich aus niedrigen Motiven. Eigentlich war eine Menge neuer Informationen zusammengekommen. Schierhubers Kommentar war dementsprechend euphorisch.

„Aha.“

„Die Frage ist, wie das alles zusammenhängt.“

„Ja.“

„Hast du eine Idee?“

„Nein.“

Es wollte einfach keine rechte Stimmung aufkommen. Er beschloss, das Auskunftsbüro anzurufen, während Schierhuber noch ins Zimmer ging, um sich frisch zu machen. Die Berlakovic meldete sich nicht, die Forstner, die schließlich abhob, gab wortkarg und noch unfreundlicher als sonst Bescheid, dass die Herta beim Arzt war, nichts Ernstes, nein, sie wisse auch nichts Näheres. Hawelka bat sie, einen Rückruf zu notieren, und meldete zum Schluss: „Übrigens, falls ihr euch Sorgen gemacht habt, der Sepp ist wieder da, wo er war hat er zwar nicht gesagt, aber er ist okay."

„Dann ist es ja gut", sagte die Forstner teilnahmslos und legte auf.

Der weitere Tag verging ereignislos, Hawelka hatte das Gefühl, am Stand zu treten, die gleichen Gesichter, die gleichen Antworten, die gleichen Perspektiven – nämlich keine.

Gegen Abend kam dann doch ein wenig Abwechslung in den Dorfalltag, die Feuerwehrsirene ging los. Sie waren gerade unterwegs in Richtung Terschs Hof, weil sie den Katzenfutterlieferwagen gesehen hatten und dem Fahrer einmal auf den Zahn fühlen wollten, was er denn eigentlich geladen hatte. Ab dem Moment, wo die Sirene losheulte, verwandelte sich das Dorf in einen Hexenkessel. Von allen Seiten kamen plötzlich Männer herbei. Die aus dem Wirtshaus liefen die zweihundert Meter zum Feuerwehrhaus zu Fuß, andere, die den Alarm per SMS auf ihr Handy bekommen hatten, rasten mit Mopeds, Fahrrädern und Autos von ihren Häusern und der Nachbarortschaft herbei. Die Jungfeuerwehrmänner gaben Vollgas, die Mopedmotoren heulten wie beim Fliegerangriff.

Der Graf kam eilig aus dem Schloss gelaufen und schrie den Polizisten zu: „Jetzt tut sich einmal was – sicher hat euer Mörder wieder zugeschlagen. Das schau ich mir an! Kommt's mit!" Trotz der geringen Entfernung zum Feuerwehrhaus startete er seinen riesigen Land Rover und wendete auf der engen Straße, wobei er ihnen bedeutete, einzusteigen.

„Nicht nötig, zu Fuß sind wir auch gleich dort", wehrte Hawelka ab.

„Und dann? Wenn die losfahren? Die werden keinen Platz im Tankwagen haben für euch. Dann steht's ihr beim Zeughaus[16] und versäumt's das Beste." Das Argument hatte was für sich. Sie stiegen ein. Der Graf stieg aufs Gas, um nach dem Ausdrehen des zweiten Ganges wieder abrupt auf die Bremse zu steigen. Sie waren schon da. Vor dem, kaum zwei Garagen großen, Feuerwehrhaus herrschte Chaos. Der Vorplatz war vollgeparkt, nach den ersten Feuerwehrmännern waren die ersten Schaulustigen eingetroffen, Kinder, Frauen, ein paar alte Leute, vier, fünf Männer, die nicht zur Feuerwehr gehörten, Mopeds, Autos, Kinderwagen und ein Traktor, den der Besitzer verlassen hatte, um schnellstmöglich das Einsatzfahrzeug zu entern. Jetzt blockierte der Traktor mit den anderen Vehikeln die Straße.

„Ihr Sautrotteln, ich häng euch an den Eiern auf!" Der Feuerwehrkommandant war in seinem Element. Den genauen Text seiner kurzen Brandrede konnten zwar die wenigsten verstehen, weil er von der Fahrerkabine des Wagens über die Lautsprecheranlage schrie, das Mikro dabei viel zu nah am Mund hatte, und somit nur ein pfeifendes, sich überschlagendes Gebrüll zu hören war, aber den Sinn verstanden die meisten und traten bereitwillig zur Seite. Freilich, ohne dabei die Fahrzeuge zu bewegen, welche die eigentlichen Hindernisse bildeten. Der Kommandant stieg aus. Sein Gesicht hatte Signalfarbe angenommen.

„Ist das dem Hörhager sein Deutz?"

„Sicher.“

„Wo ist der Hörhager!?!“

„Sitzt hinten im Wagen.“ Höchste Explosionsgefahr im Kommandantengesicht.

„Hörhager! Steig aus und stell den Hur’nstraktor[17] weg!!“

Man kann von einem Waldviertler alles haben. Jahrhundertelange Entbehrungen als Kleinbauern, der karge, steinreiche Boden, die langen Winter, das raue Klima überhaupt, all das hat einen besonderen Menschenschlag hervorgebracht, dem die selbstlose Hilfe in Fleisch und Blut übergegangen ist. Das unaufgeforderte Zupacken, wenn es gilt, zuzupacken. Das Teilen des letzten Stück Brotes, wenn es nottut. Nicht warten, bis der andere darum bettelt, sondern selbst erkennen, was zu tun ist. Keine großen Worte, nein, einfach Taten setzen. Wenn die Frau des Nachbarn von diesem keine Kinder kriegt, dann hilft man ungebeten, ohne großes Tamtam. Großartige Menschen sind das, und, wie schon gesagt, kennt man sie erst einmal besser, kann man von ihnen alles haben.

Ein oder zwei Dinge mögen sie aber gar nicht. Zum Beispiel einen direkten Befehl. Tu dieses! Lass jenes! Mach was! Aufforderungen dieser Art lösen leider oft den Muli-Effekt aus. Mulis[18] sind Kreuzungen zwischen Pferden und Eseln, sie werden in unwirtlichen Gegenden gerne als Lasttiere eingesetzt. Die positiven Eigenschaften dieser braven Tiere überwiegen bei weitem: ein fast stoischer Gleichmut, enorme Belastbarkeit, ungeahnte Kräfte sowie Genügsamkeit, Geländegängigkeit und Mut. Negative Eigenschaften gibt es kaum. Eine gewisse Sturheit kann man allerdings nicht verleugnen. Und die steigert sich potentiell, wenn das Tier angeschrien oder bedrängt wird.

Der Waldviertler-Muli-Effekt griff nun bei Hörhager voll. Er hatte seine Feldarbeit unterbrochen, als der SMS-Alarm kam. Er war wie ein Verrückter nach Vestenötting gefahren, um selbstlos sein Leben aufs Spiel zu setzen, er war der Erste gewesen, der mit Overall, Stiefeln und Helm hinten im Wagen gesessen war (obwohl andere viel näher wohnten). Er hatte also vorbildlich gehandelt und hatte es sicher nicht notwendig, sich von Pollak anschreien zu lassen. Von einem Pollak, der siebzehn Hektar Grund hatte (Hörhager dreiundzwanzig), ein bisschen über fünfzig war (Hörhager achtundfünfzig) und gerade mal einen dummen Buben zusammengebracht hatte (Hörhager zwei Buben und drei Mädeln, außerdem gab es schon drei Enkelkinder). Also konnte so ein Pollak mit allen möglichen Leuten herumschreien, aber sicher nicht mit einem Hörhager. Feuerwehrkommandant hin oder her. Daher behielt er gemütlich seinen Platz und schrie nur aus dem Feuerwehrwagen: „Das geht sich doch locker aus."

„Was?!"

„Na, da kommt er locker um die Kurve, er muss nur den richtigen Winkel ..."

„Na sicher, wegen dir wird der jetzt zum Reversieren anfangen, steig aus und stell deinen heiligen Deutz zwei Meter nach vor."

„Zu was? Der wird doch da vorbeikommen, da fahr ich dir mit dem Tankwagen von der Waidhofner Feuerwehr durch, nicht mit unserem Pimperllaster." Die Umstehenden zündeten sich eine Zigarette an, es konnte länger dauern. Die Explosionsgefahr im pollakschen Feuerwehrkommandantengesicht war inzwischen keineswegs kleiner geworden.

„Du behinderst einen Einsatz, du Rindvieh! Soll ich dich anzeigen?"

„Wen willst du anzeigen, du Hosenscheißer? Mich? Mich willst du anzeigen?“ Auch das Hörhagergesicht hatte inzwischen eine kräftige Rottönung. Hawelka und Schierhuber waren ausgestiegen, der Graf saß immer noch am Steuer, hatte sich eine Zigarre angesteckt und nahm einen guten Schluck aus einer Feldflasche.

„So hab ich's gern“, gluckste er vergnügt und bot durchs Fenster Schierhuber die Flasche an, der dankbar zugriff, „das erlebst du nur am Land, das kann dir keine Stadt bieten. Wien nicht und Berlin nicht, und nicht einmal München. Deshalb wohn ich da und bleib ich da.“ Hawelka konnte das Vergnügen des Ex-Pornomachers nicht teilen. Während irgendwo ein Haus in Flammen stand, trugen die Bauern hier einen privaten Machtkampf aus. „Vielleicht verbrennt gerade ein Zeuge“, ging es ihm durch den Kopf. Sie mussten eingreifen. Aber wie?

„Sepp“, fragte er Schierhuber, „hast du die Dienstwaffe dabei? Oder ein anderes Stück aus deiner Sammlung? Wir müssen hier für Ordnung sorgen.“

Normalerweise hätte Schierhuber das als Dienstanweisung mit der Lizenz zum Töten verstanden, eine MP gezückt und unverzüglich das Feuer eröffnet. Diesmal war es anders. Er nickte, nahm einen Schluck, gab Roland die Flasche zurück und ging seelenruhig auf den großen Traktor zu. Während sich Hörhager und sein Kommandant immer weiter anschrien, kletterte er in die Fahrerkabine, wo der Startschlüssel im Zündschloss steckte, wie es hier überall Brauch war. Maschinist Schierhuber ließ den mächtigen Diesel einmal aufdröhnen und fuhr dann gemütlich über die Brücke und zur ersten freien Auffahrt von Klein Eberharts, um den Deutz einzuparken. Sofort wurde es ruhig. Die Streithähne hatten die Aktion mit offenem Mund beobachtet, ebenso die Umstehenden. Als Erstes fasste sich der Graf, ließ ein dröhnendes Lachen hören und startete den Land Rover. Ein paar Leute begannen zu klatschen und zu johlen. Pollak sprang in das Feuerwehrauto, und gleich darauf jagten sie Richtung Waidhofen davon. Hawelka sprang in den gräflichen Rover. Kaum, dass er saß, machte der Wagen einen Satz vorwärts, verlangsamte an der Brücke kurz die Fahrt, der herantrabende Schierhuber riss die Tür auf und hechtete auf den Rücksitz, während sie schon wieder beschleunigten. Noch vor dem Ortsende hatten sie das Feuerwehrauto eingeholt. Im Rückspiegel war zu sehen, wie sich der Tross der Schaulustigen langsam in Bewegung setzte – ihnen nach, um ja nichts zu versäumen.

Feuerwehrkommandant-stellvertreterwahlkandidat

Am selben Abend

Sie saßen schon seit Stunden beisammen. Die Luft war zum Schneiden dick. Die Nachbesprechung des Einsatzes ließ die Wogen hochgehen.

„Wenn ich einmal ... Du! He! Wenn ich ... Wenn ich ... Du! Wenn ich was zum Reden hätt, dann tät's anders ausschauen bei der Vestenöttinger Feuerwehr, das kannst du mir glauben. Du! Ich sag dir ... Du! Weißt du, was ich dir sag? He! Wenn ich ... Du! Hör zu, wenn ich einmal Kommandantstellvertreter bin, dann ... Weißt du, was ... Du! Wenn ich einmal Kommandantstellvertreter ... Du! Als Erstes muss eine Bodenmarkierung her, das sag ich dir. Horch zu, eine Bodenmarkierung ist das Erste, was ich durchsetz, wenn ich Kommandantstellvertreter bin, das ist das Erste. He! Du! He! Das ist einmal das Erste. So. Und, weißt du was ..."

Hawelka sah zum Tisch der Jungfeuerwehrleute hin, wo der zukünftige Feuerwehrkommandantstellvertreter seine Wahlrede hielt. Die Geräuschaufteilung im Wirtshaus war ungefähr folgendermaßen: Sechs Tische mit zusammen zirka vierzig Personen machten einen Wirbel wie eine mittlere Bierzeltfüllung beim Oktoberfest. Ein Tisch, der Stammtisch, mit neun Leuten, übertraf die genannten sechs Tische an Lautstärke ums anderthalbfache, und ein weiterer Tisch, das Jungfeuerwehrbasislager, übertraf wiederum den Stammtisch ums anderthalbfache. Das ständige „Du!" und „He!" des Wahlkämpfers war also nur zu einem Teil auf seine sechs Krügel Bier zurückzuführen, zum anderen Teil war es tatsächlich schwer, zu seinem Gesprächspartner akustisch durchzudringen.

„Eine Bodenmarkierung ist einmal das Erste, das sag ich dir, weil das geht ganz leicht. Du!"

Hawelka hatte kein gutes visuelles Gedächtnis, als er noch in Horn seinen Dienst versah, war er nicht nur einmal an einem alten Schulkameraden vorbeigegangen, ohne ihn zu erkennen. Auch die Fähigkeit, Ähnlichkeiten festzustellen, war ihm nicht gegeben. Wenn er bei seiner Verwandtschaft zu Besuch war und es hieß: „Schau dir den Pauli an, ganz die Mama", dann stand Hawelka meist ratlos daneben und nickte vage. Er konnte im Gesicht von Klein-Fredi weder die Nase des alten Fred finden noch den Mund der Hanni bei der kleinen Jennifer. Einmal hatte er auf der Polizeischule Zwillinge kennengelernt und sie tatsächlich sehr ähnlich gefunden. Die hatten aber beide Stoppelfrisur und Uniform getragen, insofern war es kein Wunder.

Aber eines erkannte Hawelka jetzt, auch ohne nachzufragen, sofort. Der zukünftige Kommandantstellvertreter, der ohne Rücksicht auf politischen Gegenwind die Bodenmarkierung sofort nach seiner Wahl durchsetzen würde, war eindeutig der Sohn des Kommandanten selbst. Ein rascher Blickwechsel zwischen den Tischen bestätigte ihm das.

Blick zum Stammtisch: kräftige Statur, dunkelrote Gesichtsfarbe, Faustschläge auf den Tisch.

Blick zum Jungfeuerwehrbasislager: kräftige Statur, die Gesichtsfarbe noch nicht ganz so dunkel, aber eindeutig rot, Faustschläge auf die Stuhllehne des Nachbarn (auf dem Tisch war wegen der vielen Krügel kein freier Platz für die Faust).

Blick zum Stammtisch: Bierbauch, der über den Hosenrand hing.

Blick zum Basislager: Bierbauch, der es noch nicht ganz geschafft hatte, aber daran wurde eifrig gearbeitet.

Stammtisch: meistens weit aufgerissener Mund, laustärkenmäßig durchaus in Ordnung, sicher auch beim Kriegerdenkmal noch deutlich zu vernehmen.

Basislager: meistens weit aufgerissener Mund, lautstärkenmäßig durch die jüngere (und leider etwas schrillere) Stimme leicht im Vorteil, höchstwahrscheinlich auch beim *SeelenBegegnungsZonenZentrum* noch zu hören.

Kein Zweifel, das waren Vater und Sohn. Das heißt, der Junior würde einiges umrühren, wenn er in den väterlichen Feuerbekämpfungsbetrieb einstieg. Gratulation. Vielleicht lag Hawelkas Sicherheit aber auch darin, dass er den Namen des Feuerwehrkommandanten kannte: Pollak. Und der Bursche war einer der Hobbyfotografen und hatte sich bei seiner Befragung ebenfalls als Pollak vorgestellt.

„... gehst du zur BH, holst dir die Genehmigung ... Du! He! Zur BH gehst du ... Nein, nicht zum Bundesheer, du Trottel, zur BH halt, zur ... Bezirks... Du! Hör zu, zur BH, zur ... wurscht, wie das heißt, die BH ist die BH, du gehst hin, holst dir die Genehmigung, das ist ganz einfach und dann ... He! Dann ...“

Hawelka und Schierhuber hatten sich an den Tisch des Gelben gesetzt, der einzige, an dem noch Platz war. Heute saßen sogar noch andere da, zwei Schnapser, die sich trotz der Geräuschkulisse in ihr Spiel vertieften und sich von nichts und niemandem stören ließen.

„... weil du halt eine Genehmigung brauchst, aber das ist überhaupt kein Problem. Wenn ich der Kommandantstellvertreter bin, dann ist das ... Du! Hör zu, wenn ich einmal der Kommandantstellvertreter bin, dann hol ich mir die Genehmigung, und am nächsten

Tag haben wir die Bodenmarkierung da. Der Wunderbaldinger ... Was? Na sicher kostet das was, aber so viel kann das ...“

Jauner selbst war zum Glück heute schon seit dem frühen Abend in einem Stadium der Schweigsamkeit. Die Aufregung um den Einsatz hatte seinen Trinkrhythmus durcheinandergebracht, und sein Quantum war bereits überschritten. Er saß also mit wässrigen Augen vor dem Glas, betrachtete die Szenerie ringsum und ließ ab und zu ein verächtliches Lachen hören. Hawelka war sehr froh darüber, heute hätte er das Geschwafel nicht gut ausgehalten.

„... und wenn die einmal da ist, dann kann keiner sagen ‚Da ist nichts‘ und sich hinstellen, wo er will. Ja? Du! Dann haben wir es schwarz auf weiß, dass dort ... Was? He! Was? Nein, wieso? Was? ... Ah so. Ja, wurscht, weiß auf schwarz halt, dann ist es weiß auf ... am Boden, da kann sich dann keiner mehr hinstellen auf die Bodenmarkierung. Das messen wir vorher aus. Du! Genau ausmessen und ...“

„Morgen nehmen wir uns Tersch zur Brust“, dachte Hawelka. „Morgen lassen wir ihn nicht aus, wir konfrontieren ihn mit Birnstingls Urinattacke, mit seinen Prozessen gegen ihn, mit den Ausflügen zum Fenster der Eisenbahnertochter, mit allem. Morgen kommt er uns nicht aus. Er muss uns erklären, was der Lieferwagen bringt, oder holt, er muss uns alles erklären.“

„... wenn die Bodenmarkierung erst einmal da ist. Zweitens: Kurse. Du! He! Du! Ich hab gesagt: ‚Zweitens: Kurse!‘ Das ist ganz wichtig, dass jeder seine Kurse macht. Das kann nicht sein, dass einer seine Kurse nicht hat, weil ...“

„Wenn es nicht anders geht, spielen wir good cop, bad cop, irgendwie müssen wir ihn knacken. Wir brauchen Ergebnisse. Wir müssen den Druck erhöhen, sonst wird das nichts mehr und wir sitzen ewig in dem Nest da und hören uns Jauners Dampfplauderei an und die Schreierei von den Pollaks und die Philosophie vom Grafen.“ Mit Schierhuber stand es auch nicht zum Besten, er hatte seit seiner Abwesenheit irgendwie den Biss verloren, widmete sich hauptsächlich seinem Bier und brütete vor sich hin. Langsam fingen die ersten Gäste mit dem Zahlen an, ein allgemeiner Aufbruch setzte ein, der Stammtisch und der Jungfeuerwehrmännertisch ließen sich davon natürlich nicht anstecken.

„... das gehört dazu. Auf das schau ich sicher. He! Wenn einer seine Kurse nicht macht, dann hat er bei der Vestenöttinger Feuerwehr nichts verloren. Weißt du, was ich dir sag? Dann hat er bei uns nichts verloren! Das sag ich dir. Du! Genauso wie wenn er seinen Traktor da abstellt und die Einfahrt blockiert. Drum sag ich: Eine Bodenmarkierung muss her. Wenn ich einmal Kommandantstellvertreter bin, dann kommt als Erstes ...“

Jauner war eingeschlafen, der Geräuschpegel im Wirtshaus verhinderte, dass man sein Schnarchen hörte. Die Jungfeuerwehrleute versuchten bei jeder neuen Bestellung der Kellnerin auf den Hintern zu klatschen, verfehlten das Ziel aber meistens. Einer verlor das Gleichgewicht und fiel von der Bank. Allgemeines Gelächter war die Folge. Am Stammtisch brüllte der Graf, dass er eine Pyramide zahlen wolle, vorausgesetzt, jemand konnte einen Feuerwehrhelm von der Bar aus so werfen, dass er am Kleiderständer hängen blieb. Hawelka hielt es nicht länger aus. Er musste fort von hier. Er rief nach der Kellnerin, diese war heillos überfordert, der Wirt machte keine Anstalten, ihr zu helfen.

„... und zweitens Kurse! Ich sag dir eines ...“

Schierhuber hingegen machte keine Anstalten, ihn zu begleiten, als Hawelka endlich zahlen konnte und in sein Zimmer flüchtete. Dort lauschte er noch eine Weile dem Lärm von unten und rauchte bei offenem Fenster. Die Männer soffen, als hätten sie das ganze Dorf löschen müssen und dabei die gesamte Bevölkerung vor dem sicheren Flammentod bewahrt. Dabei war der sogenannte Einsatz nur eine unangekündigte Übung gewesen.

Alleingang

Am nächsten Tag

„Sie ist immer noch nicht da", flüsterte Janne Frischauf in den Hörer. Hawelka hatte nach dem Frühstück im Auskunftsbüro angerufen, um ein paar neue Recherchen in Gang zu bringen.

„Warum flüsterst du?"

„Weil die Gundi schläft." Hawelka runzelte die Stirn. Gundi? Hatten sie eine neue Kollegin, von der er nichts wusste? Durfte die im Büro schlafen?

„Gundi?"

„Gundi, Gundl, Gunnakovskaja, meine Kleine halt, ich hab sie mitnehmen müssen, weil wir für heute keinen Babysitter gekriegt haben."

„Bist du wahnsinnig? Wenn der Erzherzog draufkommt, frisst er zuerst das Kind und dann dich als Nachtisch!" Hawelka war ehrlich besorgt, das mit dem Auffressen war vielleicht übertrieben, aber dass es für die Psyche des Kindes ungeahnte Folgen haben konnte, wenn der Erzherzog im Auskunftsbüro die Mutter zusammenstauchte, war klar.

„Das muss ich riskieren, Pflegeurlaub kann ich mir nicht nehmen, weil die Herta nach ihrem Arztbesuch gleich in den Krankenstand gegangen ist. Und ich will die Betti und die Karin nicht im Stich lassen."

„Was ist mit der Herta?"

„Sie hat uns nichts gesagt", flüsterte die Frischauf, „das heißt, es muss was Ernstes sein, Schweigsamkeit ist normalerweise nicht ihre Art. Ich werd nach Dienst einmal bei ihr vorbeischauen, vorausgesetzt die Gundi macht keinen Zirkus."

„Ja, mach das und richt ihr auf jeden Fall schöne Grüße aus und baldige Besserung und so ..." Dann hatte er eine Idee. „Im Auskunftsbüro ist das doch ein Wahnsinn für das Kind, da kannst du flüstern, wie du willst, schon weil pausenlos das Telefon läutet, und die Forstner sendet irgendwie immer Bad Vibrations ... hast du ein Babyfon?"

„Was? Ja, klar."

„Dann leg sie doch ins Besenkammerl[19], solange der Sepp und ich weg sind, dort hat sie Ruhe und mit dem Babyfon kannst du ... Dort wird der Erzherzog auch nicht reinplatzen, und wenn sie wach ist, holst du sie eben wieder rüber ..."

„Josef Hawelka, Ihr Berater in Kinderfragen. Danke, du. Gute Idee, das machen wir. Und sobald ich Näheres wegen der Herta weiß, meld ich mich. Aber was kann ich jetzt für euren Fall tun?"

Jetzt zögerte Hawelka ein wenig, er wollte nicht für zusätzliche Arbeit im momentan unterbesetzten Auskunftsbüro sorgen, einer Berlakovic wurde nie etwas zu viel, aber die anderen ... Außerdem konnte er gar nicht genau sagen, wo er einen Ansatzpunkt für eine Recherche vermutete.

„Also, wenn ihr dazwischen Zeit habt, dann ..."

„Jetzt hab ich einmal eine Frage ..." Obwohl der Erzherzog vermutlich in der Tür zum Auskunftsbüro stand, also gut fünf Meter vom Telefon der Frischauf entfernt, drang seine Stimme überdeutlich aus dem Hörer. Die Gundi-Versteck-Aktion war also vereitelt worden. Die Frischauf hatte jetzt ein Problem, bei dem Hawelka ihr nicht helfen konnte.

„Okay, viel Glück Janne, ich melde mich später." Er legte auf und wollte gerade nach oben, um Schierhuber zu wecken, als er draußen den Katzenfutterlieferwagen vorbeifahren sah. Nicht in Richtung Tersch, sondern in Richtung Dorfausgang. Die Lieferung war also schon erfolgt. „Jetzt stell ich ihn!“, dachte er grimmig entschlossen. Seinen Autoschlüssel hatte er eingesteckt, der Golf stand keine zehn Schritte vom Wirtshaus entfernt.

Aufsperren, starten und losfahren schaffte er in sechs Sekunden. Er stieg aufs Gas und fischte erneut das Handy aus der Hosentasche, um Bescheid zu geben. Das war Vorschrift. Wenn schon Alleingänge, dann musste zumindest der Partner wissen, wo man war. Im Notfall konnte Schierhuber in seinem privaten Wagen nachkommen. Aber der schien noch zu schlafen, also sprach er seine Absicht und die Fahrtrichtung auf die Mailbox und unterbrach dann die Verbindung. Der Lieferwagen legte ein ziemliches Tempo vor. Hawelka hatte einige Mühe, dranzubleiben. „Ein bisschen was von einem Jäger muss wohl doch in mir stecken“, ging es ihm durch den Kopf. Sein Puls hatte sich beschleunigt und seine Hände umfassten das Lenkrad stärker als sonst. Nach dem langen Stillstand der Ermittlungen brauchte er ein Erfolgserlebnis. „Und sei es nur, einen verdächtigen Lieferwagen zu verfolgen, der wahrscheinlich einfach die Katzenfutterabfälle aus der Fabrik illegal ausliefert und vielleicht schwarz verkauft“, wie er gleich wieder schaumgebremst dachte.

Sie hatten mittlerweile die Schnellstraße erreicht und bogen in Richtung Gmünd ab. Zuerst hatte Hawelka überlegt, den anderen Wagen zum Stehenbleiben zu zwingen und auf offener Straße zu kontrollieren, dann aber entschieden, sich unauffällig bis zu dessen Ziel anzuhängen und gleich eventuelle Komplizen zu erwischen. Bei Vitis läutete sein Handy.

„Hawelka.“

„Ich bin's." Schierhuber klang noch ziemlich verschlafen.

„Hast du die Mailbox abgehört?"

„Bin noch nicht dazugekommen. Hab nur gesehen, dass du angerufen hast."

„Ich verfolg unseren Katzenfuttermann Richtung Gmünd, wir sind gerade bei Vitis vorbei."

„Okay."

„Weißt du was? Geh so schnell wie möglich zu Tersch und schau, dass du rausfindest, was der Typ gebracht hat. Sag ihm von mir aus, dass wir eh alles wissen, dass wir nur die Beweismittel sicherstellen wollen, oder sonst irgendeinen Blödsinn."

„Okay."

„Bleib auf jeden Fall erreichbar, ich melde mich, wenn es was Neues gibt."

„Okay."

„Und du meld dich auch, wenn du was weißt."

„Okay."

Das Gespräch war beendet. Wenig später bog der Lieferwagen nach Schrems ab. Hawelka bog auch ab und ließ sich noch weiter zurückfallen. War die Fabrik in Schrems? Aber dann fiel ihm ein, dass ihnen ja das Auskunftsbüro den Standort der Firma schon durchgegeben hatte, er war irgendwo bei Mödling. Was wollte der Fahrer also in Schrems?

Der Lieferwagen hielt auf dem Gelände einer baufälligen Fabrik. Genauer gesagt, hielt er neben einem dort wartenden, verbeulten Citroën-Kombi. Hawelka, der geistesgegenwärtig an der Einfahrt zum Gelände vorbeigefahren war und den Wagen auf der Straße abgestellt hatte, sah von seinem Standort aus gerade noch, dass die beiden Fahrer mit großer Eile Kartons vom Lieferwagen in den Kombi umluden.

Sollte er?

Oder sollte er nicht?

„Blödsinn. Den Namen vom Lieferwagenfahrer kriegen wir über seinen Arbeitgeber leicht raus, oder wir schnappen ihn beim nächsten Tersch-Besuch. Ich fahr dem anderen nach, diese Schachteln schau ich mir an, da kann er fahren wie ein Weltmeister, die Schachteln schau ich mir an", dachte Hawelka und fuhr ein Stück weiter die Straße entlang, bis zu einer Einfahrt, in die er rückwärts hineinschob. Er konnte also in beide Richtungen starten, je nachdem, ob der Citroën an ihm vorbei- oder von ihm wegfuhr (Polizeischule, 2. Jahrgang, Skriptum: Unauffällige Observationen, Kapitel: Über das optimierte Abstellen des Dienstfahrzeuges durch das Exekutivorgan während der unauffälligen Observation Verdächtiger im städtischen Bereich. [Mit etlichen Praxisbeispielen]).

Es dauerte keine drei Minuten und der Lieferwagen verließ das Fabrikgelände. Zum Glück kam er nicht bei Hawelka vorbei, es war ohnehin ein Wunder, dass er seinen Verfolger noch nicht entdeckt hatte. Oder hatte er? Hawelka ließ den Motor an und wartete auf den Citroën. Auch dieser fuhr nicht an der Auffahrt vorbei, sondern entfernte sich rasch von der Fabrik in Richtung Gmünd. Hawelka beschleunigte filmreif und spürte seine Hände feucht werden. Sollte er bei den Uniformierten Verstärkung anfordern? Dann wüssten sie zwar mit Sicherheit, was in den Kartons war, aber das Ziel und die Hintermänner blieben im Dunkeln. Er entschied sich also dagegen, gab aber Schierhuber einen telefonischen Lagebericht durch. Das Kennzeichen hatte er noch nicht entziffert, also war er gezwungen, dichter aufzuschließen. Um das möglichst unauffällig zu gestalten, trat er den Golf wie eine

Pfingstorgel und überholte an einer unübersichtlichen Stelle. Das trieb zwar seinen Puls noch mehr in die Höhe, war aber eine ganz normale Verkehrssituation, also kein Grund für den anderen, Verdacht zu schöpfen. Er gab Schierhuber das Kennzeichen durch, und der versprach, im Auskunftsbüro alles Nötige zu veranlassen. Tersch hatte er nicht mehr zu Hause angetroffen, scheinbar hatte dieser unmittelbar nach dem Lieferwagen den Ort verlassen.

Nach zwei, drei Kilometern ließ er sich vom Kombi wieder zurücküberholen, während er tat, als hätte er ein aufreibendes Telefonat, um sein geringes Tempo plausibel erscheinen zu lassen. Der Fahrer sah nicht zu ihm herüber. Es war ein junger Bursche, er trug Sonnenbrillen und hatte die typischen weißen iPod-Hörer in den Ohren.

Sie kamen nach Gmünd. Der Citroën hielt vor einem Café, der Fahrer ging rein. Hawelka fuhr vorbei, parkte zwei Häuser weiter – wieder streng nach Polizeischulskript – und wartete. Es war unwahrscheinlich, dass das Café bereits das Ziel war, die Kartons waren ja im Wagen geblieben. Es vergingen zehn Minuten, es vergingen zwanzig Minuten. Hawelka wurde unruhig, die Zeit für einen schnellen Kaffee war eigentlich schon um. Er hatte Durst und nicht einmal Mineralwasser im Wagen. Sollte er ins Café? Das Handy schlug an und Janne Frischauf gab ihm die Zulassungsdaten des Citroën. Besitzer war ein Paul Gamerith aus Weitra. Bisher nicht auffällig geworden, Student, Zweitwohnsitz in Wien.

„Was war mit dem Erzherzog? Hat er einen Anfall bekommen?“

„Ja, das heißt nein, das muss ich dir ja noch erzählen, das war unglaublich. Eigentlich ein richtiges Wunder.

Zuerst fragt er mich, was das ist, und ich erklär ihm, was los ist, und denk mir: Jetzt explodiert er gleich, aber nein, er geht hin und schäkert mit der Gundi, die war schon wach, und er redet in der ärgsten Babysprache mit ihr und dann ... hat sie ein bisschen herumgejammert und, stell dir vor, er hat sie auf den Arm genommen. Wirklich, ich hab meinen Augen nicht getraut. Ist mit ihr am Gang auf und ab marschiert, bis sie wieder geschlafen hat. Wahnsinn! Und dann bringt er sie zurück und geht raus, ganz leise und friedlich – und keine drei Minuten später hat er oben den neuen Assistenten vom Liechtenstein derartig zur Sau gemacht, dass man es im Keller noch gehört hat. Der ist wirklich unberechenbar." Sie lachte. Hawelka lachte auch, die Vorstellung, dass der Erzherzog „dadada" und „dididi" sang, war zu schön, um wahr zu sein. Aber wahrscheinlich hatte wieder niemand schnell genug reagiert und es existierte kein belastendes Handy-Video. Dann fiel ihm die Berlakovic ein.

„Gibt's schon was Neues von der Herta?"

„Immer noch nicht, ihr Bruder weiß auch nichts, den hab ich angerufen, aber er ..."

„Wart, ich muss Schluss machen, bei mir tut sich was. Standort ist Gmünd, ich verfolge einen Verdächtigen. Meld mich wieder. Ciao!" Hastig beendete er sein Telefonat. Seine Zielperson hatte das Café verlassen und stieg soeben in den Wagen.

Sie fuhren nicht weit. Als der Citroën im Schatten hoher Bäume, neben der Gmünder Volksschule einparkte, bekam Hawelka plötzlich ein seltsam flaues Gefühl im Magen.

Die Kinder hatten offenbar große Pause und tollten im offenen Schulhof herum. Der Citroënfahrer stieg aus, nahm eine der Schachteln aus dem Kofferraum und ging damit zu dem niederen Zaun. Dort standen ein paar Mädchen, flüsterten sich Geheimnisse ins Ohr und lachten dann, dass Hawelka es noch im Wagen hören konnte. Das flaue Magengefühl steigerte sich. Der Mann sagte etwas zu den Mädchen, die neugierig näher kamen, und er reichte ihnen die Schachtel über den Zaun. Hawelka wurde blass. In dem Moment kam eine Lehrerin zu der Gruppe und rief dem Mann etwas zu. Der machte auf dem Absatz kehrt und rannte zum Wagen. Hawelka hatte vergessen, sich rechtzeitig loszuschnallen, und riss hektisch am Gurt. Aber es war sinnlos, der andere war schon im Auto und der Motor heulte auf. Noch bevor Hawelka gestartet hatte, schoss der Citroën davon.

Ungefähr um dieselbe Zeit verfluchte Schierhuber einen bestimmten Handyhersteller im Allgemeinen und sein eigenes Handy im Besonderen. Seine Wortwahl geriet dabei äußerst rustikal. Überhaupt war dieser Tag nicht sein Tag. Er war zu spät aufgestanden und hatte somit die Verfolgung des Lieferwagens nicht mitmachen dürfen, was die erste halbwegs interessante Aktion seit Wochen gewesen wäre. Dann hatte ihm Hawelka den Auftrag erteilt, Tersch aufzusuchen, anstatt ihn zu bitten, mit Höchstgeschwindigkeit nachzukommen, was die erste halbwegs interessante ... usw. Dann war Tersch nicht zu Hause gewesen, es war also nichts mit der Befragung zur Fracht des Katzenfutterlieferwagens nach Zwettlerart[20] geworden. Dann war er ein wenig auf Terschs Hof herumgestreunt, hatte aber nur versperrte Türen gefunden, sogar Schuppen und Stadel waren versperrt, was ebenso untypisch für die Gegend wie verdächtig war. Dabei hatte Schierhuber nicht aufgepasst und war mit seinen tiefen Profilsohlen in ein Häufchen Katzendreck gestiegen.

Und dann, und dann, und dann ... Ein kleines Missgeschick hatte sich an diesem Tag an das andere gereiht. Und dann, als das Auskunftsbüro Berlakovic, das an diesem Tag gar nicht das Auskunftsbüro Berlakovic war, sondern das Auskunftsbüro Frischauf, als dieses sich wandelnde Auskunftsbüro gerade gemeldet hatte, dass sein Partner und Chef, Josef Hawelka, drauf und dran war, einen Verdächtigen zu stellen – gerade da war das Handy eingegangen. Nicht der Akku war aus gewesen (ein Schierhuber hatte immer einen zweiten, voll aufgeladenen Akku bei sich), nein, das ganze Hur'nshandy[21] war komplett eingegangen, machte auch mit dem Zweitakku keinen Mucks, und sogar mit angestecktem Netzteil machte es keinen Mucks. Nun war es zwar so, dass Probleme dieser Art für ihn gar nicht existierten, weil er für solche Fälle ein zweites Handy (frei für alle Anbieter und SIM-Karten) und sogar ein Drittmodell besaß. Aber das Zweithandy (dessen beide Akkus er seit Monaten regelmäßig auf- und entlud, auch wenn er es noch nie gebraucht hatte, aber er wollte eben keine bösen Überraschungen erleben, wenn er es einmal brauchte), genau dieses Zweithandy, das er immer bei Einsätzen und Dienstreisen, bei Kursen, langen Wochenenden, kurz: IMMER mithatte, genau dieses Zweithandy lag jetzt im Handschuhfach von Hawelkas Wagen. Und das Dritthandy (auch mit zwei aufgeladenen Akkus) war in Wien. Josef „Sepp“ Schierhuber, 55, gebürtig zu Zwettl, wohnhaft Wien Donaustadt, stattliches männliches Exemplar der Wiener Kriminalpolizei, derzeit dienstzugeteilt in Niederösterreich – war also von der restlichen Welt abgeschnitten.

Zwischenzeitlich war es Mittag geworden, und so tat er das einzig Vernünftige, das Schiffbrüchige und sonstige von der Welt abgeschnittene Menschen mittags tun können. Er ging ins Wirtshaus essen.

Mittlerweile raste Hawelka auf der Suche nach dem flüchtigen Citroën wie ein Verrückter die schmale Straße Richtung Litschau entlang. Er wusste, dass es möglicherweise eine Fahrt ins Leere war. Zwar hatte er den Kombi noch vor zwei Ortschaften in der Ferne vor sich gesehen, aber der konnte natürlich abgebogen sein, gewartet haben, bis Hawelka vorbeigefahren war, und dann in die Gegenrichtung geflohen sein. Dass er seinen Verfolger mittlerweile bemerkt hatte, war klar. Er war wie der Teufel durch die Ortschaften gebraust. Obwohl Hawelka alle Hände voll zu tun hatte, den Golf auf der Straße zu halten, versuchte er dennoch, im Auskunftsbüro anzurufen. Natürlich war eine Fahndungsanforderung bei den Niederösterreichern zu machen, aber diese Nummer rauszusuchen und einzutippen, war bei dem Tempo unmöglich. Das Auskunftsbüro hingegen war eingespeichert, eine Taste genügte. Die Forstner hob ab, war grantig und verstand kein Wort. Wo war die Frischauf? Die hätte ähnliche Geistesgegenwart bewiesen wie die Berlakovic, hätte keine langen Fragen gestellt, sondern die Niederösterreicher mit den Koordinaten versorgt und die Fahndung angeleiert. Stattdessen musste Hawelka mit dem zwischen Ohr und Schulter eingeklemmten Handy (die Bluetooth-Freisprechanlage funktionierte nur alle heiligen Zeiten) wie ein Irrer fahren und gleichzeitig der bockigen Forstner erklären, was genau sie tun sollte. Gerade, als er sie so weit hatte, sah er aus dem Augenwinkel den Citroën. Der Wagen stand halb verdeckt links auf dem Waldweg, an dem Hawelka gerade mit Höchstgeschwindigkeit vorbeigerast war. Er stieg auf die

Bremse. Ziemlich heftig. Das Handy löste sich aus der Ohren-Schulter-Klammer und knallte gegen die Windschutzscheibe. Ziemlich heftig. Im Rückspiegel sah Hawelka, wie der Kombi rückwärts auf die Straße schob und mit rauchenden Reifen in die Gegenrichtung startete. „Mit mir nicht“, dachte Hawelka verbissen und wendete den Wagen mitten auf der Straße. Dann knallte es. Ziemlich heftig.

Weitra

Am selben Tag

Die Situation, die sich Herta Berlakovic bot, als sie im Auskunftsbüro eintraf, war ungefähr folgende: Bettina Sommer versuchte gerade, eine Staffel der Alarmabteilung in die Singrienergasse zu dirigieren, weil deren Funk ausgefallen war. Ein Meidlinger Geschäftsmann hatte seine Konkurseröffnung nicht verkraftet und sich in dem kleinen Laden eingeschlossen. Mit dem Gerichtsvollzieher und zwei Kundinnen als Geiseln. Die anderen drei Telefone im Zimmer läuteten im Chor, die Frischauf war durchs Babyfon in die Hawelka-Schierhubersche Besenkammer gerufen worden, und die Forstner stand gereizt zwischen den läutenden Telefonen und überlegte, welches ihr am wenigsten Ärger bereiten würde. Da sie sich nicht entschließen konnte, entschied die Berlakovic für sie und drückte ihr den Frischaufhörer in die Hand. Dummerweise war der Erzherzog am anderen Ende, und die Forstner war für mehrere lautstarke Minuten außer Gefecht gesetzt. Herta Berlakovic hob die anderen zwei Hörer gleichzeitig ab, erledigte beide Telefonate in dreiundzwanzig Sekunden, und übernahm dann die Verhandlungen mit der Eingreiftruppe von der Sommer, nach ein paar derben Wörtern ihrerseits ließen sich die harten Jungs gerne mit der Einsatzzentrale verbinden, die sie weiterdirigieren würde, bis der Funk wieder da war. Es dauerte keine fünf Minuten, bis Ruhe eingekehrt war und man sich vernünftig unterhalten konnte. Dummerweise hatte die Forstner bei dem ganzen Trubel den für sie unverständlichen Hawelka-Anruf vergessen.

***

„Aufhängen?“ Der Graf sah in die Runde. Ein paar nickten, zwei oder drei schüttelten den Kopf, der Rest schaute nachdenklich auf den Tisch. Im Prinzip war es ein sehr konstruktives Arbeitsgespräch gewesen. Nun aber war schon alles gesagt, Argumente und Gegenargumente sorgfältig abgewogen worden, man hatte Methoden besprochen und wieder verworfen, und schließlich waren drei, vier konkrete Lösungsansätze übrig geblieben.

Aufhängen gewann knapp vor der Kugel und dem Vorschlag des Grafen, der eine wenig fachgerechte Entfernung der Hoden mittels roher Gewalt und dem anschließenden Verblutenlassen des Betreffenden forderte. Obwohl er wortreich und lautstark argumentiert hatte, entschied sich die Mehrheit am Stammtisch diesmal doch gegen den Vorschlag des Dorfkaisers. Sicherlich, dass „Sojemand“ weg musste, war klar, da gab es nichts zu sagen, das war überhaupt kein Thema. Aber es gab so was wie die Genfer Konvention, und wenn schon Selbstjustiz, dann nicht auch noch gegen die Schweizer Regeln. Da regte sich doch ein bisschen der Waldviertler Widerspruchsgeist in den Männern, die sich in den letzten Monaten sehr vom Grafen hatten beeinflussen lassen. Überhaupt war der Graf, der doch sein Vermögen mit Pornos gemacht hatte, und noch etwas früher Zuhälter gewesen war, in dieser Angelegenheit sehr fundamentalistisch.

Es war mittlerweile später Nachmittag, und die Fahndung nach dem Citroënfahrer war doch noch in die Gänge gekommen. Vor anderthalb Stunden hatte die Berlakovic einen routinemäßigen Rundruf bei allen Schützlingen gestartet, um

a. zu melden, dass es ihr gut ging, sie der Arzt aber zur näheren Untersuchung zu einem befreundeten

Spezialisten geschickt habe, und weil der sie einschob, sie sofort hingefahren sei, und die Geschichte eben länger gedauert habe wegen der Narkose und Nachuntersuchung und so weiter und so fort und alles andere später ...

b. sich bei allen zu erkundigen, was es Neues gab, weil sie ja fast dreizehn Dienststunden nichts von ihnen gehört hatte, und das war für ein menschgewordenes Auskunftsbüro kein haltbarer Zustand.

c. ihre Waldviertler Buben aufzumuntern, die auf einem der letzten Vorposten der Zivilisation gegen das Böse kämpfen mussten.

Dann ging alles sehr rasch. Sie erreichte Hawelka nicht, sie erreichte Schierhuber nicht, und schließlich erinnerte sich die Forstner an den Hawelka-Anruf. Daraufhin mischte sich die Frischauf ein und meinte, die gewünschte Fahndung, die man den Niederösterreichern weiterreichen sollte, könne sich doch nur auf den Citroën und dessen Wagenhalter beziehen, dessen Daten sie keine halbe Stunde früher für Hawelka rausgesucht hatte. So einen Wiedereinstieg nach dem Kurzkrankenstand hatte die Berlakovic gebraucht, um aus der nachdenklichen Stimmung aufzutauchen. Wie eine Organistin begann sie jetzt die Register zu wählen und dann draufloszuspielen, dass es eine helle Freude war. Sie rief in Niederösterreich an und ließ die Fahndung vom Stapel, wobei sie es schaffte, den Fragen nach dem konkreten Vorwurf gegen den Burschen elegant auszuweichen, weil die Forstner sich nicht genau erinnern konnte, was Hawelka gesagt hatte. Dann rief sie im Wirtshaus von Vestenötting an und erwischte Schierhuber, dem sie ein Update gab, und ihn sogleich auf die Suche nach seinem Kollegen schickte, nicht ohne ihn zu ermahnen, sich von irgendwem (dem Wirt, der

Kellnerin) ein Handy auszuborgen und ihr die Nummer durchzugeben. Schließlich ließ sie sich Unfallmeldungen geben, weil die Forstner von einer Verfolgung zwischen Gmünd und Litschau erzählte (soweit sie sich das zusammenreimen konnte), und dann vom abrupten Ende der Verbindung. Tatsächlich meldete man einen Unfall, beide Lenker eher leicht verletzt, aber zur Beobachtung ins Gmünder Krankenhaus verbracht. Anruf dort: Ja, der eine Lenker hieß Hawelka, man zöge ihm gerade ein paar Glassplitter aus den Wangen. Die Berlakovic ließ baldige Besserung ausrichten und rief Schierhuber auf dem Handy der Kellnerin Sophie an, die auf Befehl des Wirts ihr Telefon an Schierhuber übergeben hatte. Dieser wurde jetzt nach Gmünd dirigiert, von wo er seinen Partner abholen sollte.

Als die beiden zurückkamen, hatten die Buschtrommeln die Geschichte von Hawelkas Alleingang schon vorausgetragen. Im Dorf hatte einer eine Schwester, deren Sohn die Gmünder Volksschule besuchte, ein anderer kannte einen Polizisten aus Litschau, und wieder ein anderer war Funkamateur und scannte gelegentlich auch den Polizeifunk. Nach kurzer Diskussion am Stammtisch war der Fall geklärt: Tersch war Teil eines Pädophilennetzwerkes, er stellte Katzen zur Verfügung, die als Lockmittel verwendet wurden. Birnstingl musste davon gewusst haben, wollte entweder einsteigen, oder aber Tersch erpressen, und hatte das mit seinem Leben bezahlt. Seit dem Vormittag war Tersch, den irgendjemand gewarnt haben musste, nicht mehr gesehen worden. In der Nähe seines Hauses wartete nicht nur ein Wagen der Waidhofner Polizei, sondern auch eine Gruppe beherzter Männer aus dem Dorf, die folgende Strategie hatten: Sobald Tersch auftauchte, würde ein Teil der Gruppe die Beamten ablenken, um nicht zu sagen, in Schach halten, während sich die anderen Tersch vorknöpfen und ihn an einen sicheren Ort bringen würden, wo ihm ein fairer Prozess nach altem Recht gemacht werden würde. Soweit der Plan.

Die im Wirtshaus Verbliebenen wollten von Hawelka und Schierhuber Näheres wissen, diese beriefen sich auf die Verschwiegenheitspflicht und zogen sich ins Zimmer zurück, von wo aus sie lange mit Oberst Matzinger telefonierten.

„Dass Sie unerlaubterweise alleine unterwegs waren, dass Sie auf unverantwortlichste Art einen Verkehrsunfall verursacht haben, dass Sie den Burschen entkommen haben lassen, all das wird euer Dreckserzherzog von mir zu gegebener Zeit serviert bekommen. Zusammen mit einigen anderen Dingen, die Sie sich geleistet haben. Aber das werde ich nur ihm unter die Nase reiben. Ich bin nämlich kein Arschloch wie er, ich kann auch dankbar sein, wissen Sie, und dienstlich werde ich ein paar Augen zudrücken, wenn wir den Kerl erst haben. Weil eines muss ich zugeben, wenn Sie hier einen Pädophilenring aufgedeckt haben, dann ist das eine gute Leistung, dann haben Sie in meinen Augen ein paar Pluspunkte. Aber jetzt ist die Sache natürlich eine Nummer größer, jetzt bekommen wir jede Unterstützung, die wir brauchen, Sie werden also vorläufig im Ort bleiben und sich aufs Zuhören beschränken. Wenn erst einmal ein Sprung in der Fassade ist, dann bricht einiges hervor, was man nicht für möglich hält. Tun Sie also das, was Sie und Ihr Kompagnon am besten können, setzen Sie sich ins Wirtshaus und hören Sie zu, was die Leute jetzt so auslassen."

„Ja", sagte Hawelka, „aber wie läuft die Fahndung, hat man überhaupt schon in der Volksschule nachgefragt, wie und was, ich meine, ist der Typ schon öfter dort gewesen, was hat er zu den Mädchen gesagt und ...“

„Zerbrechen Sie sich nicht meinen Kopf, Gruppeninspektor“, antwortete Matzinger kühl. „Seit zwei Stunden befragen alle verfügbaren Einsatzkräfte aus dem Waldviertel praktisch alle Lehrerinnen und Kindergärtnerinnen, die wir finden können. Na, und Eltern und Kinder sowieso. Es tauchen immer mehr Fälle auf, das ist keine Kleinigkeit. Immer nach demselben Schema, das ist schon fast gruselig. Wir hören uns ...“ Der Oberst legte auf.

„Sepp, das geht nicht. Wir sollen im Wirtshaus sitzen und Däumchen drehen und uns den Schwachsinn von diesen Trotteln anhören, die schon zur Menschenjagd blasen, das ist doch ...“

„Wenn da wirklich was dran ist“, antwortete Schierhuber mit unbewegtem Gesicht, „dann möchte ich nicht in der Haut von dem Burschen stecken. Und in der vom Tersch auch nicht.“

„Ja, wenn sie von den selbsternannten Sheriffs erwischt werden, dann sind sie tot, bevor sie ihren Ausweis gezeigt haben.“

„Wenn ich sie erwische, dann auch“, entgegnete der andere trocken und war Hawelka plötzlich sehr fremd.

„Bei Selbstjustiz mach ich nicht mit, Sepp“, sagte er und sah seinen Partner ernst an. „Und du auch nicht, das ist nicht unser Stil, Sepp. Wir stehen auf der Seite des Gesetzes, hast du das schon vergessen? Zuerst einmal müssen wir die Wahrheit herausfinden, und dann wird ein Gericht ...“

„Ja eh.“ Schierhubers Gesichtsausdruck blieb unbewegt, er wollte offenbar nicht mehr darüber reden. Sie schwiegen eine Weile. An diesem Abend würden sie sich wahrscheinlich nicht mehr einig werden. Bei einer

Sache allerdings waren sie sich einig. Untätig herumsitzen, während andere ihren Fall lösten, das wollten sie beide nicht.

Sie gingen also nicht in die Gaststube, sondern begannen, aktiv zu werden. Während Hawelka einige Telefonate führte und dem Auskunftsbüro eine größere Lieferung Topfengolatschen in Aussicht stellte, holte Schierhuber seinen Spezialempfänger und scannte nun seinerseits den Polizeifunk. Bald darauf lieferte das Auskunftsbüro den Gegenwert der Golatschenladung. Dann lauschte Hawelka eine Zeit lang den Meldungen und Schierhuber führte einige Telefonate. Es war noch nicht ganz dunkel, als die beiden unter Umgehung der Gaststube das Wirtshaus verließen und in Schierhubers Wagen stiegen. Kaum eine Stunde später fuhren sie in Weitra ein.

Den schwarzen Wagen, der ihnen seit der Abfahrt gefolgt war, hatten sie nicht bemerkt.

Wirtin

Am selben Abend

Das Wirtshaus rangierte drei Klassen unter dem Vestenöttinger Lokal. Es war kleiner und ungemütlicher, die Hygienestandards entsprachen schon seit Jahren nicht mehr der europäischen Norm und die Speisekarte bestand aus einem kopierten A4-Blatt mit zweierlei Arten Knackwurst („Nasse“ oder „G’streute“)[22], zweierlei Toast (mit oder ohne Ketchup) sowie gebackenem Leberkäse.

Die Wirtin war eine magere, ausgezehrte Frau, deren schmales Gesicht nichts als Resignation zeigte. Sie stand an der Schank und wischte mit automatischen Bewegungen Gläser, die dadurch nicht sauberer wurden. Auch als sie Schierhuber begrüßte, der doch ein Jugendfreund war (so hatte er auf der Fahrt zumindest erzählt), entkam ihr kein Lächeln. Sie schüttelte auch Hawelka die Hand, das heißt, sie reichte sie ihm ohne Druck und ohne ihn anzusehen. Einer der Gründe für ihre nach unten zeigenden Mundwinkel waren sicher die Gäste des Lokals.

Drei Säufer, gegen die Jauner ein gutaussehender Gentleman in Champagnerlaune war, teilten sich zwei der vier Tische in der Stube und stierten die Wirtin unverhohlen an. Auch die Neuankömmlinge wurden auf diese Art und Weise gemustert, bis diese nach alter Polizeimanier den Augenkontakt herstellten und die Säufer ihre Blicke auf die Tischplatten senkten. Kurz nur, dann taxierten sie wieder die Wirtin.

„Servus Jackie“, sagte Schierhuber.

„Servus“, sagte die Wirtin.

„Das ist der Josef“, sagte Schierhuber.

„Hallo. Ich bin ein Kollege vom Sepp“, sagte Hawelka.

„Hallo", sagte die Wirtin. Ihr Gesicht blieb ausdruckslos.

„Essen wir was?", fragte Schierhuber Hawelka pro forma.

„Ja", antwortete der pro forma. Sie hatten es längst im Auto abgemacht. Der Kontakt von Schierhuber in Weitra hatte die Wirtin genannt und ein Nachtelefonieren bei ihr hatte bestätigt, dass sie möglicherweise das Versteck des Burschen kannte, dennoch fanden sie es beide unhöflich, die Information zu holen und das Wirtshaus ohne Konsumation zu verlassen, umso mehr, als die miserable wirtschaftliche Situation jetzt offensichtlich war.

„Toast ist aus", sagte die Wirtin. Ihr Bedauern darüber hielt sich in Grenzen.

„Nehmen wir halt eine G'streute." Schierhuber ließ sich nicht aus der Ruhe bringen. Sie setzten sich, und Jackie brachte ihnen Bier, um dann in der Küche zu verschwinden und die Spezialität des Hauses zuzubereiten. Als sie aus den Augen der Stammgäste war, widmeten sich diese dem stumm laufenden Fernseher.

„Gibt es keinen Wirt zur Wirtin?", fragte Hawelka seinen Partner leise. „Oh ja, der sitzt da drüben." Schierhuber deutete unauffällig auf den ungepflegtesten der drei Männer und trank von seinem Bier. Hawelka verstand.

Während sie aufs Essen warteten, befühlte er seine Wangen. Im Spital hatte man gut zwanzig Glassplitter aus seinem Gesicht gezogen, sie saßen nicht besonders tief, dennoch sah er aus, als hätte er sich in betrunkenem Zustand zu rasieren versucht. Eine Beule auf der rechten Stirnseite machte ihn vollends zum würdigen Gast dieses Etablissements.

„Was muss der auch mit über hundert um die Kurve kommen", wiederholte Schierhuber seine schon während der Fahrt öfters ausgesprochenen Trostworte. Hawelka nickte vage, er wollte eigentlich nicht mehr über den Unfall reden. „Du hättest ihn sicher gestellt", sagte Schierhuber. Auch das hatte er schon mehrmals behauptet. Hawelka nickte wieder. Das schierhubersche Reservehandy läutete. Am Display erkannten sie die Nummer von Matzinger. Sie hoben nicht ab.

„Danke." Die Knackwurst war unordentlich geschält und das Gebäck hatte seine besten Zeiten schon zu Mittag hinter sich gebracht. Trotzdem aßen sie tapfer, während sich Jackie wieder den Gläsern an der Schank widmete und dem stummen Geschehen auf dem Bildschirm folgte. Drei verschwommene Augenpaare schälten ihr den schmutzigen Kittel vom dürren Leib. Hawelka fand die Situation unerträglich, er war durch den Fall, durch den möglichen Pädophiliezusammenhang und durch den Unfall ohnehin emotional durch den Wind und ertrug die deprimierende Stimmung ganz schlecht. „Sollten wir nicht langsam ...", murmelte er und sah Schierhuber flehend an. Dieser nickte, bestellte noch Bier, und als die Wirtin an den Tisch kam, sagte er leise zu ihr: „Du, wegen der Sache, wegen der ich dich angerufen hab, kannst du da ..." Die Augen der Trinker waren fest mit jeder Bewegung der Wirtin verwachsen. Sie nickte, holte ihre Brieftasche hervor und rechnete umständlich auf einem Block die Zeche aus.

„Wenn ihr rausgeht's", sagte sie. Hawelka bezahlte und gab reichlich Trinkgeld. Sie bedankte sich nicht. Sie tranken das Bier rasch aus, dann gingen sie, wobei Schierhuber sein Handy liegen ließ, als hätte er es vergessen. Die Wirtin folgte ihnen auf dem Fuße und gab ihm das Telefon.

„Da gibt es nach der Kaserne den kleinen Übungsplatz. Am Ende steht ein leeres Haus, von seinem Onkel.

Dort hat er früher immer Partys gefeiert. Wenn er noch in der Gegend ist, dann ist er dort." Sie ging grußlos.

„Arme Haut", sagte Schierhuber, als sie im Wagen saßen.

„War sie früher auch schon so?"

„Irgendwie schon. Jünger, fescher, nicht ganz so ... darnieder. Aber irgendwie trotzdem schon so ... negativ. Und mit ihm hat sie halt das große Los gezogen. Den hat sie grad noch gebraucht zu ihrem Glück. Das hat ihr den Rest gegeben."

Hawelka sah seinen Partner aus den Augenwinkeln an. Etwas stimmte eindeutig nicht mit ihm. Diese lange, erschöpfende Antwort war untypisch. Diese mitleidige Bemerkung zuvor war auch untypisch. Er fragte sich, ob Schierhuber wohl früher in Jackie verliebt gewesen war. Vielleicht hatte er sogar eine stürmische Affäre ... Aber das konnte sich Hawelka nun doch nicht vorstellen. Wahrscheinlich hatte das veränderte Schierhuberverhalten doch seinen Grund in der Zeit seiner Abwesenheit. Er musste bald mit ihm reden.

Sie erreichten die Kaserne von Weitra und folgten der Straße stadtauswärts. Auf der linken Seite sahen sie das beschriebene Haus, es lag schon außerhalb der Stadt. Schierhuber beschleunigte am Ortsende auf neunzig, wie es jedes vorüberfahrende Auto tun würde, und ließ den Wagen erst nach gut einem Kilometer auslaufen. Als sie ausstiegen, jagte ein schwarzer Wagen vorbei und verschwand in der Nacht. Dann war es ruhig.

Sie folgten einem Feldweg neben der Straße zurück zum Haus. Diesmal hatte auch Hawelka seine Waffe überprüft. Schierhuber hatte ein Extramagazin mitgenommen und überdies Taschenlampe, Pfefferspray und Handschellen eingesteckt. Normalerweise hätte

Hawelka das für übertrieben gehalten, aber in dieser Situation fand er es passend. Vielleicht war das Haus auch das Versteck einer ganzen Pädophilenbande, mit umgebautem Keller und ...

„Sollen wir Verstärkung anfordern?“, überlegte er. „Wenn die Sache hier schief geht, faschiert uns Matzinger, und dann serviert er uns dem Erzherzog als Beef Tatar.“ Andererseits wäre es schwer, dem Oberst zu erklären, warum sie einer Spur in Weitra folgten, obwohl sie doch in Vestenötting bleiben hätten sollen.

Das Haus tauchte vor ihnen aus der Dunkelheit auf und sie hielten bei einem Strauch an, um zu lauschen. Gut zwei Minuten hörten sie nichts als ein Auto, das auf der Straße vorüberfuhr. Vorsichtig steuerten sie auf das Gebäude zu. Teilweise waren die Fensterscheiben zerbrochen und mit Pappendeckel notdürftig verklebt worden. Die einzige Tür, die sie sehen konnten, war geschlossen. An der Mauer entlang umrundeten sie das Haus und stellten fest, dass es keinen zweiten Ausgang gab. Allerdings konnte ein Flüchtender leicht aus einem der sechs Erdgeschossfenster entkommen.

„Bleib du auf der Rückseite, ich geh vorne rein“, flüsterte Schierhuber. Das war natürlich wieder gegen jede Vorschrift, ein einzelner Beamter in einem Gebäude mit einem möglichen Straftäter, das war die Dekorationspetersilie auf dem erzherzoglichen Beef Tatar. Aber Hawelka wollte mit seinem Partner keine Diskussion anfangen. Sie hatten sich entschlossen, den Burschen selbst zu schnappen, und wenn es eine Chance gab, dann war sie jetzt da. Falls er wirklich da drinnen war.

Sie nickten sich zu, dann schlich Hawelka wieder entlang der Mauer um das Gebäude. Schierhuber wartete vorne, zählte in aller Ruhe bis hundert, und näherte sich dann der Eingangstüre.

Es gibt Polizisten, meist Anfang, Mitte zwanzig, athletisch gebaut, durchtrainiert bis ins Letzte, und oft der Cobra, der Wega, oder einer anderen Spezialeinheit zugeteilt. Man sieht diesen Männern sofort an, dass sie überaus effizient und professionell sind. Wenn er einen solchen Mann mit Helm, schusssicherer Weste und dem Steyr Sturmgewehr 77 mit extrakurzem Lauf auftauchen sieht, weiß jeder Terrorist sofort, was es geschlagen hat.

Aber nichts von alledem kommt einem Schierhuber im Einsatz gleich. Wenn sich rund einhundertvierzig Kilo Masse, verteilt auf über zwei Meter Körpergröße, unerwartet leichtfüßig in Bewegung setzten, wenn plötzlich ein gewaltiger Schädel mit außergewöhnlich kräftigen Beißwerkzeugen vor einem auftaucht, wenn sich vor einem gemütlichen Bierbauch plötzlich zwei Hände zeigen, die eine Glock-Pistole zärtlich-brutal umschließen, dann ist dieser Gesamteindruck eine derartige Psychowaffe, dass hartgesottene Verbrecher schon weinend nach ihrer Mutter gerufen haben sollen, wenn Schierhuber loslegte.

Er drückte lautlos die Schnalle nach unten – und fand Widerstand. Die Tür war versperrt. Wie eine große Raubkatze ging er ein paar Schritte zurück, dann schnellte der gewaltige Körper mit der Schulter voran nach vor. Ein kurzes Krachen von splitterndem Holz, und er war drinnen. Es war stockdunkel, er ließ die Taschenlampe aufflammen. Das Vorzimmer war leer, Tapeten hingen in Fetzen von den Wänden, auf dem Boden lag ein zerschlissener Teppich. Schierhuber brauchte nur drei große Schritte, um an die halboffene Tür am Ende des Vorzimmers zu gelangen. Beim dritten Schritt gab der Teppich unter ihm nach und er stürzte in die vorbereitete Fallgrube darunter.

Im Haus war es mittlerweile lebendig geworden. Aus dem Obergeschoss hörte man eilige Schritte, dann schlugen Fensterflügel auf, und gleich darauf sprang ein Mann aus dem Fenster auf der Westseite des Hauses, landete auf einem Sandhaufen, rappelte sich hoch, und war gleich darauf in der Nacht verschwunden.

Hawelka hatte die Tür zerbersten gehört, hatte gleich darauf einen ersticken Schrei von seinem Partner und dann die Fensterflügel schlagen gehört. Hastig lief er ums Haus, aber noch bevor er auf die Westseite gelangte, raschelte hohes Gras und Zweige knackten. Der Vogel war ausgeflogen.

„Halt! Polizei! Bleiben Sie stehen oder ich mache von der Schusswaffe Gebrauch.“ An der Korrektheit der Formel war nicht zu rütteln, dennoch war der Flüchtende längst außer Sichtweite, als Hawelka aufs Geratewohl einen Warnschuss in die Luft abgab. Der andere war weg.

Aber gerade, als Hawelka resigniert zurück zum Haus ging, um nach Schierhuber zu sehen, hörte er plötzlich einen Schrei aus der Fluchtrichtung, und dann zwei, drei erregte Männerstimmen. Weitere Geräusche klangen nach einem heftigen Handgemenge. In dem Moment kam Schierhuber aus dem Haus, er humpelte und sein Gesicht war schmerzverzerrt. „Sepp!“, schrie Hawelka. „Ich glaub, da vorne haben ihn welche gestoppt, vielleicht sind das die Kollegen, ich seh nach!“ Und er lief den Weg entlang. Um sich nicht irrtümlich eine Kugel einzufangen, schrie er noch ein paarmal „Polizei!“, aber plötzlich stoppte er. Er hörte Wagentüren schlagen, dann heulte ein Motor keine fünfzig Meter vor ihm auf, und schließlich schoss ein dunkler Wagen in halsbrecherischer Geschwindigkeit auf dem Feldweg davon.

Jagd

Einen Tag später

„Gföhl, Martinsberg, Groß Gerungs, Weitra, Gmünd, Schrems, Waidhofen, Litschau, Zwettl, Heidenreichstein, Allentsteig, Groß-Sigharts, Göpfritz, praktisch überall im Waldviertel. Dabei haben unsere Leute noch gar nicht alle Schulen und Kindergärten überprüft. Von den Familien will ich gar nicht reden, keine Ahnung, wo wir da anfangen sollen, wir werden einen Aufruf im Fernsehen brauchen." Matzinger saß am Kopfende des Tisches im Extrazimmer des Vestenöttinger Wirtshauses. Außer ihm, seinem Assistenten, Hawelka und Schierhuber waren noch zehn Uniformierte und zwei Männer in Zivil anwesend. Die Uniformierten waren die Postenkommandanten der größten Polizeistationen des Waldviertels, die Zivilen scheinbar von irgendeinem Ministerium. Matzinger hatte den Alleingang von Hawelka und Schierhuber mit keinem Wort erwähnt, jetzt war keine Zeit mehr für Rachegefühle. Die Lage war zu ernst.

„Punkt eins, wir haben den Anfütterer noch nicht. Paul Gamerith. Punkt zwei, wir haben Tersch noch nicht. Punkt drei, wir wissen nicht, wo sie die Mädchen hinbringen wollten. Punkt vier, wir wissen nichts über die Auftraggeber. Punkt fünf, wir wissen nicht einmal, wie viele sie schon haben. Eine erste Analyse hat noch keine vermissten Kinder in unserer Gegend aufgezeigt, aber vielleicht haben sie ja in anderen Gebieten schon dasselbe Spiel abgezogen. Im Prinzip müssen wir ganz Österreich einbeziehen." Matzinger sah in die Runde. Er wirkte sehr müde. Hawelka und Schierhuber auch. Es war eine lange Nacht gewesen.

Nachdem sie Verstärkung gerufen hatten und das Haus durchsucht worden war, erwies sich die Fallgrube im Vorzimmer als einzige Besonderheit des alten Gebäudes. Der Bursche hatte sich vermutlich nach der Verfolgung durch Hawelka in das Haus zurückgezogen und einfach die Falltür zum Kartoffelkeller unter dem Vorzimmer ausgehängt und den Teppich darübergelegt. Diese Alarmanlage hatte prächtig funktioniert. Wer ihn allerdings abgepasst und offenbar gegen seinen Willen in den Wagen geschafft hatte, war nicht klar.

„Möglich ist folgendes Szenario", führte Matzinger aus. „Gamerith ist Helfeshelfer, Anfütterer, Handlanger. Er hat Auftraggeber, die er vielleicht nicht einmal selber kennt. So was geht ja oft um drei Ecken. Er wird von Gruppeninspektor Hawelka verfolgt, kann entkommen, zählt aber eins und eins zusammen und rechnet sich an zwei Fingern aus, dass er und sein Auto bald im ganzen Land gesucht werden. Er ruft seine Auftraggeber an, weil er nicht mehr weiterweiß. Die versprechen ihm Hilfe. Sie werden jemand schicken. In der Zwischenzeit versteckt er sich in dem alten Haus. Unsere Leute scheuchen ihn auf, er rennt weg und trifft auf die Fluchthelfer, die inzwischen angekommen sind, sich aber dezent im Hintergrund gehalten haben. Er erkennt sie nicht, sie erkennen ihn nicht gleich, es kommt zum Handgemenge, Warnschüsse werden abgegeben. Schließlich wird ihnen die Situation zu brenzlig, sie packen ihn in ihren Wagen und verschwinden." Die Anwesenden nickten. So konnte es gewesen sein. Oder auch nicht.

„Wir setzen die Hebel jetzt an drei Stellen an. Erstens: Wir haben seinen regulären Wohnsitz in Wien mittlerweile stürmen lassen und dabei auch aktuelle Fotos von ihm gefunden. Die gehen ans Fernsehen, wir spielen die Geschichte jetzt gleich einmal über die Öffentlichkeit. Wir suchen ihn mit vollem Namen. Zweitens: Dasselbe geschieht mit dem Foto von Tersch. Auf seinem Hof war außer den Katzenviechern auch nichts zu finden, aber sein Gewissen ist sicher nicht rein, sonst wäre er nicht abgetaucht. Ebenfalls spurlos. Drittens: Schwarzer Calibra. Gruppeninspektor Schierhuber meint, sich zu erinnern, dass er auf einem Parkplatz neben dem Wirtshaus, wo die beiden Informationen beschafft haben, einen schwarzen Calibra mit einigen Insassen gesehen hat. Ebenso meinen die beiden Herren, dass ein schwarzer Wagen, möglicherweise derselbe, außerhalb von Weitra an ihnen vorbeigefahren ist, als sie gerade ausgestiegen sind. Und das Motorengeräusch des davonfahrenden Wagens könnte von einem Calibra gestammt haben. Gut. Schwarze Calibras gibt es viele, aber wir werden trotzdem einmal die Zulassungsbesitzer der schwarzen Calibras im Waldviertel besuchen lassen. Die Überstunden für unsere Beamten sind genehmigt, jeder kleine Posten schickt seine Leute aus, es geht los! Meine Herren, wenn keine plötzliche Lageänderung eintritt, treffen wir uns morgen zur selben Zeit hier zur Besprechung."

Die Uniformierten salutierten, dann eilten sie hinaus und wendeten die Dienstfahrzeuge mühsam auf der engen Dorfstraße. Die Männer vom Ministerium nahmen Matzinger vor dem Wirtshaus zur Seite und redeten erregt auf ihn ein, vermutlich wollten sie ihm im Auftrag der Innenministerin nochmals den Ernst der Lage klarmachen – als wüsste er das nicht ohnehin. Hawelka und Schierhuber beschlossen, sich hinzulegen. Sie hatten fast dreißig Stunden nicht geschlafen. Es war Mittag, und sie konnten im Moment nichts tun.

„Ich hab den Typen zweimal entkommen lassen“, dachte Hawelka, als er im abgedunkelten Zimmer lag. „Wenn Gamerith wirklich für einen Pädophilenring arbeitet, dann werde ich mir das nie verzeihen.“ Dann schlief er ein.

Keine zwei Stunden später weckte ihn der Wirt. Es sei einer da, der dringend mit ihm reden wolle. Nein, er kenne ihn nicht. Ein Typ im Anzug, könnte aus Wien kommen. Nein, er habe nicht gesagt, worum es ginge, wollte nur mit dem zuständigen Kommissar reden.

„Das sind doch Sie, oder?“ Der Wirt war zum förmlichen „Sie“ zurückgekehrt, anders noch als vor ein paar Tagen, als sie alle miteinander schießen gewesen waren und am Stammtisch gesoffen hatten. Offenbar hatte ihm die neue Dimension des Falles Respekt vor den Ermittlern eingeflößt. Hawelka weckte seinen Partner und sie gingen runter. Der Typ war klein und dünn, der Anzug billig. Er reichte ihnen eine schweißnasse Hand.

„Hagelgries. Können wir irgendwo reden?“ Der Mensch war äußerst nervös. Sie gingen ins Extrazimmer.

„Haben Sie ihn schon gefunden?“

„Wen?“

„Na, Gamerith, Paul Gamerith!“

„Wer soll das sein?“

„Tun Sie doch nicht so! Das ist der Mann mit den Katzen. Die ganze niederösterreichische Polizei ist hinter ihm her. Gerade kam ein Aufruf im Radio.“

„Kennen Sie Paul Gamerith?“ Dem anderen standen die Schweißperlen auf der Stirn, aus seinen Augen starrte die nackte Angst.

„Ich ... Ob ich ihn kenne? Ja, ich ...“

„Sind Sie ein Freund? Ein Bekannter?“

„Nein. Nein! Ich ...“ Der Mann wurde immer aufgeregter. Offenbar hatte er sich das Gespräch anders vorgestellt. Er war in Panik, sah aus, als würde er jeden Moment zusammenbrechen, oder davonlaufen. Aus dem Augenwinkel bemerkte Hawelka, wie Schierhuber das Gewicht verlagerte, und sich am Bauch kratzte, ganz in der Nähe von der Stelle, wo sich sein abgetragenes Sakko leicht ausbeulte. Hawelka, um Deeskalation bemüht, fragte möglichst ruhig weiter.

„Also, vielleicht ein Verwandter? Sind Sie sein Vater?

„Nein! Ich bin nicht sein Vater. Ich ... bin ... sein Auftraggeber.“

Gamerith

Am selben Abend

Rund acht Stunden später klopfte es leise an Hawelkas Tür. Er sprang vom Bett auf und griff sich die Dienstwaffe.

„Ja?"

„Ich bin's", sagte Schierhuber. Hawelka sperrte auf. Der andere kam rein und trat ans Fenster, ohne ihn anzusehen.

„Wegen vorgestern." Jetzt kam also die Erklärung, warum die sonst so pflichtbewusste Zwettler Kampfmaschine mehr als vierundzwanzig Stunden dem Dienst ferngeblieben war.

„Es ist was passiert", sagte Schierhuber und sah konzentriert aus dem Fenster.

„Was?", fragte Hawelka.

„Ich hab Sex gehabt."

„Alleine oder zu zweit?", fragte Hawelka automatisch. Ein alter Männerwitz. War einfach rausgerutscht.

„Leider ...", seufzte Schierhuber.

„... leider alleine", vollendete Hawelka mitfühlend.

„... leider zu zweit", korrigierte Schierhuber, erneut seufzend.

„Hä?"[23]

„Sie hat sich nicht davon abbringen lassen."

„Wer?"

„Die Forstner."

Später fand es Hawelka interessant, wie viele der Gedanken, die ihm nach dieser Schierhuberantwort durch den Kopf gegangen waren, er noch tagelang auswendig wusste. Nummer eins: „Der Sepp hat ‚die Forstner' gesagt, und er ist nicht in der Stimmung, mich zu verarschen. Der Sepp macht keine Witze. Der meint das ernst. Das war so." Nummer zwei: „Der Sepp hat Sex gehabt." Nummer drei: „Der Sepp hat Sex gehabt!" Nummer vier, fünf, sechs und sieben: „Der Sepp hat ..." usw. Nummer acht war dann: „Mit wem? Mit der Forstner? Aber doch nicht mit ‚der Forstner'. Das gibt's doch nicht." Und dann endlos lang die Wiederholung des folgenden Dialogs:

„Wer?"

„Die Forstner."

„Wer?"

„Die Forst..."

Und so weiter.

Die Fostner war nicht unansehnlich. Die Forstner hatte sogar eine ganz gute Figur. Ein normales Gesicht. Die Forstner war sicher nicht dumm. Die Forstner hatte sicher eine Menge guter Eigenschaften. Charme gehörte sicher nicht dazu. Leidenschaft auch nicht. Es war Hawelka in diesem Moment unmöglich, sich Schierhuber und die Forstner in wilder Umarmung vorzustellen. Da versagte seine Fantasie. Die Forstner vermittelte jedem den Eindruck, dass er sie ja nicht blöd anbraten solle. Und es hatte auch keiner Lust dazu. Hawelka verstand die Welt nicht mehr. Er verstand zwar Schierhuber, der sich – Opfer seiner Triebe – vermutlich mit Todesverachtung auf ein weibliches Wesen gestürzt hatte. Aber er verstand die Forstner nicht. Nicht, weil er Schierhuber für wenig begehrenswert hielt! Im Gegenteil, er schätzte die Chancen am freien Markt für den Riesen wesentlich höher ein als seine eigenen. Bei einer Vielzahl von Kolleginnen stand Schierhuber hoch im Kurs, weil „er so ein Bärli is", wie eine Praktikantin dem Auskunftsbüro einmal in jugendlicher Begeisterung mitgeteilt hatte. Die Nachricht war auf dem kurzen Dienstweg an Schierhuber weitergegeben worden. Dieser hatte sich nicht geäußert.

Mit der ihm von Natur aus gegebenen Feinfühligkeit erkannte Hawelka, dass sein Partner dieses Abenteuer emotional noch nicht völlig verarbeitet hatte. Dennoch ließ die dringendste Frage momentan keinen Platz für das angeborene Taktgefühl: „Und? Wie war's?“ Schierhuber zuckte die Schultern. Er sah immer noch angestrengt aus dem Fenster, als würde unten vor dem Wirtshaus ein spannendes Schauspiel aufgeführt. Vielleicht tanzte die Hoferin ja nackt im Mondlicht.

„Und wieso ...“ Nein, das war blöd, das war nicht die passende Frage, schnell eine andere: „Ich meine, wie ... wie ... wie ist das passiert, ich meine, waru... also nein, wie seid ihr euch näher ... Hat sich das einfach so ergeben, oder?“

„Wir haben angestoßen.“

„Hä?“ Auch auf die Gefahr, dass er sich wiederholte, Hawelka konnte keinen Zusammenhang herstellen und bat um Aufklärung.

„Na, sie hat doch Geburtstag gehabt. Und da haben alle angestoßen, im Auskunftsbüro. Ich auch.“

„Aha.“ Es war eine gewisse Kunst, aus Schierhuber die nötigen Informationen herauszuholen. Hawelka beherrschte sie mittlerweile. Immer ein wenig nachfragen, um die Erzählung am Laufen zu halten. Dann wieder warten, nicht drängen. Dann wieder nachfragen. Dann wieder nur kundtun, dass man den letzten Satz verstanden hatte, und so weiter.

„Da ist es halt ein bisschen lustiger geworden.“

„Aha.“ Jetzt nur ja keine unnötigen Fragen stellen, den anderen nicht zu sehr bedrängen, es kam ja ohnehin schon fast von alleine.

„Die Herta hat immer wieder nachgeschenkt, Musik aufgedreht und so.“ Das konnte sich Hawelka lebhaft vorstellen. Die Berlakovic war eine gute Gastgeberin, eine Stimmungskanone und, wenn sie wollte, auch eine gute Kupplerin. Vielleicht war ihr an diesem Tag der Schalk im Nacken gesessen, und sie hatte sich gedacht, sie schenkte der Forstner zum Geburtstag einhundertvierzig Kilo geballte Männlichkeit.

„Es ist später und später geworden, Dienstschluss war schon vorbei.“

„Ja?“

„Die Forstner hat gesagt, sie kann nicht mehr fahren.“ Das war einem Schierhuber noch nie passiert. Also, dass er nicht fahren konnte, war ihm schon passiert, aber dass er gesagt hätte: „Ich kann nicht mehr fahren“, das war noch nie vorgekommen. Was Hawelka aber noch bemerkenswerter fand, war die Tatsache, dass sein Partner „die Forstner“ sagte, und sie nicht beim Vornamen nannte, obwohl sie sich doch gründlich kennengelernt haben mussten, in über vierundzwanzig Stunden. Bevor Hawelkas Fantasie nun doch noch einsetzte, setzte Schierhuber seine überaus engagiert vorgetragene Erzählung fort.

„Ich hab sie dann heimgebracht.“ So war das also gelaufen. Wahrscheinlich doch von der Berlakovic eingefädelt. Aber warum hatte die dann auch nach Schierhuber gesucht und nicht gesagt: „Ach, der vögelt gerade mit der …“ Jetzt bemerkte Hawelka, dass ihm der Vorname der Forstner nicht einfiel. Hatte sie überhaupt einen Vornamen? Wahrscheinlich ging es Schierhuber ähnlich. Er verwendete den Nachnamen nicht aus Mangel an persönlichen Gefühlen, sondern weil er den Vornamen einfach nicht wusste.

„Sie hat dann gesagt, ich kann gerne mit raufkommen, auf einen Kaffee.“

„Und du bist ..."

„Ich hab gefragt, ob sie einen Schnaps auch daheim hat." Sehr charmant. Schierhuber konnte Frauen wirklich um den Finger wickeln.

„Und, hat sie einen gehabt?"

„Ja ... nein ... so Likörzeug halt, was die Frauen halt so daheim haben. Ich hab dann aus meinem Wagen einen Zwetschkenen mitgenommen. Na ja ... dann ... hat sich das halt so ergeben."

„Ich verstehe." Wie sich so was eben ergibt. Schierhuber starrte noch immer auf die nächtliche Dorfstraße, als gäbe es nichts Interessanteres auf der Welt. „Was will er mir eigentlich sagen?", fragte sich Hawelka in der sich ausbreitenden Stille. Als das Schweigen zu drückend wurde, half er nach: „Und dann habt ihr ..."

„Ja, das war ... sie war ganz anders als sonst. Der Alkohol wahrscheinlich ... Sie hat ... mich fast gezwungen. Also ... angefangen, herumzukommandieren mit mir. Was ich ... und wie ich ... Das war ..." Er brach ab und wischte sich den Schweiß von der Stirn. Die Erinnerung an das Erlebte nahm ihn offensichtlich sehr mit. Bei allem Mitgefühl mit seinem Partner musste sich Hawelka das Lachen jetzt doch verbeißen. Die Vorstellung, dass die sauertöpfische Forstner sich in eine herrische Furie verwandelt und den armen Schierhuber zum willenlosen Werkzeug ihrer Fantasie gemacht hatte, nahm in seinem Kopf groteske Formen an. „Hat der Sepp um Gnade gewinselt und an der versperrten Wohnungstür gekratzt, während die Forstner mit heiserer Stimme abartige Befehle gebellt hat? Hat sie Requisiten benutzt, die ihm Angst gemacht haben?" Die Daten und Fakten drängten sich wieder in seinen Kopf: Die Forster, knappe einssechzig, Schierhuber, gute zwei Meter. Die Forstner, um die sechzig Kilo,

Schierhuber, der mehr als das Doppelte wog. Die Forstner, die tagsüber kaum mit ihren Kolleginnen sprach (und mit Männern sowieso nichts), Schierhuber, der in Bierlaune schon einmal ein Waldviertler Dorfwirtshaus unterhalten konnte. Hawelka schüttelte den Kopf, die Geschichte konnte nicht wahr sein. „Unglaublich. Und das ist dann den ganzen nächsten Tag so weitergegangen?"

„Ja, nein ... doch ... also ... ich wollt eh immer weg, oder wenigstens Bescheid geben, aber sie hat mir das Handy versteckt." – „Ich werde die Forstner mein ganzes Leben lang nicht mehr anschauen können, ohne an diese Sache zu denken", ging es Hawelka durch den Kopf. „Und wie ist das dann weitergegangen, ich meine, wie seid ihr verblieben?"

„Da ist nichts geredet worden drüber", Schierhuber zuckte die Schulter, immer noch gefesselt von der Straße unten.

„Na ja, ist doch ... schön, oder? Die Forstner ist ja eh ganz ... nett, oder? Ich meine, eine gute Figur und ... Na ja, soll das was Ernstes werden? Habt's euch etwas ausgemacht? Trefft's ihr euch wieder?"

„Was? Nein! Wieso? Also ... es ist nichts geredet worden." Erneutes Schulterzucken. Was wollte Schierhuber mit der Erzählung überhaupt? Wollte er vielleicht einen Rat von ihm?

„Willst du vielleicht einen Rat von mir, Sepp?"

„Ich? Nein! Wieso? Geh ..." Eine wegwerfende Handbewegung. Jetzt wurde das Fensterbrett einer genauen Inspektion unterzogen. „Für was einen Rat ..." Also doch.

„Na ja, wenn du eh keinen Rat brauchst, dann ... Ich meine ja nur, wenn du die Sache nicht so im Raum stehen lassen willst, oder wenn du nicht weißt, wie du dich ihr gegenüber verhalten sollst, dann musst du eben reden mit ihr", riet Hawelka[24]. „Oder sie wenigstens anrufen", setzte er schnell hinzu, als er aus einer heftigen Armbewegung Schierhubers schloss, dass dieser sich für ein persönliches Aug-in-Aug-Gespräch momentan nicht in der Verfassung sah. Wieder dehnte sich das Schweigen aus. Dann drehte sich der große Mann mit einem Ruck um und verließ das Zimmer, immer noch ohne Hawelka anzusehen. „Ja, vielleicht ruf ich sie einmal an", murmelte er im Abgehen.

Hawelka warf sich aufs Bett und überdachte die Angelegenheit. Sie war und blieb unglaublich. Dann kehrten seine Gedanken zu dem Besucher vom Nachmittag und seiner Geschichte zurück. Als sich der Mensch vor ihnen als Auftraggeber von Gamerith zu erkennen gegeben hatte, war ein rascher Blickwechsel zwischen Hawelka und Schierhuber erfolgt. Dann war Schierhuber zur Tür getreten, hatte sich davor aufgebaut und die Hand unter sein Sakko geschoben.

„Was heißt das?", hatte er gefragt.

„Kann ich mich setzen? Weil ... ich muss das erklären."

„Das glaube ich auch", hatte Hawelka gesagt. Hagelgries und er hatten sich gesetzt. Die Schierhuberstatue an der Tür hatte schon alleine durch ihre Haltung zur Besonnenheit gemahnt.

„Ich bin Vertreter gewesen, also im Vertrieb, im Außendienst, in der Alarmanlagenbranche. Das ist auch ... also bis vor ein paar Jahren ist das auch gut gelaufen, aber dann haben die Baumärkte immer mehr billige Systeme zum Selberbasteln auf den Markt geworfen und die Häuselbauer sind als Kunden weggefallen. Dann kam die Krise, und die Firmenkunden haben sparen müssen und auch selbst zum Basteln mit Bewegungsmeldern und Kameras angefangen. Da war dann Flaute in unserer Branche. Obwohl ja die Einbrüche immer mehr zunehmen. Und dann kommen natürlich immer mehr junge Kollegen, dynamisch, hungrig, mit dem Einstiegsgehalt zufrieden, da ist der Druck natürlich ... Na ja, und dann war ich plötzlich arbeitslos.“

Hawelka und Schierhuber hatten wieder einen Blick gewechselt. Wollte sie der Mann jetzt mitleidig stimmen, damit sie verstanden, warum er auf die schiefe Bahn geraten war?

„Tja“, hatte Hawelka bemerkt und Hagelgries fest in die Augen gesehen, „das ist ja bedauerlich und eine schwierige Situation. Trotzdem würde ich langsam gerne wissen, was das mit Herrn Gamerith und Herrn Tersch zu tun hat.“ Der Angesprochene hatte sich zum wiederholten Mal die Hände an der Hose über den Oberschenkeln trockengewischt, dann war er hastig fortgefahren: „Ja, dazu komm ich gleich. Ich will Ihnen ja gleich alles sagen, ich wollte nur, dass Sie verstehen, dass meine Branche ... also, ich komme aus einer ganz anderen Branche. Ich verstehe was von Alarmanlagen, von Elektronik, aber ... ich hab keine Firma mehr gefunden, die mich genommen hat und ... war langzeitarbeitslos. Ich bin geschieden, hab Schulden, die monatlichen Zahlungen sind mir über den Kopf gewachsen, ich war am Ende, echt am Ende.“ Es sah aus, als würde der Mann gleich zu heulen anfangen. Mit einem Mal packte Hawelka eine unbeschreibliche Wut. Es war nicht in Ordnung, Verbrechen zu begehen, das war klar. Aber es war noch viel weniger in Ordnung, wenn diese Leute dann ihr eigenes Elend vorschoben, sich als Opfer darstellen wollten, und um Absolution bettelten.

„Nicht jede Schweinerei lässt sich durch eine Notsituation entschuldigen", hatte Hawelka grimmig gedacht, und den anderen, ohne ein Wort zu sagen, durchdringend angesehen.

„Dann hab ich's natürlich in anderen Branchen probiert, aber ein fast Fünfzigjähriger, ohne Branchenkenntnisse, hat keine Chance. Nach einem Jahr hab ich die Hoffnung schon aufgegeben gehabt. Ich schickte nur mehr Nullachtfünfzehn-Bewerbungen los, ohne die Inserate richtig zu lesen. Und dann ist eine Antwort gekommen. Vorstellungsgespräch. Ich bin hingefahren und war überzeugt, dass sie mich nicht nehmen. Aber sie haben mich genommen. Aber natürlich ... das Gehalt war ... na ja, zuerst war ich einfach froh, dass ich was hatte, es ist auch klar, dass sich so ein Gehalt aus Fixum und Provision zusammensetzt, das Fixum war lächerlich niedrig, da hab ich als Arbeitsloser mehr gehabt, und die Provision ... das war illusorisch, es ist um die Einführung einer neuen Marke gegangen, und in meinem Gebiet ... ich hab als Neuer ein Gebiet bekommen, wo die Leute harte Nüsse sind. Und verschlossen und misstrauisch. Wo sie zehnmal nachdenken, bevor sie was tun, und zwanzigmal nachdenken, bevor sie was anderes tun als früher, oder was anderes kaufen. Ich hab den schwierigsten Markt überhaupt bekommen, aber ich war so unter Druck, ich hab es schaffen müssen. Müssen! Verstehen Sie?" Er hatte Hawelka flehend angesehen. Der hatte keinerlei Reaktion gezeigt. Auf der Suche nach Verständnis hatte Hagelgries dann zu Schierhuber geschaut, aber dessen Miene hatte ihn den Blick rasch wieder senken lassen. „Die ersten drei Wochen waren ein Desaster. Es war genau, wie ich erwartet hab, nein, schlimmer als erwartet. Wir konnten unser Produkt kaum platzieren.

Und die darauffolgenden Wochen waren auch nicht besser. Die Probezeit war drei Monate. Mir war klar, dass ich nachher wieder stempeln gehen würde. In der Zwischenzeit hat mir die Bank einen Brief geschickt. Mein Kontorahmen war um mehr als ein Drittel überzogen, dabei hab ich ihn erst erhöhen lassen, wie ich den neuen Job gekriegt hab."

„Kommen Sie endlich auf den Punkt!!" Niemand im Raum war überraschter als Hawelka selbst gewesen, dass er plötzlich losgebrüllt hatte. Von null auf hundert. Auch, dass er mit der Faust auf den Tisch geschlagen und den anderen angefunkelt hatte, als wolle er ihm gleich an die Gurgel, war ihm, ohne jegliche innere Warnung, einfach passiert. Er hatte tief Luft geholt, sich zur Ruhe gezwungen und zurückgelehnt. Hagelgries hatte ihn zu Tode erschrocken angesehen. Schierhubers Gesicht war unbewegt geblieben.

„Ich ... hab einen Ausweg gebraucht und mich an ein Verkaufsseminar erinnert. Es ging darum, sich neue Märkte zu schaffen ... Bedürfnisse zu wecken. Niemand wird einem Autopolitur abkaufen, wenn er gar kein Auto hat. Da kam dann diese Idee. Wenn in einem Gebiet, sagen wir, tausend Familien eine Katze haben, dann ist der Markt für Katzenfutter in diesem Gebiet auf ungefähr viertausend Dosen pro Woche beschränkt. Den teilen sich natürlich alle Hersteller und Lieferanten auf. Für einen neuen Anbieter ist der Anteil vielleicht zehn Prozent, das macht dann vierhundert Dosen pro Woche. Mit extremem Werbeaufwand, Fernsehwerbung, Inseraten, intensiver Betreuung und Bestechung der Händler kann man vielleicht zwanzig Prozent daraus machen. Aber das ist mit enormen Kosten verbunden. Wenn man es jetzt schafft, dafür zu sorgen, dass in diesem Gebiet zweitausend, oder sogar dreitausend Katzen gehalten werden – dann ist der Umsatz plötzlich dreimal so hoch. Wenn man es noch dazu schafft, dass hauptsächlich junge Katzen dazukommen, und man positioniert sich als Lieferant von Babykatzennahrung – dann erhöht man den Umsatz nicht um das Dreifache, sondern um das Fünf- bis Sechsfache." Hagelgries war während seiner Erklärung geradezu aufgeblüht. Schierhuber hatte gefragt: „Wie soll das funktionieren? Wieso sollen sich die Leute auf einmal ..." Dann war er verstummt, offensichtlich war ihm gedämmert, was Hawelka schon verstanden hatte.

„Sie haben Katzen züchten lassen?"

„Ich hab mich umgehört, es gab Leute, die mitgemacht haben. Leute wie Herr Tersch, zum Beispiel. Aus Geldmangel. Schließlich haben wir pro Kätzchen bezahlt. Jedes dieser Viecher hat innerhalb von ein, zwei Monaten die Investitionskosten wieder hereingefressen. Eine Katze wirft in zehn Jahren über dreißig Junge. Herr Tersch hatte fast vierzig Katzen und acht Kater, die haben pausenlos für Nachschub gesorgt. Sobald sie fünf, sechs Wochen alt waren, wurden sie verschenkt. Ich hab zehn Quellen, nicht alle haben so viele Tiere wie Herr Tersch, aber es ist ganz schön was zusammengekommen. Gamerith ist Student. Er war der Verteiler. Im Prinzip haben wir nichts Illegales gemacht. Aber über die Kinder ist das eben der beste Weg. Stellen Sie sich vor, Sie gehen auf einen Mann zu und drücken ihm einen Schuhkarton mit einem Kätzchen in die Hand und sagen irgendetwas wie: ‚Das schenk ich Ihnen.' Entweder läuft er Ihnen nach, oder er wirft den Schuhkarton in den nächsten Mistkübel – mitsamt dem Tier. Aber Kinder sind anders. Herr Gamerith hat sie beschenkt. Bei Schulen, Kindergärten, Busstationen, manche auch auf dem

Spielplatz, oder auf dem Nachhauseweg. Da war die Erfolgschance natürlich eine ganz andere. Wenn ein Kind einmal so ein Viecherl in den Händen hat, dann will es das auch mit heimnehmen."

Hawelka hatte es sich gut vorstellen können. Wenn die kleine Jaqueline mit strahlendem Gesicht nach Hause kam und der Mama den Schatz im Schuhkarton zeigte, dann würde die wohl kaum sagen: „Gut, mein Liebling, wir packen es jetzt in ein Jute-Sackerl, schnüren gut zu, und der Papi bringt es dann später zur Dorfschwemme und lernt dem Katzi tauchen." Viel eher würde die Mama zaghaft zu erklären versuchen, dass das Kätzchen im Wald, oder bei der Omi, oder im Tierschutzhaus viel besser aufgehoben sei. Dann würde das Kätzchen ein bisschen mauzen und Jaqueline mit großen Augen ansehen, dann würde Jaqueline ein bisschen mauzen und die Mama mit großen Augen ansehen, dann würde die Mama seufzen und sagen: „Na gut, ich red einmal mit dem Papi." Dann würde der Papi abends sagen, dass er das Problem noch in derselben Nacht diskret entsorgen würde. Dann würde die Mama ein bisschen mauzen und Papi mit großen Augen ansehen. Und nach der „Zigarette danach" würde Papi brummen: „Na gut, dann soll sie das Vieh eben behalten, aber ich geh nicht Gassi damit." Und schon hätte die Katzenfutterindustrie einen treuen Stammkunden auf zehn Jahre. Wenn man nun in dem Dorf oder Städtchen zeitgleich eine völlig neue Babykatzennahrung zum Supersondereinführungsnimmdreizahlzweipreis in die Regale der Händler platzierte, konnte die Rechnung schon aufgehen. Hawelka hatte nicht umhin gekonnt, dem Plan von Hagelgries ein wenig Bewunderung zu zollen.

Der weitere Nachmittag war dann mit etlichen Telefonaten, Recherchen der niederösterreichischen

Kollegen und des Auskunftsbüros sowie einer eilig einberufenen Pressekonferenz von Matzinger vergangen. Zuerst hatte man die Angaben überprüft. Die Firmenleitung hatte im Prinzip die Aussagen von Hagelgries bestätigt, dabei natürlich betont, dass man die Details der Marketingkampagne nicht gekannt habe, sich von nicht artgerechter Tierhaltung absolut distanziere und etwaige Vorwürfe zu unlauteren Geschäftspraktiken SEHR ernst nähme, sich diese Praktiken SEHR genau ansehen würde, um am „Ende des Tages“ eine SEHR gut überlegte Entscheidung zu treffen, die sicherlich alle Beteiligten SEHR zufriedenstellen würde. Dann hatte man stichprobenartig um die zwanzig Aussagen von beschenkten Kindern eingeholt. Tatsächlich hatte in keinem Fall eine Belästigung stattgefunden, Gamerith hatte den Kindern einfach die Schuhkartons samt Inhalt überreicht, gesagt, dass er ihnen etwas schenken wolle, und war eilig entfleucht. Bei der Pressekonferenz hatte Matzinger von einer neuen Wendung im Fall geredet und Gamerith in Abwesenheit voll rehabilitiert. Die Suche nach ihm bliebe aber wegen einer von ihm benötigten wichtigen Zeugenaussage und unerklärlichen Vorgängen rund um sein Verschwinden aufrecht.

Genau das war der Punkt, der Hawelka nun nicht schlafen ließ. Denn nachdem Schierhuber zuvor sein von Sexskandalen zerrüttetes Leben vor ihm ausgebreitet hatte (und Hawelka nicht recht wusste, ob er nicht doch ein bisschen neidisch auf den anderen war), ließ ihm wieder der Fall keine Ruhe. Dabei stellte er sich vor allem zwei Fragen:

Wo steckte Gamerith? Und wenn es keine geheimnisvollen Kinderpornoringauftraggeber gab, wer hatte ihn dann abgepasst?

Rubensfrau

Am nächsten Abend

„Dass Tersch mit einer solchen Sache nichts zu tun hat, war mir von Anfang an klar. Völlig klar. Voyeurismus, ja. Kleine Gaunereien, ja. Beihilfe zur Kindesentführung, nein. Das weiß man, wenn man länger im Dorf lebt und die Leute hier studiert hat. Ich weiß es. Habe es immer gewusst. Das mit der Katzenzucht für diese Futterfirma, das passt zu ihm, das schon. Das andere nicht. Es ist gut, dass er untergetaucht ist, die Leute hier waren ja völlig hysterisch, hätten ihn zuerst aufgehängt und dann erst nachgefragt. So wie sie es bestimmt mit dem Studenten gemacht haben. Es steht für mich völlig außer Zweifel, dass der mit einem Stein um den Hals in einem Waldviertler Karpfenteich versenkt worden ist, vielleicht aber auch im Moor. Sicherlich, vorher werden sie ihm noch alle möglichen Qualen bereitet haben, wie es der Pöbel in allen Jahrhunderten gerne getan hat, wenn er eines gemeinsamen Feindes habhaft werden konnte. Früher war das eben abgesegnet, oder sagen wir geduldet. Eine Hexe, ein Ketzer, ein Vagabund, da hat man nicht lange gefackelt, und auch wenn es gegen das Gesetz war, hat das aufgebrachte Volk nichts zu befürchten gehabt. Heute müssen die Lynchjustizler eben im Verborgenen agieren, auch wenn die Mehrheit der Bevölkerung ihre Initiative gutheißt. Sicherlich, für Sie ist das kein Ruhmesblatt: Der Bursche ist ja quasi unter Ihren Augen entführt worden. Offensichtlich haben ein paar tatkräftige Bürger einen Tipp erhalten, wo sich dieser Gamerith in Weitra versteckt haben könnte, möglicherweise ist man Ihnen auch unbemerkt gefolgt, was auch nicht unbedingt für Sie und Ihren Kollegen spricht. Sie wissen, was ich meine?“

Hawelka nickte. Es hatte sich nichts geändert.

„Natürlich wissen diese Leute jetzt, dass es anders war, dass er unschuldig war. Aber jetzt ist es zu spät, und wenn diese Menschen – ich sage immer noch Menschen, auch wenn sie sich beim Verhör und der Hinrichtung sicherlich wie die Tiere, nein, sicherlich schlimmer als die Tiere benommen haben –, wenn diese Menschen, wie ich sie immer noch nenne, also jetzt auch bereuen, der Bursche wird davon nicht mehr lebendig werden. Sie verstehen?“

Hawelka verstand. Er nickte automatisch. Seit der Pressekonferenz waren viele Stunden vergangen. Weder Tersch noch Gamerith waren inzwischen aufgetaucht.

„Wir“, solidarisierte sich der Gelbe mit den Ermittlern, „wir stehen also wieder ganz am Anfang. Birnstingl ist tot, und sein Mörder ist noch nicht gefasst. Das Motiv ist nach wie vor unklar. Der Pädophilenringverdacht ist von Tersch abgefallen, was aber nicht heißt, dass er es nicht war. Ich weiß …“, winkte er ab, obwohl Hawelka sich nicht gerührt hatte, „… ich weiß genau, was Sie denken. Sie erinnern sich an meine Worte von vorhin, als ich gesagt habe: Voyeurismus, ja. Kleine Gaunereien, ja. Beihilfe zur Kindesentführung, nein. Das habe ich gesagt. Aber ich habe nicht gesagt, dass dem Hitzkopf Tersch nicht ein Mord im Affekt passieren könnte. Ich sage bewusst: ‚passieren‘, denn für einen vorsätzlichen Mörder halte ich ihn nicht. So kaltblütig ist er nicht, so viel kriminelle Energie steckt nicht in ihm. Trotzdem … man kann in keinen Menschen hineinschauen, und in Tersch am allerwenigsten. Sie werden es nicht erleben, dass Tersch etwas Vorhersehbares tut. Aber vielleicht hat das ja alles keine Bedeutung mehr, vielleicht ist Tersch längst tot, ebenfalls von einer Selbstjustizgruppe entführt, gefoltert und im Heidenreichsteiner Moor versenkt. Nur weil es keine Zeugen für eine Terschentführung gibt, heißt das noch lange nicht, dass sie nicht stattgefunden hat. Vielleicht hat man beide im Moor versenkt. Aneinandergebunden wie ein Liebespaar. Möglicherweise sind sie aber noch gar nicht tot. Man hat sie eine Weile gefoltert, und als die Nachricht kam, dass sie unschuldig sind, wusste man nicht, was zu tun ist. Freilassen? Dann identifizieren sie vielleicht die Täter. Umbringen? Ist mit dem Wissen um ihre Unschuld natürlich ungleich schwieriger. Was tun? Wenn Sie verstehen, was ich meine."

Hawelka schrak aus seinen Gedanken auf und nickte zustimmend. War etwas Wichtiges in Jauners Sermon gewesen? Dass Tersch ebenfalls gefangen worden war, hielt auch er für möglich. Aber wo sollten sie ansetzen? Das Auskunftsbüro hatte auf dem kurzen Dienstweg schwarze, dunkelblaue, dunkelgrüne, dunkelgraue, dunkelbraune Calibras, die im Umkreis von dreißig Kilometern angemeldet waren, herausgesucht. Es waren fast zweihundert. Natürlich konnte man die braven Streifenpolizisten in ihren Revieren losschicken, dennoch zweifelten sowohl Matzinger als auch Hawelka am Erfolg des Unternehmens. Schierhuber hielt es sogar für möglich, dass einheimische Beamte, die einen Verdacht hatten, aus Solidarität absichtlich wegschauen würden, oder einfach auf die Überprüfung eines Fahrzeughalters vergaßen.

„Wenn ich Kriminalist wäre ... Ein absurder Gedanke, werden Sie sagen, aber ich sehe das Kriminalistische mehr von der wissenschaftlichen Seite, mit abgeschmackten Begriffen wie ‚Recht und Unrecht' oder

‚Verbrechen und Strafe' will ich mich gar nicht beschäftigen, die moralischen Aspekte Ihres Berufes kann ich nicht nachvollziehen, will ich auch gar nicht. Aber meine psychologische Arbeit hier im Dorf, die mir im Laufe der Jahre zur wissenschaftlichen Aufgabe geworden ist, diese Arbeit ist ja durchaus vergleichbar mit dem Kriminalistischen, wie ich es verstehe. Verstehen Sie?"

Hawelka musste dringend weg. Fort von dieser Geräuschkulisse, raus aus dem Wirtshaus mit seinem Bierdunst, seinen Essensgerüchen, seinem Zigarettenrauch, seinen Stammtischbrüdern und seinem Jauner, der nicht aufhörte, der nie aufhörte.

„Wenn ich also Kriminalist wäre, würde ich das Ganze von der psychologischen Seite angehen. Wo kann man einen Menschen, den man – warum auch immer – gefangen halten will, vielleicht sogar gefangen halten muss, am unauffälligsten unterbringen? Wenn Sie eine Höhle im Wald kennen, die sonst niemand kennt, dann halten Sie die vielleicht für ein sicheres Versteck. Richtig?"

Hawelka nickte automatisch und sah zu Schierhuber. Der hatte, vermutlich um das tiefschürfende Forstnererlebnis aus dem Kopf zu bekommen, heute seine Schlagzahl bei der Alkoholvernichtung erhöht und war in glänzender Laune. Momentan versuchte er, einen Chor zu bilden, die ersten Sänger stiegen bereits in das fromme Lied ein:

„Unser Pater Benedikt – Jessas na,
hat Haar am Arsch wie Kälberstrick – Jessas na!"

„Richtig?", fragte der Gelbe nochmals.

„Richtig", sagte Hawelka und nickte zusätzlich. Er würde jetzt aufstehen und rausgehen. Ein Spaziergang durch die Nacht. Irgendwohin, nur weg.

„Falsch!“, triumphierte Jauner. „Völlig falsch. Wenn Sie nämlich später zu der Höhle gehen, sagen wir, um den Gefangenen zu verhören, zu füttern, zu quälen, oder sonst etwas, fällt das irgendwann jemandem auf. Beim ersten Mal denkt er sich noch nichts dabei, beim zweiten Mal vielleicht auch nicht, aber bald kommt ihm das komisch vor, und irgendwann verfolgt er Sie, und schwups – ist geheimes Versteck nicht mehr geheim. Nein, nein, das sicherste Versteck ist immer noch unter den Augen aller Leute. Je näher, je alltäglicher, desto besser. Sie verstehen mich doch, oder?“

Hawelka stand auf, nickte flüchtig und ging zur Tür. Er bedeutete der Kellnerin, die Zeche auf seine Zimmerrechnung zu setzen, und winkte seinem Partner zu. „Ich geh frische Luft schnappen.“ Dann war er draußen. Ohne nachzudenken, schlug er den Weg Richtung *SeelenBegegnungsZonenZentrum* ein. Die Stille draußen tat ihm gut. Als er am Schlösschen vorbeiging, trat unvermittelt der Graf auf die Straße. Erst jetzt registrierte Hawelka, dass dieser gar nicht am Stammtisch gesessen war.

„Sheriff Hawelka! Der furchtlose Held ganz alleine in der Nacht?“, fragte Roland und grinste. „Bin grade auf dem Weg ins Wirtshaus. Was gibt's? Ich hab mir gedacht, dass die Jagd schon vorbei ist?“

Hawelka war nicht nach Scherzen zumute. „Wir suchen immer noch einen Mörder“, entgegnete er abweisend und setzte hinzu: „Außerdem haben wir jetzt zwei Vermisste, die wahrscheinlich in Lebensgefahr schweben, wenn sie es nicht schon überstanden haben.“

„Ach ja! Da haben sich ein paar mit Zivilcourage gefunden und die Helfeshelfer der Kinderschänder einkassiert.“

„Wieso Kinderschänder? Ist das zu Ihnen noch nicht durchgedrungen, dass das eine Art Werbeaktion war?“

„Das schon“, entgegnete der Graf. „Offiziell schon. Ich glaub das mit der Katzenfutterfabrik und dem Vertreter, der eine Superidee gehabt hat, sogar. Aber der Bursche, der die Kätzchen verteilt hat, warum hat der das wohl gemacht? Warum gerade den Job? Wenn er nur Geld für sein Studium braucht, warum macht er nicht was anderes? Tankwart, Nachtportier, Schlafwagenkellner? Oder sagen wir, wenn er gerne mit dem Auto herumfährt, warum nicht beim Botendienst? Warum nicht Pizzaservice, warum nicht Zeitungszustellung? Da steckt etwas dahinter. Nachdem das Ganze erst zwei, drei Monate gelaufen ist, weiß man ja nicht, ob er nicht doch irgendwann zu einem der kleinen Kinder gesagt hätte: ‚Servus, kennst du mich noch? Ich bin der Onkel, der dir damals das Kätzchen geschenkt hat. Wie geht's ihm denn?‘ So läuft das!“

Hawelka fragte sich, ob der Graf als Kind missbraucht worden war, oder was sonst hinter seiner geradezu manischen Reaktion steckte. Konnte es sein, dass er in Wahrheit nur vom Birnstinglmord ablenken wollte? Weil er damit zu tun hatte? Etwas wusste? Selbst der Täter war?

„Und deshalb finden Sie Selbstjustiz in Ordnung?“, fragte er.

„Wenn es um so was geht, schon“, antwortete der Graf und schulterte seine Jagdbüchse, auf deren Lauf er sich bisher wie auf einen Spazierstock gestützt hatte.

„Warum trägt er mitten in der Nacht ein Gewehr mit sich herum?“, überlegte Hawelka. „Er hat doch gesagt, dass er auf dem Weg ins Wirtshaus ist, und nicht zur Jagd.“ Nun fiel ihm ein, dass er Roland noch nie ohne Gewehr gesehen hatte. Sei es nun im Wirtshaus, oder in seinem Wagen, als sie der Feuerwehr nachgefahren waren, oder wenn er durch das Dorf ging – immer hatte er ein Gewehr bei sich. „Hat er Angst? Will ihm jemand ans Leder? Alte Konkurrenten aus dem Rotlichtgeschäft? Russische Partner aus der Pornomacherzeit, die er übers Ohr gehauen hat und die jetzt Rache nehmen wollen? Oder ist das allzeit bereite Gewehr nur eine Kompensation seiner Impotenz?“

„Ich sag: Um Kinderschänder ist es nicht schade“, sagte der Graf und sah Hawelka Zustimmung heischend an wie keine zehn Minuten davor der Gelbe.

„Gute Nacht“, sagte Hawelka, drehte sich um und ließ den anderen stehen. Er hatte keine Lust, mit dem Grafen zu diskutieren. Er wollte alleine sein. Nachdenken. Den Fall lösen. Warum er dazu ausgerechnet das *SeelenBegegnungsZonenZentrum* ansteuerte, war ihm selber nicht klar. Als er am Feuerwehrhaus vorbeiging, sah er einen Schatten hinter einer Ecke verschwinden. Die Wächterin des Kriegerdenkmals war also auf dem Posten. Sollte er sie stellen? Nochmals befragen, ob sie tatsächlich niemand an dem bewussten Nachmittag gesehen hatte? Schon lenkte er seine Schritte zu der dunklen Ecke – aber dann verwarf er die Idee und ging weiter die Dorfstraße entlang.

Das *SeelenBegegnungsZonenZentrum* lag außerhalb der Reichweite der Straßenbeleuchtung, das ganze Gebäude war dunkel, nur aus einem Fenster drang gedämpftes Licht. Ohne richtig nachzudenken, schlenderte Hawelka über die Wiese und riskierte einen Blick. Der spartanisch eingerichtete Raum war leer, eine Stehlampe leuchtete in der Ecke einsam vor sich hin. Irgendwo im Haus spielte leise Klaviermusik. „Jetzt da drinnen liegen, Musik hören und nichts denken“, dachte er. „Am besten mit der Rubensfrau.“

„Guten Abend“, ertönte eine wohlklingende, etwas spöttische Stimme hinter ihm. „Interessieren Sie sich für mein Haus?“ Er fuhr herum und konnte es nicht vermeiden, schuldbewusst auszusehen. Nun hatte sie ihn zum zweiten Mal erwischt. Versteckte sie sich grundsätzlich in der Nähe und beobachtete ihr eigenes Haus, um Neugierige von hinten zu überraschen?

„Verzeihung. Entschuldigung. Das war ... indiskret von mir. Ich interessiere mich natürlich nicht für Ihr Haus. Ich ...“

„Dann interessieren Sie sich für mich? Danke, das schmeichelt mir. Oder wollten Sie einfach dienstlich vorbeikommen? Nach Mitternacht sind ja die Menschen viel eher zu Geständnissen bereit. Stehe ich unter Verdacht?“ Alle ihre Sätze schienen von einem unhörbaren Lachen untermalt zu sein. Ein bisschen spöttisch, aber nicht unangenehm. Schade nur, dass Hawelkas eigene Schlagfertigkeit dabei auf der Strecke blieb.

„Nein, nein, Sie stehen nicht unter Verdacht. Ich wollte Sie nur fragen, ob Sie eigentlich ...“ Ja, was eigentlich?

„Ja? Was eigentlich?“

„Ob Sie ... na ja, Sie haben sicherlich schon gehört von der Sache, von dem Burschen, der die Kätzchen verschenkt hat, und den man irrtümlich für einen ... Na ja, jedenfalls ist der verschwunden. Entführt von ... keine Ahnung. Äh ... wissen Sie etwas?“ Seine Fragestellung war auch schon einmal ausgeklügelter gewesen.

„Warum glauben Sie, dass ich etwas weiß?“

„Weil ... na ja, vielleicht weil Sie gesagt haben, dass Sie ein – wie war das? – ein Nachtwesen sind, und ...“

„Oh, das haben Sie sich gemerkt? Ich bin beeindruckt.“ Sie klang kein bisschen beeindruckt. Er redete schnell weiter: „... und nachts öfters draußen, und da könnten Sie doch irgendwas beobachtet haben. Außerdem ...", er seufzte, „außerdem habe ich das Gefühl, dass Sie vielleicht die Einzige sind, die es mir auch sagen würde. Wahrscheinlich weiß das halbe Dorf, wer Birnstingl auf die Kreissäge gehievt hat, oder wer den Burschen entführt hat, oder wer Tersch entführt hat, oder was hier überhaupt los ist. Aber kein Schwein sagt mir was. So schaut's aus", schloss er fast trotzig.

„Möchten Sie vielleicht gerne reinkommen? Auf ein Glas gänzlich alkoholfreies Wasser? Offen gesagt, sehen Sie ziemlich fertig aus. Dieses Dorf kann einem aber auch ganz schön zusetzen. Drinnen ist es freundlicher als im Wirtshaus. Außerdem – hören Sie? – da spielt Peter Ponger seine ‚Watercolours', diese Musik trägt Sie fort vom Dorf und Ihrer Verzweiflung." Sie ging ihm voraus zur Haustür. Hawelka folgte automatisch, im Halbdunkel hatte sich dieser Rubens selbst übertroffen – fließender Stoff, weiche Konturen und geheimnisvolle Schatten, da und dort Lichtpunkte an den Erhebungen, ein sehr ansprechendes Bild. Er fühlte, wie sich in seiner Seele eine Zone der Begegnung zentral bereit machte.

„So, das Dorf setzt Ihnen also zu. Die verschlossenen Waldviertler, die ihre Angelegenheiten lieber untereinander regeln, die dem fremden Polizisten nichts sagen und die ‚Zuagraste' erst in der dritten Generation als Einheimische akzeptieren. Da kann der Graf von Opel noch so sehr den unbekümmerten Platzhirschen spielen und auf Jägermeister machen, er wird ..."

„Was?!" Hawelka war aufgesprungen. Die Seelenbegegnungsbereitschaft ließ schlagartig nach. Stattdessen hatte ein Blitz in sein Gehirn eingeschlagen, ein paar hunderttausend Zellen vernichtet, und dafür ein paar Millionen in Gang gesetzt, die sich jetzt gegenseitig befeuerten.

„Was was?“, fragte sie und sah ruhig zu ihm hoch.

„Der Graf von Opel“, wiederholte Hawelka nervös, weil er seinen Gedanken noch nicht richtig deuten konnte. „Warum heißt er ‚Graf von Opel‘, wissen Sie das?“

„Ein Spottname, den man ihm im Dorf verpasst hat, als er angekommen ist und die Restaurierung des Schlössels begonnen hat. Er hat anfangs verzweifelt versucht, seine Vergangenheit geheim zu halten, und genauso verzweifelt versucht, sich den Anschein eines Adeligen zu geben, ohne es explizit auszusprechen – lügen wollte er scheinbar nicht wirklich. Jedenfalls ist die Sache gründlich schief gegangen. Sein betont biederer Wagen – ein Opel eben – hat ihm den Spitznamen eingebracht, und bald war auch seine Porno-Vergangenheit bekannt. Da hat er die Flucht nach vorne angetreten, sich einen Land Rover besorgt, jegliche Dezenz als Schwäche bezeichnet und das raubeinige Urvieh gegeben. In Wahrheit ist er ein armer Mann, der immer ein anderer sein wollte, und ...“

„Was war das für ein Opel?“, unterbrach sie Hawelka. Er wollte nicht unhöflich sein, er hätte dieser Stimme stundenlang zuhören können, aber jetzt wollte er vor allem eines wissen. Er erinnerte sich jetzt daran, dass der Graf selbst im Schloss von einem Opel geredet hatte. „Was war das für ein Opel?“, wiederholte er drängend. Sie zog eine Augenbraue hoch.

„Sie sind ja richtig energisch. Aber über Autos dürfen Sie mich nicht fragen. Es war ein Opel, er war groß und dunkel und relativ neu, glaub ich. Fragen Sie ihn doch selber. Er hat ihn noch, fährt ihn aber nur, wenn er nach Wien muss, oder so. Bei uns gibt er den Wildschütz mit Geländewagen. Aber wie ges...“

„Ja! Das ist es! Wir haben ihn immer nur mit dem Land Rover gesehen. Mit dem Opel hat er ... aber nicht alleine, da waren mehr Stimmen ... wahrscheinlich der halbe Stammtisch von hier ... ich Trottel. Aber jetzt wird er die blöden Wiener kennenlernen." Er rannte zur Tür hinaus, besann sich dann, kehrte vor dem Haus um, rannte wieder zu der immer noch wie hingegossen sitzenden und immer noch sehr entspannt wirkenden Rubensfrau, packte ihre Hand und schüttelte sie heftig. „Danke", sagte er, „vielen Dank. Sie haben mich auf die richtige Spur gebracht."

„Das ist ja sehr schön. Da sehen Sie, wie Sie Ihre eigenen Energien nutzen können, wenn jemand Ihnen hilft, sie freizulegen. Dazu bin ich da ..." Sie lächelte ihm milde nach, während er schon die Dorfstraße entlanglief. Na ja, lief ... was man eben bei Gruppeninspektor Josef Hawelka, fünfzig plus, leicht übergewichtig[25] und stark untertrainiert so als Laufen bezeichnen konnte. Schon beim Kriegerdenkmal war er außer Atem, versuchte aber, das Tempo zu halten, bis plötzlich der Schatten vor ihm auf die Straße sprang.

„Waren S' bei der roten Hex? Waren S' bei der Hur?"

„Was?!" Er hatte nicht mit Frau Hofer gerechnet, wäre vor Schreck fast gestolpert.

„Tun S' nicht so. Ich weiß, wo Sie hingegangen sind. Mitten in der Nacht. Einer von der Polizei ... Dürfen S' das überhaupt? Aber ihr seid's ja alle gleich. Wie eine mit dem Arsch wackelt, müsst's ihr hin. Und zu der überhaupt. Vorgestern ist sie gleich mit zweien heimgegangen. Und wie die ausgeschaut haben – zum Fürchten. Seminare! So heißt das heute. Früher war ein Seminar was für die Buben, die Pfarrer werden wollten. Heut macht die Hur ein Seminar. Und die Polizei rennt gleich hin. Und jetzt wieder weg. Hat's Ihnen zu viel verlangt?“

Er starrte die alte Frau fassungslos an, wollte sie schon in die Schranken weisen, aber dann erinnerte er sich an Gamerith, der befreit werden musste.

Wenn es nicht schon zu spät war.

Kerker

In derselben Nacht

Es war schon fast zwei, als der Graf ihnen den schwarzen Opel Calibra zeigte. Schierhuber hatte relativ energisch werden müssen. Ein Teil des ehemaligen Stalles, seitlich ans Schlössel angebaut, war zu einer Garage umfunktioniert worden. Hinter dem Land Rover stand der große Opel.

„Wenn ich jetzt die Spurensicherung anfordere, dauert das Stunden, dann noch ein paar mehr, bis wir irgendeine Probe von Gamerith auftreiben. Vielleicht sogar Tage, bis wir beweisen können, dass er in dem Wagen war. Aber beweisen werden wir es“, sagte Hawelka. „Egal, wo er ist, egal, wie es ihm geht, glauben Sie, es wird besser für Sie, wenn Sie es hinauszögern? Mit Sicherheit nicht. Im Gegenteil, jede Minute, die Sie unsere Arbeit behindern, bringt Ihnen ein paar Monate mehr ein. Also, reden Sie!“ Der Graf sah zu Boden, seine Selbstsicherheit war verschwunden. Hawelka war nicht so eitel, das auf seine engagierte Rede zurückzuführen. Eher auf den Opel als Beweismittel, und höchstwahrscheinlich auch auf Schierhuber, der ihn ziemlich grob angefasst hatte.

„Ich kann euch den Raum zeigen. Aber er ist ... nicht mehr drinnen. Er ist abgehaut. Besser gesagt ... irgendwer hat ihn rausgeholt, ob ihr das jetzt glaubt's, oder nicht. Wir ... ich hab ihn nicht umgebracht und im Wald verscharrt, oder so was ... er ist weg, befreit ... keine Ahnung, von wem. Schon gestern. Ich ...“

„Wo ist der Raum? Los, wir gehen hin“, befahl Hawelka energisch. Roland führte sie aus der Garage zur Rückseite des Schlössels, wo der verwilderte Garten fast sofort in einen steilen Hang überging. In diesen Hang war ein Keller gegraben und mit einer massiven Tür verschlossen worden. Die Tür war unversehrt, das alte Schloss war aber leicht mit einem Sperrhaken zu öffnen. Roland machte Licht, nach gut zehn Metern kamen sie zu einem Quergang, der gleich nach der Abzweigung mit einer weiteren Tür verschlossen war. In diese war ein modernes Zylinderschloss eingebaut, und das hatte jemand wenig elegant aus dem Türblatt gedroschen. Der Raum dahinter war leer, ein paar alte Decken lagen in der Ecke.

„Da habt ihr ihn eingesperrt?", fragte Hawelka.

„Ja. Das heißt ... ich hab ihn da eingesperrt, nur ich ... ich wollte von ihm ein Geständnis ... wegen der Kinder ... ich hab geglaubt ... das war ja noch, bevor ihr diese Geschichte mit dem Katzenfutter öffentlich gemacht habt's." Der Graf war ein Häufchen Elend. Es war klar, dass ihm niemand glauben würde. Es war klar, dass er für längere Zeit hinter Gittern landen würde. Auch die Sache mit der Einzeltäterschaft war unglaubwürdig, Hawelka hätte darauf gewettet, dass er mindestens zwei oder drei Helfer regelmäßig im Wirtshaus sah.

„Okay", sagte er zum Grafen, während Schierhuber am Waidhofner Posten anrief. „Nikolaus Roland, im Namen des Gesetzes sind Sie festgenommen. Ich nehme Sie fest wegen des Verdachtes auf Freiheitsberaubung, Körperverletzung und Mord. Weiters wegen Behinderung der Behörden. Sie haben das Recht, die Aussage zu verweigern. Wenn Sie von diesem Recht nicht Gebrauch machen, kann jede Aussage auch vor Gericht gegen Sie verwendet werden. Die Kollegen aus Waidhofen werden Sie am dortigen Posten in Verwahrung nehmen, von dort können Sie auch einen Anwalt anrufen. Haben Sie noch irgendetwas zu sagen?" Das klang ziemlich professionell, fand Hawelka. Der Graf zuckte die Schultern: „Ihr glaubt's mir ja sowieso nicht."

„Stimmt", sagte Hawelka.

Eine Dreiviertelstunde später war alles vorbei. Die Uniformierten hatten den Grafen in die Zelle am Waidhofner Posten gebracht, Hawelka hatte mit Matzinger telefoniert, der ihm am Ende des Gesprächs sogar seinen Respekt ausgesprochen hatte. Am späten Vormittag sollte es weitergehen, mit der Spurensicherung, Suchhunden und Helfern. Ab dann wollten sie beginnen, Roland in Waidhofen zu verhören. Für ein, zwei Stunden würde auch Matzinger dabei sein. Trotzdem war Hawelka nicht sehr glücklich. Als er in sein Zimmer ging, um wenigstens noch ein bisschen Schlaf zu kriegen, bevor der Zirkus losging, war er sogar niedergeschlagener als ein paar Stunden zuvor.

„Der Student ist tot", sagte er zu Schierhuber, „da bin ich sicher."

„Ja, vielleicht", antwortete der, schaute aber ein wenig zweifelnd. Hawelka setzte nach: „Er ist tot, und wir sind schuld, nein, ich bin schuld, weil ich ihn zweimal entkommen hab lassen, und wie er entführt worden ist, hab ich ihn nicht rechtzeitig gefunden. Roland, oder einer von seinen Trotteln, hat den Buben umgebracht, und wie rausgekommen ist, dass er gar kein Kinderschänder war, hat Roland das Schloss eingeschlagen, um uns, falls wir auftauchen, die Geschichte mit der Befreiung auftischen zu können."

„Ja, vielleicht", antwortete Schierhuber und machte wieder sein Zwettlergesicht. Normalerweise hätte das seinen Partner aufgeregt, aber diesmal hoffte Hawelka, dass Schierhubers Zweifel berechtigt waren und er selbst sich irrte. Dann gingen sie schlafen.

Hawelka träumte verworrenes Zeug: Sie waren im Schloss, die Rubensfrau lief vor ihnen die Gänge entlang, Schierhuber und er folgten ihr, Bettina Sommer und der Graf wollten sie zurückhalten, aber sie hasteten weiter, schließlich war es die Kriegerdenkmalpflegerin, die ihnen den Weg versperrte und ihnen eine Schachtel mit toten Kätzchen entgegenwarf. „Das war die Hur!“, schrie sie immer wieder und fuchtelte mit ihren Händen, als wolle sie die beiden verfluchen. An ein Vorbeikommen an der Alten war nicht zu denken. „Ich weiß den Weg! Ich kenne den Geheimgang“, flüsterte Bettina Sommer in Hawelkas Ohr. „Aber nur wir beide dürfen hinein.“ Tatsächlich öffnete sich plötzlich die Mauer neben ihnen, und schon lief die Sommer einen abschüssigen Gang hinunter. Ohne sich um die anderen zu kümmern, rannte Hawelka ihr nach. „Jetzt bist du ihrer Macht entflohen, bravo Josef!“, rief die Sommer über ihre Schulter. „Die Rubensfrau kann dir nichts mehr anhaben, ich bringe dich in Sicherheit.“ Da waren sie auch schon am Ende des Ganges, sie standen im Keller des Wirtshauses, wo sich alle zum Preisschießen versammelt hatten. Gamerith stand an der Wand und hatte die Augen verbunden. „Was macht ihr Wahnsinnigen da?!“, schrie Hawelka. Gelächter war die Antwort, dann trat Schierhuber aus der Runde und reichte ihm eine Panzerfaust. „Diesmal entkommt er dir nicht, Josef“, sagte er und lachte über das ganze Gesicht. „Wo ist Tersch?“, fragte Hawelka sinnloserweise. Die Panzerfaust lastete schwer auf seinen Schultern und schien immer schwerer zu werden, schon konnte er ihrem Gewicht nicht mehr standhalten und stürzte zu Boden. Die Umstehenden verstummten wie auf einen Schlag und drehten sich weg, nur Bettina Sommer beugte sich zu ihm und sagte zaghaft: „Aufstehen! Schnell, aufstehen!“

„Ich kann nicht“, antwortete er.

„Doch. Es ist wer da für Sie. Aufstehen!“, wiederholte sie hartnäckig. Warum redete sie ihn mit „Sie“ an?

„Kommen Sie, Herr Hawelka. Es ist dringend!“ Sophie, die Kellnerin, stand an seinem Bett und schüttelte ihn am Oberarm. In letzter Zeit war sie zu seinem persönlichen Wecker geworden. Er wischte sich den Schweiß von der Stirn.

„Wie spät ist es?“

„Kurz nach zehn.“

„Ist der Sepp schon auf?“ Eine sinnlose Frage, Schierhubers Schnarchen drang durch die Wand zum Nebenzimmer. „Das schaff ich nicht. Außerdem ist sein Zimmer versperrt“, entgegnete sie.

„Wer ist unten?“

„Die Frau von der Seelenbegegnungszone. Bei ihr ist Tersch und ein junger Bursche. Ich glaub, das ist dieser Gamerith.“

Erlöserin

Am nächsten Tag

„Hör zu, ich glaub, ich hab da was ... Ihr wolltet's ja über die Grundbucheinträge und Besitzverhältnisse Bescheid wissen ... Sag, wieso meldet's ihr euch eigentlich die ganze Zeit nicht? Wieso müssen wir alles aus dem Radio erfahren? Zuerst haben sie gesagt, ihr seid's einem Pornoring auf der Spur und nach einem gefährlichen Täter wird gefahndet, dann wieder hat's geheißen, das war falscher Alarm, der Typ war gar kein Kinderschänder, das war nur eine Werbeaktion, dann ist er entführt worden, wir machen uns richtig Sorgen um euch, die Betti und ich, also nur wir zwei, weil die Janne ist in Pflegeurlaub, das Butzerl ist krank, das arme, kleine, und die Karin ist im Zeitausgleich, deshalb ...“

„Karin? Welche Karin?“, dachte Hawelka und war sich bewusst, dass das im Moment die unwichtigste aller Fragen war, denn eigentlich wollte er das Telefonat gar nicht annehmen, während er sich in aller Eile anzog, um unten Tersch und Gamerith samt Rubensfrau zu treffen. Dann hatte er beschlossen, das Telefonat doch anzunehmen und dem Auskunftsbüro einen Rückruf zu versprechen, aber in dem Moment, wo er abgehoben hatte, war das Informationskompott schon über ihm ausgeschüttet worden.

„... natürlich keine Überstunden bewilligt. Aber wie gesagt, für euch kann das interessant sein, mit diesem spinnerten Adeligen in Vestenötting, weil der hat ...“

„Du weißt doch, dass der nicht wirklich adelig ist, hast du doch selber recherchiert, außerdem haben wir ihn verhaftet, aber Herta, ich hab gerade überhaupt keine Zeit, weil ...“

„Aber doch nicht der Adelige, nicht euer Graf Bobby oder Graf Roland, oder wie der heißt, sondern ein ... Was? Verhaftet habt ihr ihn? Also ist der Fall geklärt? Na, wozu recherchier ich dann wie eine Berserkerin? Glaubt's ihr, wir haben nichts zu tun, jetzt, wo die Karin im Urlaub ist und das Baby von der Jan..."

„Karin! Jetzt hab ich's. Karin ist die Forstner. Die Forstner heißt Karin! Sie hat also doch einen Vornamen." Gleich darauf ärgerte er sich, weil er seine Zeit mit so unnötigen Gedanken verschwendete, während doch unten ...

„... aber das kostet euch einiges, ihr Lausbuben! Trotzdem bin ich neugierig, wie habt's ihr ihn denn überführt?"

„Herta, bitte! Ich hab wirklich keine Zeit, er ist auch nicht der richtige Täter, also der mit dem Kreissägenmord, das heißt vielleicht doch, das ist noch nicht geklärt, wir wissen noch gar nichts, verhaftet haben wir ihn wegen der Entführung von dem Burschen, der jetzt unten in der Gaststube auf mich wartet und ..."

„Ich kenn mich nicht aus. Aber bitte, dem Innendienst muss man ja nichts sagen, wir sind ja nur die Büroschlampen. Okay, ruf mich nie wieder an! Bye-bye, Baby!" Sie legte auf. Was beleidigt klingen sollte, war bei ihr stets von einem glucksenden Lachen begleitet und strafte die Worte Lügen. Hawelka gab dem unkompliziertesten aller fraugewordenen Auskunftsbüros in Gedanken einen Kuss, zog sich die Schuhe an, rannte zur versperrten Schierhubertür und donnerte mit der Faust dagegen. „Sepp!", schrie er. „Alarm!" Nun zeigte sich der feine Unterschied zwischen einem sicherlich engagierten Kellnerinnenweckversuch mit abwechslungsreicher Wortwahl („Aufstehen! Hallo! Aufwachen! Herr Schierhuber, aufstehen!"), und dem von

Hawelka soeben angewandten Zauberwort, das alle Uniformierten im Lauf der Zeit verinnerlicht haben: Eine Minute später befanden sich die beiden auf dem Weg nach unten, Schierhuber fertig angezogen und mit einer handlichen Privatwaffe im Hosenbund. Denn vor der Kriminalpolizei war er bei der „normalen“ Polizei gewesen, und davor, als junger Bursche, beim Militär, und da wie dort war es eben immer so gewesen: Man konnte drei Tage durchgemacht haben, einige Hektoliter Bier vernichtet haben, vier Decken über den Kopf gezogen haben und im Tiefschlaf gerade den Regenwald gerodet haben – wenn jemand „Alarm“ rief – war man hellwach.

Während sich Schierhuber oben angezogen hatte, war er von Hawelka über die wichtigsten Fakten[26] informiert worden. Solcherart gebrieft, betrat er nun mit Hawelka das Extrazimmer.

Tersch und Gamerith sahen aus, als seien sie von einer Wirtshausrauferei in die nächste geraten – und das eine Woche lang. Die Frau sah aus wie immer – nach Rubens. Bevor sie sich dazusetzten, rief Schierhuber die Rettung und Hawelka rief Matzinger an. Dann hörten sie zu.

„Ich war in der Nacht unterwegs, bin am Schlössel vorbei, wie sie ihn gebracht haben“, sagte die Rubensfrau und deutete auf Gamerith. „Eigentlich bin ich ja nicht neugierig, aber wie zuerst der Wagen in die Garage gefahren ist, und dann vier Leute einen fünften hinter den Bau geschleppt haben, bin ich doch nachschauen gegangen. Ich bin neben der Schlossmauer rauf auf den Hang. In den Keller hab ich sie nicht reingehen sehen, aber dass sie da irgendwo am Grundstück sein mussten, war mir klar, also hab ich gewartet. Eine Viertelstunde später sind sie rausgekommen – zu viert. Ich hab überlegt, was das soll, und bin heim. Als dann am nächsten Tag die Buschtrommeln am Werk waren, ist mir klar geworden, wer das ist. Ich hab überlegt, ob ich Ihnen Bescheid gebe, aber irgendwie ... Jedenfalls bin ich dann in der nächsten Nacht mit einer Hacke hin und rein in den Keller. Tja, und dann hab ich gesehen, dass er nicht alleine eingesperrt war, sondern mit dem Herrn Tersch hier. Da hab ich eben beide mitgenommen und bei mir versteckt. Ich halte nichts von Lynchjustiz", schloss sie schlicht.

„Warum haben Sie die beiden nicht uns übergeben?", fragte Hawelka.

„Wollte ich zuerst ja auch, aber dann hab ich im Radio gehört, dass sie gar keine Kinder anlocken wollten und da ..."

„... hat sie uns Asyl gegeben", setzte Tersch fort, „uns war klar, solange der Graf frei herumläuft, findet er Mittel und Wege, um uns wegzuräumen. Weil ihr hättet uns verhört und dann freigelassen. Dann hättet ihr den Grafen verhört und bis zur Anklage auch freigelassen. Dann hätten wir keine ruhige Minute mehr gehabt, er oder seine Burschen hätten ..."

„Genau", hakte Hawelka ein. „Wer waren die anderen überhaupt?"

„Ich kenn die doch nicht, die Wahnsinnigen", stöhnte Gamerith.

„Sie sind aus dem Dorf: Schwarz, der junge Pollak, dann noch zwei andere, da weiß ich nicht genau ... aber Schwarz und Pollak waren sicher dabei, diese ausgefressene Sau ..."

„Okay", entschied Hawelka. „Die Rettung muss gleich da sein, wir kommen dann ins Spital, wenn Sie versorgt sind, und nehmen ein Protokoll auf. Ich möchte aber vorab noch kurz Ihre Version der Katzengeschichte hören."

„Ich hab immer schon Katzen gehabt", erklärte Tersch schulterzuckend. „Ich wollt sie einfach nicht umbringen. Kastrieren beim Tierarzt kostet Geld. Hab mir immer Abfälle von den Fleischhauern in der Gegend geholt. Dann ist auf einmal der Vertretertyp vor meiner Tür gestanden."

„Hagelgries?"

„Ja. Hat mir von seiner Idee erzählt. Zehn Euro pro Katze und Produktionsabfälle aus der Futterfabrik. Da wär ich doch ein Trottel gewesen, wenn ich nein sag."

„Er ist ein Freund von meinem Onkel. Hat gehört, dass ich einen Job neben dem Studium suche. Auch zehn Euro pro Katze", erklärte Gamerith und hielt sich den ramponierten Kopf.

„Und wie konnte er sicher sein, dass Sie die Katzen nicht im nächsten Karpfenteich entsorgen?"

„Gar nicht, das war Vertrauenssache. Wenn der Umsatz in einer Gegend nicht in den folgenden Wochen zugenommen hätte, dann wäre das aufgefallen. Das war eine Supersache. Kinderleicht. Zwei Kätzchen in einen Karton, herumgefahren, Kinder gesehen, stehen geblieben: ‚Hallo, schaut einmal, was ich da habe', Karton in die Hände gedrückt, abgehaut. Ein-, zweimal hat mich ein Erwachsener zur Rede stellen wollen, da bin ich halt ein bisschen schneller verschwunden. Bis Sie gekommen sind ..."

„Aber", mischte sich erstmals Schierhuber ein, „wenn die Kinder, oder sagen wir die Eltern, das Vieh ausgesetzt hätten? Oder ein ganz anderes Futter als das eure gekauft hätten?"

„Das war klar, dass es einen gewissen Schwund gegeben hat. Trotzdem, die meisten haben es behalten und mehr als die Hälfte hat unser Futter gekauft, weil es eben speziell für Jungkatzen beworben worden ist."

„Und warum die Aktion mit dem Lieferwagen? Warum haben Sie die Katzen nicht gleich selber geholt?“

„Na, der Lieferwagen vor den Schulen wär zu auffällig gewesen“, antwortete Tersch. „Und mit seinem Wagen bei uns im Dorf, da hätt vielleicht einmal jemand das Kennzeichen überprüft. Das war uns zu riskant. Weil die Aktion ja doch irgendwie ... in einem komischen Licht war. Und viele Leute haben ja geglaubt, dass der Typ vor ihrer Schule vielleicht doch was wollte von den Kindern ...“

Draußen hörte man die Rettung näher kommen. Zu fünft gingen sie vors Wirtshaus, Hawelka redete kurz mit den Rettungsleuten, dann rief er in Waidhofen an und bat die Uniformierten, bei Gelegenheit die Protokolle aufzunehmen. Die Rubensfrau verabschiedete sich.

„Das war sehr ... couragiert von Ihnen“, sagte Hawelka und schüttelte ihr die Hand. „Ich ... wir werden dann auch noch Ihre Aussage schriftlich brauchen, ich ko... wir kommen morgen oder so vorbei, wenn’s recht ist ...“

„Aber bitte, gerne.“ Wieder das etwas spöttische Lächeln. „So viele Gäste wie in den letzten Tagen hat mein Zentrum selten.“

Hawelka nahm sich vor, ihr nicht nachzuschauen, tat es aber dann doch. Genau in dem Moment, als sie sich umdrehte, unbefangen winkte, und dann spielerisch mit dem Finger drohte. „Passen Sie auf, dass Sie sich nicht zu sehr für die Esoterik interessieren, sonst vergessen Sie noch Ihren Fall!“, rief sie. Hawelka hatte automatisch zurückgewinkt. „Wie ich dort war und sie mir schöne Augen gemacht hat, haben sich die beiden die ganze Zeit keine zehn Meter entfernt in ihrem Haus versteckt“, dachte er. Dann sah er seinen Partner an. „Sepp“, sagte er, „die Katzensache ist vorbei, das war ein Schuss in den Ofen. Jetzt sind wir genauso weit wie vorher.“

Schierhuber nickte.

„Jetzt müssen wir wieder ganz von vorne anfangen.“

Schierhuber nickte.

„Alles zurück auf Anfang. Das war eine Scheißwoche.“

Schierhuber nickte.

„Aber du“, setzte Hawelka hinzu und konnte sich selbst nicht erklären, warum er gerade jetzt auf dieses Thema zu sprechen kam[27], „du warst wenigstens mit einer Frau im Bett. Ich nicht.“

Schierhuber drehte sich brüsk um und stapfte in das Wirtshaus.

Testament

Am selben Tag

Die Beschützerin und Bewahrerin des Kriegerdenkmals war auf dem Posten. Einige unvorsichtige Löwenzahnbabys hatten sich in die Ritzen der Gehsteigkantensteine gewagt. Sie starben jung. Hawelka und Schierhuber unterstützten die alte Frau nach Kräften. Jeder auf seine Art. Hawelka, indem er dem Löwenzahnnachwuchs einen Meter weiter links zu Leibe rückte und dabei schwitzend feststellte, dass er wieder zugenommen hatte. Schierhuber, indem er breitbeinig und die Hände in den Hosentaschen zwischen den beiden Arbeitenden stand und sie auf etwaige Nachlässigkeiten hinwies. Speziell bei Hawelka fand er immer wieder übersehene Pflänzchen. Unscheinbar kleine Pflänzchen zwar, die jedoch, wie Frau Hofer sogleich bestätigte, innerhalb kürzester Zeit zu gefährlichen Dschungelgewächsen mutieren konnten, die ganz Vestenötting in eine grüne Hölle verwandeln würden, aus der es kein Entrinnen gab.

Für Hawelka war das eine schwierige Situation. Einerseits war er Humanist, schätzte und achtete seinen Partner und hatte diesem vieles zu verdanken, weshalb ein Mord nicht in Frage kam. Andererseits versuchte er hier, eine Vertrauensbasis zu der mutmaßlich einzigen Tatzeugin aufzubauen und wollte schon seit einer Viertelstunde das Gespräch behutsam auf den bewussten Nachmittag bringen, wurde aber von Schierhuber mit seinen Einwürfen ständig abgelenkt.

„Ich hab meine Aufgabe halt ernst genommen. Wenn der Gehsteig rundherum sauber ist, dann fallen die Müllisteid'ln[28] eben auf, wenn du sie stehen lässt. Ich weiß, wie die alten Weiber sind, die Hoferin hätte nie Vertrauen zu dir gehabt, wenn du den Gehsteig nicht ordentlich machst", wie er sich später zu rechtfertigen versuchen würde.

„Frau Hofer, wie war das jetzt an dem Nachmittag, wo der Stadel vom Birnstingl gebrannt hat", fiel Hawelka schließlich mit der Tür ins Haus. „Erinnern Sie sich eigentlich noch, wo Sie da waren?" Sie reagierte nicht, arbeitete emsig weiter. Wollte sie über das Thema nicht reden? Vielleicht, weil sie fürchtete, sich zu verplappern? Oder hatte er nicht laut genug gesprochen und sie hatte die Frage tatsächlich nicht verstanden? „Wissen Sie noch, wo Sie waren, Frau Hofer?!", versuchte er es zwei, drei Stufen lauter.

„Na, wo werd ich gewesen sein, da war ich, wo denn sonst? Beim Kirtag in Trippsdrill vielleicht?" Sie schüttelte empört den Kopf über die blöde Frage. Hier war die Arbeit, und irgendwer musste sie ja machen, wo sonst also sollte sie sein, wenn nicht da.

„Na ja, ich hab mir nur gedacht, weil das doch eine anstrengende Arbeit ist, dass Sie vielleicht einmal eine Pause gemacht haben und ins Haus sind, ein bisschen ausrasten, nicht?"

„Ausrasten kann ich mich am Friedhof, das gibt's bei mir nicht, dass ich mich untertags hinsetz und in die Luft schau. Die Arbeit macht sich nicht von alleine. Ausrasten tun sich die Jungen, die erfinden die blödesten Sachen, damit sie nicht arbeiten müssen. Der eine tut angeln, obwohl sie da bei uns eh nicht g'scheit beißen, der andere legt sich in die Sonne und dreht sein Radio auf volle Lautstärke, und der Dritte geht schon am helllichten Tag ins Wirtshaus und sauft, wie wenn er bezahlt kriegt dafür, aber ich sag ja immer, die sind alle nichts wert."

„Aber, Frau Hofer, wenn Sie da waren, dann haben Sie doch wen gesehen. Ihnen entgeht doch nichts. Das gibt's doch nicht, dass Sie nicht ..."

„Alles gibt's", fiel sie ihm ins Wort, „alles gibt's, weil's einen Gips auch gibt. Aber das stimmt, wenn da einer hingegangen wär zum Stadel, dann hätt ich ihn gesehen, aber ich hab keinen hingehen sehen."

„Haben Sie den Birnstingl gesehen, wie er reingegangen ist?", fragte Schierhuber ganz nebenbei.

„Na, sicher! Ich bin ja nicht blind. So gut wie als eine Junge seh ich nimmer, aber so weit seh ich schon noch, dass ich den Birnstingl erkannt hab, wie er zum Holzschneiden gegangen ist. Und die Kreissäge hab ich dann auch gehört."

Im Prinzip war das alles nicht neu, das hatte sie schon den Uniformierten gesagt, und ihm beim ersten Treffen auch. Aber Hawelka glaubte ihr nicht. Sie deckte jemanden. Die Frage war nur, warum. Einschüchtern ließ sich die Alte sicher nicht so leicht, viel wahrscheinlicher war es, dass sie einen Verwandten oder sonst ihr Nahestehenden schützte, vielleicht hatte er ihr auch Geld angeboten. So bedürfnislos sie auch lebte, Hawelka kannte diesen Menschenschlag, sicher hortete sie das Ersparte unter der Matratze „für schlechte Zeiten". Das war schon ein Ansatzpunkt für einen möglichen Täter. „Außerdem", dachte Hawelka, „ist sowieso jeder bestechlich. Es ist alles nur eine Frage des Preises."

„Es war also gar niemand auf der Straße? Den ganzen Nachmittag nicht? Das kann ich mir gar nicht vorstellen ..."

„Was Sie für einen Blödsinn reden, sicher wird da wer auf der Straße gewesen sein, irgendwer ist ja dauernd auf der Straße, aber ich schau mir die Leute ja nicht alle an, ich bin ja nicht verwandt mit denen. Auf der Straße, auf der Straße! Irgendwer fährt immer mit so einem Mauzibeik oder mit dem Auto herum."

„Aber niemand ist zum Stad'l", stellte Schierhuber fest.

„Nein, da ist niemand hin. Der Birnstingl ist rein, dann hat er zum Schneiden angefangen, eine Viertelstunde, und dann war die Maschine aus, und ich denk mir noch: ‚So, das ist auch so einer, der mehr Pausen macht als sonst was, schneidet eine Viertelstunde, und dann macht er eine Pause, so wird das nix werden mit dem Heizen im Winter, da wird das Holz zu wenig werden, wenn der alle Viertelstunden eine Pause macht.' Das hab ich mir gedacht, und dann ..." Hawelka hatte eine Eingebung und unterbrach: „Aber wie ist das, kann vielleicht schon vorher jemand in den Stad'l gegangen sein? Der dort auf ihn gewartet hat? Haben Sie vorher jemand gesehen?" Sie schüttelte den Kopf und blieb dabei. Vorher niemand, nachher niemand. Hawelka wunderte sich. An gewisse Sachen konnte sich Frau Hofer offenbar recht detailliert erinnern, andere wiederum schienen ihr nicht mehr präsent zu sein. War das ein Fall von selektivem Gedächtnis oder steckte Kalkül dahinter?

„Und der Brand, wann haben Sie den bemerkt?"

„Nach zehn Minuten hat es zum Rausrauchen angefangen. Ich hab mir noch gedacht: ‚Der lässt es sich aber ordentlich gut gehen bei seiner Pause, und am Ende macht er gar eine Viertelstunde Pause – eine Viertelstunde schneiden und eine Viertelstunde Pause, so wird das nie was.' Ja, das hab ich mir noch gedacht, aber dann hat's schon raus geraucht."

„Und Sie haben die Feuerwehr gerufen?" In den Unterlagen war es anders gestanden, aber Hawelka wollte die Gegenprobe.

„Ich? Nein. Ich misch mich da nicht ein. Das geht mich nichts an, was die Leute in ihrem Stad'l tun. Ich hab nur geschaut. Dann ist einer mit dem Auto stehen geblieben und hat gesagt: ‚Da brennt's ja!', und ich hab gesagt: ‚Das schaut so aus, ja.' Und dann hat er gleich angerufen und die Feuerwehrsirene ist gegangen."

Sie zogen ab. Hawelka rief das Auskunftsbüro an. Die Berlakovic war nicht da, Bettina Sommer zwitscherte wie ein Vögelchen, wusste aber nicht, was so wichtig gewesen war, und vertröstete ihn auf den nächsten Tag. „Der Erzherzog lässt fragen, wie lange ihr noch braucht, bei uns geht's rund und er braucht jeden Mann, sagt er", meldete sie am Ende des Gespräches. Hawelka murmelte Unverständliches und legte auf. Sie steckten fest. Um die Burschen, die dem Grafen bei der Entführung von Tersch und Gamerith geholfen hatten, sollten sich die Uniformierten kümmern, das hatte Matzinger angeordnet. Sie hatten ihn auf dem Waidhofner Posten getroffen. Dabei hatte er sie relativ zuvorkommend behandelt und ihnen sein vollstes Vertrauen ausgesprochen. Sie sollten sich nun wieder auf den Birnstinglmord konzentrieren, er sei sicher, sie würden erfolgreich sein. Hawelka war aus dem Staunen gar nicht mehr herausgekommen. Aber wie sollte es nun weitergehen? Er seufzte. Schierhuber schwieg. Sie trotteten die Dorfstraße entlang zurück zum Wirtshaus. Außer den üblichen Verdächtigen saßen vier Fremde in der Gaststube, die sich am hintersten Tisch über irgendwelche Messmethoden unterhielten.

„Und", fragte der Wirt, „hat die Hoferin irgendetwas ausgelassen?" Sie wunderten sich nicht über die Frage. Wenn man sich irgendwo im Dorf eine Zigarette anzündete, kannten nach fünf Minuten alle Einwohner die Sorte. „Nein, nichts ausgelassen", brummte Schierhuber und bestellte Bier. „Das hätte mich auch gewundert", lachte der Wirt. „Die kann den ganzen Tag reden und sagt dabei nichts. Nichts, was sie nicht sagen will", fügte er kryptisch hinzu. Dann schnippte er nach der Kellnerin und gab die Bestellung weiter. Sie setzten sich an einen eigenen Tisch. Döller, Wagner, ein ihnen unbekannter Bauer und der Wirt begannen, am Stammtisch Karten zu spielen.

„Na", fragte Hawelka, als die Kellnerin das Bier brachte, und deutete mit dem Kopf leicht zu dem Tisch mit den vier Neuen, „Touristen in Vestenötting?" Es sollte ein Witz sein, aber die Kellnerin lachte nicht. „Nein, die messen irgendwas bei der Pechmühle. Eh schon zum dritten oder vierten Mal. Keine Ahnung, warum", zuckte sie mit den Schultern.

„Bei was für einer Mühle?", fragte Hawelka. Er konnte sich nicht erinnern, irgendwo im Dorf eine Mühle gesehen zu haben. Schierhuber half aus. „Na, die Pechmühle. Wenn du von Waidhofen kommst, steht einen halben Kilometer vor dem Dorf ein Schild ‚Pechmühle', da geht links ein verwachsener Zufahrtsweg ab." Die Kellnerin nickte und verschwand wieder. „Aha", sagte Hawelka. Dann tranken sie. Kurz darauf erschien der Feuerwehrkommandant und begann, am Stammtisch laut zu kiebitzen[29], dann kam Klausner und hinter ihm Jauner. Sie hatten ihren Tisch absichtlich weit weg von seinem Stammtisch gewählt. Umsonst. Während sich Hawelka noch eine nicht allzu unfreundliche, aber ablehnende Antwort auf die Frage nach einem freien Platz überlegte, hatte sich der Gelbe bereits gesetzt und zündete sich eine Zigarette an. Soweit sie wussten, war er noch nie an einem anderen Platz gesessen. Auf diese Premiere hätten sie gerne verzichtet.

„Es gibt also so etwas wie Gerechtigkeit“, begann er, „eine Gerechtigkeit, die manchmal ein wenig spät kommt, aber immerhin. Der Graf von Opel mag die besten Absichten gehabt haben, in der Methode jedoch hat er sich eindeutig vergriffen. Auch wenn ich unser Rechtssystem bei weitem nicht für effizient halte, bei weitem nicht, wie ich betonen möchte, so ist Selbstjustiz doch eine Sache, die man nicht unterstützen kann und darf. Ich rede von Selbstjustiz, wie sie hier praktiziert worden ist, ohne Verfahren, ohne Beweise, ohne Verteidigung, einer Beweisfindung, basierend lediglich auf Einschüchterung und körperlicher Gewalt, die natürlich abzulehnen ist. Das geht nicht. Aber wenn es nun so wäre, dass ein Schuldiger, ich spreche von einem eindeutig Schuldigen, beobachtet, überführt, vielleicht sogar verurteilt, wenn so ein Schuldiger also, sagen wir aufgrund eines Justizirrtums oder eines Verfahrensfehlers, davonkommt, und dann frei herumspaziert ...“

Schierhuber nahm sein Bierglas, entschuldigte sich mit der gemurmelten Erklärung, dass er noch einen wichtigen Zeugen zu vernehmen habe, und wechselte an den Stammtisch. Hawelka überlegte, wie er es ihm nachtun könnte.

„... sicherlich, dann wird es ein Geschrei bei den sogenannten Gutmenschen geben – übrigens ein Ausdruck, den ich mir gerne gefallen lasse, auch wenn er als Verunglimpfung gemeint ist. Während meiner kurzen und gewaltsam beendeten Laufbahn im Schuldienst, wobei ich ja immer ‚Im Dienste der geistigen Entwicklungshilfe für zukünftige Generationen‘ gesagt habe, tatsächlich ist es ja kein Dienst an der Schule, sondern ein Dienst an den jungen Menschen – kurz, ich war als zu nachgiebig, als zu weichherzig verschrien, wahrscheinlich ein Teil jenes Komplottes, das mein unfreiwilliges und ..."

Die Fremden zahlten und standen auf. Das brachte Hawelka auf eine Idee. Er würde Jauner eine ganz konkrete Frage stellen. Wenn der antwortete, dann würde Hawelka sitzen bleiben. Wenn nicht – ab zum Stammtisch.

„... es hat ja damals den Ausdruck ‚Gutmensch' noch nicht gegeben, aber hätte es ihn gegeben, so wäre er mit Sicherheit bei mir zur Anwendung gekommen. Aber um auf den Kern der Selbstjustiz zurückzukommen: Ich behaupte absolut, dass es sich dabei um eine Form der gelebten direkten Demokratie handelt. Das Volk ist der Meinung, dieses und jenes hätte mit dem Schuldigen zu geschehen und ..."

„Glauben Sie, dass die Hofer mir etwas verschweigt?"

„... deshalb muss man davon ... Was?"

„Glauben Sie, dass die Hofer mir etwas verschweigt?"

„Frau Hofer? Die sogenannte Hoferin? Was meinen Sie mit ‚verschweigt'?"

„Ob sie den Täter deckt, meine ich. Glauben Sie persönlich, Sie, mit Ihrem Blick für das Wesentliche, und Sie, als langjähriger Beobachter der gesamten Dorfbevölkerung, glauben Sie, dass die Frau Hofer jemanden gesehen hat, aber es aus irgendeinem Grund nicht sagt? Und wenn ja, warum? Wen würde sie schützen?" Hawelka fixierte den Gelben jetzt mit einem scharfen Blick. Der hatte sich die gefühlt zehntausendste Zigarette angezündet und hielt sie nach seiner Art ganz nahe am Handteller zwischen Zeige- und Mittelfinger eingeklemmt. Jetzt führte er die Hand zum Mund, verdeckte ihn und nur mit dem rechten Mundwinkel nahm er einen hastigen Zug, dann ließ er die Hand wieder sinken. Dachte er nach? Oder wollte er nur seinen Auftritt verlängern? Es musste Ewigkeiten her sein, dass ihn jemand etwas gefragt hatte, auch Hawelka und Schierhuber hatten es schon bald aufgegeben, weil ohnehin stets nur ein schwer deut- und verwertbarer Monolog über Gott und die Welt folgte, aber in seiner Verzweiflung wollte Hawelka es ein letztes Mal versuchen.

„Frau Hedwig Hofer", begann der Gelbe jetzt langsam, „Frau Hedwig Hofer, genannt die Hoferin, gehört einer Generation an, die im Aussterben begriffen ist. Ich übertreibe nicht, wenn ich sage, dass sie nach dem Krieg ..."

„Ja oder nein?"

„Was?"

„Trauen Sie es ihr zu, oder nicht?"

„Nein." Jauner war beleidigt. Der Polizist hatte ihm eine Frage gestellt und seine Antwort darauf schroff abgeschnitten. Das war unhöflich, er würde ... In dem Moment läutete Hawelkas Handy. Auf dem Display stand „Auskunftsbüro 2". Das war das private Handy der Berlakovic.

„Ich war heute nicht im Büro, war wieder ganz mit Doktorspielen beschäftigt, nein, nichts Ernstes, ich erzähl dir das alles später, aber ich hab mir gedacht, ich ruf einmal meine Buben an und ... Was?"

„Ich bin in der Gaststube, warte ich geh raus, dann ...", Hawelka machte eine bedauernde Geste zum Gelben und eilte nach draußen vor das Wirtshaus, „... so, jetzt geht's. Was gibt's, Herta?"

„Also, ich hab ja alles überprüft und recherchiert, alle möglichen Besitzurkunden und Kaufverträge und Grundbucheintragungen, verstehst du? Weil du ja gesagt hast, dass dir das komisch vorkommt mit dem Schloss und warum das dem Birnstingl gehört hat. Also, das ist nicht von schlechten Eltern, der Groß... nein, der Urgroßvater ... oder war's der Ururgroßvater von ihm? Egal, jedenfalls irgendeiner von seinen Vorfahren hat einmal eine Heldentat vollbracht, das heißt, mit einem anderen gemeinsam. Die waren bei der Dorffeuerwehr, und irgendwann einmal, vor hundert Jahren oder so – ich weiß es nicht mehr so genau, hab die Unterlagen im Büro, ich kann euch das alles morgen schicken oder ... vielleicht faxen – vor ungefähr hundert Jahren hat das kleine Schlössel in Vestenötting gebrannt, und da war eine Frau eingesperrt, also nicht eingesperrt, sondern durch das Feuer war ihr der Fluchtweg abgeschnitten, und ein Kind hat sie auch dabei gehabt, und da sind zwei Feuerwehrler rein in das Gebäude und haben sie gerettet und so, ganz wie im Märchen. Jedenfalls war einer davon dieser Birnstinglururgroßvater, und der Schlossbesitzer hat zum Dank ein Testament aufgesetzt, da hat er denen das Schloss vermacht. Mit Auflagen und Bedingungen und wasweißichnochalles, erst nach seinem Tod und nur, wenn seine Frau und seine Kinder mit seinen anderen Besitzungen gut versorgt sind, und die Retter brav und bei der Feuerwehr und so weiter, jedenfalls, ab 1910 hat das Schloss einem Ururirgendwas vom Birnstingl gehört. Der hat sich eine Weile freuen können und so weiter, dann der Erste Weltkrieg, und dann war noch irgendwas, das habe ich nicht verstanden, irgendwann hat die Familie es dann verpachtet, später war die Forstaufsicht drinnen, auch gepachtet, dann sind die Verträge ausgelaufen, und dann hat er es verkauft, der Birnstingl. So ist er an das Schloss gekommen. Na, wie war ich? Danke, Herta. Bitte, Pepi."

„Danke, Herta", sagte Hawelka folgsam. So war das also. Gut. Aber im Prinzip erklärte das nur, warum Birnstingl, Besitzer einer kleinen, heruntergekommenen Landwirtschaft, gleichzeitig Schlossbesitzer war. Aber ein Motiv konnte Hawelka immer noch nicht entdecken, höchstens ...

„Aber was noch viel interessanter ist“, begann der berlakovicsche Informationsstrom wieder zu fließen, „ist ein anderer Punkt im Testament, da geht es um eine weitere Liegenschaft von dem Schlossbesitzer, und die hat auch was mit den Rettern zu tun ...“

„Wie heißt der andere überhaupt?“, unterbrach Hawelka.

„Der heißt ... ich glaube irgendwas mit Sch... warte, gleich hab ich's, Sch...ön sprechen, Herta, morgen kann ich es dir genau sagen, im Büro hab ich es in den Unterlagen, das ist nämlich komisch mit dem ... überhaupt mit der Erbaufteilung. Jedenfalls geht es um irgendeine Mühle.“

Thaya

Am nächsten Morgen

Es war halb fünf in der Früh. Hawelka hatte Schierhuber nach dem Auskunftsbürotelefonat vom Stammtisch weggeholt und ihm die Lage erklärt. Sie hatten eine Weile gemutmaßt, dann getrunken, und dann wieder gemutmaßt. Nachdem sie später weitergetrunken hatten, war Hawelka wie ein Stein ins Bett gefallen und sofort eingeschlafen. Aber seit halb vier war er wieder munter, und als er es gar nicht mehr ausgehalten hatte, war er aufgestanden. Jetzt ging er also die Dorfstraße entlang und dachte nach. Immer noch mehr als drei Stunden, bis die Berlakovic anrufen und den Namen nennen würde, und noch länger, bis die Unterlagen dann durchgefaxt oder gemailt am Waidhofner Posten lägen. Er war ungeduldig.

Zum gefühlt siebenhundertsten Mal steuerte er die Brandruine an. Wozu, wusste er selbst nicht genau, sie hatten das Haus mehrmals durchsucht, und vom Stadel war nicht mehr viel zum Durchsuchen übrig geblieben. Verkohlte Balken, kreuz und quer, gebrochen und bei den Untersuchungen herumgeworfen, die dünneren Bretter und Latten waren verbrannt und hatten Aschehaufen hinterlassen, die dann durch das Löschwasser und die Austrocknung zu einer harten Kruste geworden waren. Die Überreste von Birnstingl und die Kreissäge waren von der Spurensicherung weggeschafft worden, die Kreidezeichnung der Lage von Opfer und Mordwerkzeug verblasste langsam. Hawelka stiefelte eine Weile durch das rußige Chaos und ließ den Blick schweifen. Die Rückwand hatte am wenigsten abbekommen, war nur teilweise eingebrochen und gab die Sicht auf die ruhig dahinziehende Thaya frei. Automatisch trat er näher, und kaum zehn Minuten später bemerkte er, dass er ins Wasser starrte wie in Trance. „Männer starren liebend gerne ins Wasser oder ins Feuer“, dachte er. „Oder auf Frauen“, überlegte er dann weiter. „Ob Frauen auch liebend gerne irgendwohin starren?“ Dann gab er sich einen Ruck und kehrte dem Wasser den Rücken zu, um die Brandstätte zu verlassen und weiterzumarschieren. Irgendwohin. Zum Beispiel ... in Richtung *SeelenBegegnungsZonenZentrum*. Also wirklich nur so zum Beispiel, er hätte genauso gut auch woanders hingehen können, die Richtung war ja ... Da zuckte schon wieder ein elektrischer Schlag durch seinen Kopf. Nicht tatsächlich – aber beinahe. Zumindest stellte sich Hawelka das Gefühl so vor – grundsätzlich zumindest. In diesem Moment aber stellte er sich gar nichts vor, sondern versuchte den Blitz festzuhalten, oder zumindest der Richtung zu folgen. Und es gelang! „Das muss ich überprüfen, das muss ich sofort überprüfen!“, rief er halblaut und sprintete los. Frau Hofer beobachte seine sportliche Höchstleistung vom Fenster ihres Häuschens aus und schüttelte leicht den Kopf.

„Was? Wer?“ Der junge Inspektor vom Waidhofner Posten hatte einen Nachtdienst hinter sich und war schon von Haus aus nicht der geborene Schnelldenker. Hawelka hatte eine halbe Stunde lang sein Notebook durchsucht, aber in allen Aufzeichnungen, Berichten, Protokollen und Mails keinen Hinweis gefunden. Also versuchte er nun, einen der Beamten ans Telefon zu bekommen, die am Tatort waren, als man Birnstingl in den rauchenden Trümmern gefunden hatte. Er erklärte es zum dritten Mal. Der Inspektor dachte nach: „Der Kramer Lois und der Gutmann Rainer, glaub ich, ob der Paschinger auch dabei war, weiß ich jetzt nicht, aber der Gutmann, glaub ich, und der Kramer Lois. Der Kramer Lois ganz sicher."

„Ist das der Postenkommandant?"

„Genau. Der Kramer Lois."

„Wo ist der jetzt?"

„Der hat heute keinen Dienst."

„Okay, aber wo ist er?"

„Ja, das weiß ich jetzt nicht genau. Da am Posten ist er nicht, weil Dienst hat der heute keinen. Daheim vielleicht."

„Okay. Kann ich die Handynummer haben?", fragte Hawelka mühsam beherrscht. Er erinnerte sich, dass ihm der Postenkommandant bei ihrem ersten Treffen seine Handynummer gesagt hatte, aber Hawelka hatte sie nicht ins Telefon eingetippt, sondern auf irgendeinen Zettel geschrieben, den er jetzt sicher nicht finden würde.

„Die Handynummer? Vom Kramer Lois?" Man konnte das Misstrauen des anderen förmlich spüren. Kam er aus Zwettl?

„Ja, ich brauch die Handynummer vom Postenkommandanten, es ist dienstlich, es ist wichtig und es ist dringend. Bitte!"

„Ja. Eh. Ich schau einmal. Aber normalerweise geht das nicht, also eigentlich dürft ich das gar nicht am Telefon, weil ..."

„Wir sind die Ermittler in Vestenötting! Der Birnstingl! Der Mord!"

„Ja. Eh. Das ist mir eh klar, ich sag nur, am Telefon, das könnt ja auch, ich mein, da könnt ja auch irgendwer anrufen und sagen ... Wurscht. Ich schau eh nach. Ich hab sie irgendwo auf einen Zettel aufgeschrieben ..." Er legte den Hörer offenbar auf den Schreibtisch und suchte nach dem Zettel. Hawelka atmete tief durch und zählte bis zehn. Nichts geschah. Hawelka atmete nochmals tief durch und zählte nochmals bis zehn. Nichts geschah. Dann hörte man, wie sich der Inspektor mit einem anderen Polizisten im Raum unterhielt. Offenbar hatte er den Zettel nicht gefunden und fragte den Kollegen um Rat. „Sag einmal Rainer, hast du irgendwo die Nummer vom Kramer Lois? Eh am Handy? Sag mir die einmal an, weil ... Ah so. Ja. Bitte." Die Antwort des Kollegen im Hintergrund hatte Hawelka nicht verstanden, aber in dem Moment nahm der junge Inspektor wieder das Telefon auf und erklärte ihm die Lage: „Den Zettel find ich jetzt auf die Schnelle nicht, aber der Rainer hat die Nummer in seinem Handy gespeichert. Er holt es gerade aus dem Auto ... Dauert ein bisschen, weil er es erst einschalten muss und so ... Wissen S' eh, kein Privathandy während der Dienstzeit, der nimmt das sehr genau, aber zwei, drei Minuten, dann hat er sie schon, der Rainer." Rainer? Hawelka hatte einen Verdacht.

„Rainer? Rainer Gutmann?"

„Ja, genau!" Der andere klang freudig überrascht. „Kennen Sie ihn eh?" Hawelka schloss die Augen und sagte langsam und überdeutlich ins Telefon: „Der Gutmann Rainer, der eh auch am Tatort war?"

„Ja, wie gesagt, ich weiß es nicht genau, der Kramer Lois war sicher dor..."

„Herr Kollege! Könnten Sie den Herrn Gutmann fragen, ob er dort war ... oder nein, geben Sie ihn mir doch bitte einmal", säuselte Hawelka mit letzter Kraft.

„Was? Ja. Gleich, nachher, wenn er wieder reinkommt. Er ist zum Auto gegangen, wegen dem Handy. Brauchen Sie jetzt die Nummer nicht mehr?"

„Das weiß ich nicht!!", brüllte Hawelka los. „Das kann ich jetzt noch nicht sagen, jetzt will ich erst einmal mit dem Gutmann reden!" Es folgte betretenes

Schweigen. Dann schien Gutmann den Raum zu betreten und erhielt den Hörer mit den leicht beleidigten Worten „Da. Der will mit dir reden. Jetzt auf einmal. Die wissen auch nicht, was sie wollen, die Krimineser. Und nervös sind sie auch."

„Bezirksinspektor Gutmann!"

„Hawelka hier. Waren Sie am Tatort? Bei dem abgebrannten Stadel vom Birnstingl, meine ich?"

„Ja." Na, Gott sei Dank! Vielleicht war der Bezirksinspektor mit einer schnelleren Auffassungsgabe und sogar mit einem sinnerfassenden Gehör gesegnet.

„Waren Sie dann auch direkt dort, wo die Kreissäge gestanden ist? Mitsamt der Leiche?"

„Ja."

„Können Sie mir sagen, in welche Richtung die aufgestellt war? Ich meine, wenn das Opfer zuvor Holz geschnitten hat, in welche Richtung hat es da geschaut?"

„Ja. Zum Tor."

„Okay. Danke. Das hat mir sehr geholfen. Äh ...", er zögerte, wollte den anderen nicht beleidigen, der mit seinen knappen, aber präzisen Angaben eine wohltuende Abwechslung zu seinem Kollegen war, trotzdem wollte er ganz sicher sein, „... also, Sie sind sich ja sicher, oder?"

„Ja." Das war waldviertlerisch. Hawelka bedankte sich und legte auf. Beinahe hätte er vor Freude in die Hände geklatscht. Er war auf dem richtigen Weg. Ein Blick auf die Uhr verriet, dass weniger Zeit seit seinem Geistesblitz in der Brandruine vergangen war, als er gedacht hatte. Es war gerade einmal drei viertel sechs. Trotzdem hielt er es nicht länger aus. Das Telefonat hat er in seinem Zimmer geführt (weil dort der Zettel mit der Telefonnummer des Waidhofner Postens lag), jetzt ging er raus auf den Gang und klopfte an Schierhubers versperrte Tür. „Sepp. Alarm!“ Es funktionierte auch diesmal. Achtzehn Sekunden später stand der Zwettler Riese auf dem Gang. Nackt, aber mit einem alten Trommelrevolver im Anschlag. Möglicherweise setzte Schierhuber, anerkannter Meister der psychologischen Kriegsführung, hier auf die furchteinflößende Wirkung des Großkalibers. Auch seine über einhundertvierzig Kilo männliche Nacktheit unterstützten diese Abhaltestrategie ... Obwohl die Forstner vielleicht anders darüber dachte, wie es Hawelka unpassenderweise durch den Kopf ging.

„Nein, Sepp, so dringend ist es auch wieder nicht, aber ich glaub, ich hab eine Spur. Zieh dich an und komm rüber“, sagte Hawelka und ging voraus. Ein paar Minuten später kam sein Partner nach, fertig angezogen, diesmal mit Dienstwaffe im Hosenbund und ausdruckslosem Gesicht. Übertriebene Neugier zählt nicht zu den Schwächen der Menschen aus Zwettl. Sie setzten sich an den kleinen Tisch neben dem Bett. Da die Wirtshausküche noch nicht offen hatte, gab es auch noch keinen Kaffee. Während Hawelka in seiner fieberhaften Erregung momentan keinerlei Hunger oder Durst verspürte, versuchte Schierhuber das Koffein durch Jägermeister zu ersetzen.

„Ich war bei Birnstingl im Stadel, und dann hab ich mit einem von Waidhofen telefoniert, der dabei war, wie sie ihn gefunden haben. Die Kreissäge ist so gestanden, dass er die ganze Zeit das Tor gesehen haben muss“, fasste Hawelka seine Erkenntnisse zusammen.

„Ja“, sagte sein Partner schlicht, „das ist klar, das machen alle so.“

„Was? Was heißt das?“

„Wenn du Holz schneidest und du zuckst zusammen, weil du erschrickst, dann sind schnell ein paar Finger weg. Und erschrecken tust du automatisch, wenn du in die Arbeit vertieft bist, und jemand tupft dich an, oder haut dir auf die Schulter, oder sonst was. Die Frau will dich zum Essen holen, die Kinder zeigen dir einen Frosch, den sie gefangen haben, der Nachbar kommt und will ein Bier haben, oder die Sternsinger kommen vorbei. Deshalb wird keiner seine Säge so aufstellen, dass er die Leute nicht sieht, wenn sie zu ihm kommen. Also wenn du in einem Stadel schneidest, stellst du die Maschine so auf, dass du Tür und Tor siehst."

„Sepp!", schrie Hawelka. „Warum hast du das nicht früher gesagt? Das ist doch wichtig!"

„Das hätte dir jeder sagen können. Wieso ist das wichtig?"

„Weil das heißt, dass der Täter nicht durch das Tor gekommen ist! Sonst hätte er sich nicht hinter Birnstingl stellen und ihn auf den Schneidetisch kippen können." Das leuchtete Schierhuber ein. Zuerst schaute er noch ein wenig zwettlerisch, aber dann nickte er zustimmend.

„Also war der Mörder schon drinnen, hat sich versteckt und auf Birnstingl gewartet", überlegte er jetzt.

„Das glaub ich nicht. Die Hoferin sagt, dass sie schon lang vorher auf der Straße war und niemanden gesehen hat. Und davor reingehen wär auch blöd. Du versteckst dich doch nicht vier Stunden in einem Stadel und wartest, ob es deinem Opfer nicht vielleicht einfällt, dass das Holz ja auch irgendwann einmal geschnitten gehört."

„Aber wie dann?"

„Ich glaub, dass der Täter von hinten in den Stad'l hinein ist. Ein, zwei Bretter rausgebrochen und dann durchgeschlüpft. Bei dem Wirbel, den die Kreissäge macht, gar kein Problem."

„Aber hinter dem Stad'l ist doch die Thaya."

„Eben."

Sie marschierten los. Inzwischen war die Hoferin schon auf der Straße und kehrte den blitzsauberen Gehsteig vor ihrem Haus. Diesmal erwiderte sie den Gruß der beiden nicht, sondern schaute stur zu Boden. An der Thaya angekommen, versuchten sie es sowohl links als auch rechts vom Stadel ohne Erfolg – kein Pfad, kein Steg oder sonst irgendeine Möglichkeit. „Außer von einem Boot aus", meinte Schierhuber. Sie sahen sich um, dann gingen sie zur Hoferin.

„Grüß Gott, Frau Hofer, wissen Sie, wo wir ein Boot kriegen könnten?" Hawelka kam ohne Umschweife zur Sache. Die Hoferin nicht.

„Wozu brauchen S' das?", fragte sie misstrauisch.

„Das ist geheim", raunte ihr Schierhuber zu. „Da dürfen wir leider überhaupt nicht reden drüber. Akte X." Die neue Entwicklung hob seine Laune gewaltig.

„Könnten S' uns jetzt sagen, wo wir ein Boot kriegen?" Hawelka wurde langsam ungeduldig.

„Ja, der Petzold hat eines oben bei seinem Steg angebunden, und die Feuerwehr hat auch eine Zille und ... nein, das vom Steiner ist ja hin, das haben sie schon zerhackt, aber beim Wirtshaus oben liegt eines, gehört eh dem Wirten, fragt's halt dort, die sollten eh schön langsam aufstehen, weil um sechs ist die Nacht gar."

Also gingen sie wieder zurück zum Wirtshaus. Der Wirt war nirgends zu sehen, die Kellnerin war in der Küche beschäftigt. Sie schafften es, ihr zwei große Häferlkaffee und den Schlüssel für das Vorhängeschloss der Bootskette abzuluchsen. Bald darauf machten sie das alte Ding los und Hawelka legte sich in die Riemen. Navigator Schierhuber saß im Heck und gab gute Tipps über die ideale Eintauchtiefe und den Winkel der

Ruderblätter. Gerade als Hawelka überlegte, ihm den dienstlichen Befehl zum Rollentausch zu geben, waren sie schon hinter Birnstingls Grundstück angelangt. Der Stadel war tatsächlich im hinteren Teil auf ein Betonfundament gestellt worden, und dieses befestigte das Thayaufer. Die Bretterwand war nur zum Teil verbrannt, dennoch war eine mögliche Einstiegstelle nicht zu finden. Wenn Bretter gelöst und zur Seite geschoben worden waren, dann hatte sie der Täter nach dem Mord wieder an Ort und Stelle gebracht. Aber sie fanden doch etwas: An einer Stelle war ein alter rostiger Ring in den Beton eingelassen. Zum Beispiel, um ein Boot daran festzumachen.

„Okay", sagte Hawelka, „okay, gut, okay, da ist es Sepp, so war das, da ist er rein." Er war in eine fiebrige Erregung geraten. „Da ist er rein, die Bretter hat er zur Seite gedrückt, der Stad'l ist ja nicht im besten Zustand gewesen, mit ein bisschen Kraft geht das, vielleicht waren sie schon locker, vielleicht hat er sie schon früher bearbeitet. Birnstingl hat sicher nichts gehört, die Kreissäge ist gelaufen, da hörst du gar nichts anderes. Er geht also rein, schleicht sich hinter Birnstingl, hebt ihn ein Stück hoch und stößt ihn vor. Okay, so war das, so muss es gewesen sein." Schierhuber wiegte bedächtig den Kopf. Ganz überzeugt war er noch nicht, aber so zweifelnd wie sonst sah er auch nicht drein, für seine Verhältnisse war die Reaktion geradezu euphorisch. Hawelkas Handy läutete.

„So, das kostet aber jetzt extra. Weißt du, wann ich aufgestanden bin? Um sechs! Das mach ich nur aus Liebe zu meinen Waldviertler Buben! Um sechs, das ist so was von gar nicht meine Zeit, da ist das richtige Vokabel noch gar nicht erfunden. Das letzte Mal, dass ich um die Zeit im Büro war, muss noch zur Zeit vom

Schilling gewesen sein. Da war die Welt noch schwarz-weiß. Also, ich hab alles da ... na ja, fast alles, es gibt einen Notar in Waidhofen, und der hat eine vollständige Abschrift, ich hab nur den Teil von dem alten Testament, der dem letzten Kaufvertrag beigelegt war. Auch nicht ganz legal, aber wie heißt es so schön? Legal, illegal, scheißegal. Also, diese Mühle, das ist die ..."

„Den Namen, Herta", flehte Hawelka. „Du kannst mir alles ganz genau erzählen, alles, was du willst, aber sag mir zuerst den Namen. Wer war der zweite Erbe?"

„Treitz."

„Treitz?"

„Ja. Hast du ihn auf deiner Liste?" In Hawelkas Gehirn arbeitete es fieberhaft. Er war sich ziemlich sicher, den Namen noch nie gehört zu haben. Verzweifelt sah er seinen Partner an: „Treitz?" Schierhuber schüttelte den Kopf. „Vielleicht ist er weggezogen", dachte er. „Vielleicht wohnt er in ..."

„Herta, ich kann das nicht so schnell prüfen wie ihr, macht euch auf die Suche, schau im Telefonbuch, im Grundbuch, bei der Meldebehörde, ich brauch alle Treitz aus der Gegend und ..."

„Kein Problem, das mach ich dir, und die anderen werden auch ein bisschen helfen."

„Okay, okay. Gut. Ruf mich bitte sofort an, wenn du was weißt und ... kannst du diese Dinger faxen, oder ..."

„Theoretisch ja, aber das sind alles zusammen über vierzig Seiten, und dazu kommen noch andere Dokumente, ein Riesenpacken, vielleicht ist es besser, ihr geht zu dem Notar, oder ich schick euch das Material mit Botendienst rauf, dann hast du es am Nachmittag, vielleicht kann ich auch einen Streifenwagen zum Stadtrand schicken und die Autobahnpolizei hilft aus, und dann von eurem Posten ein Streifenwagen und so ... Ein interner Kurierdienst sozusagen. Was meinst du?"

„Was du willst, Herta, was du willst. Aber lass mir das Zeug irgendwie zukommen, ich will mich nicht mit einem starrsinnigen Notar streiten, der mir womöglich mit Verschwiegenheitspflicht kommt und ..."

„Okay. Wird gemacht. Aber das kostet auch extra, das sag ich euch. Umsonst ist der Tod. Also, bis ba... Apropos, das zweite Objekt aus der Erbschaft, diese Mühle, ist ganz in der Nähe von euch. Die heißt Pechmühle." Sie legte auf. Hawelka blies die Luft hörbar aus. Dann atmete er tief ein und blies nochmals aus. Jetzt lief es, jetzt rollte der Wagen, jetzt ging es los.

Er ruderte wie ein Wilder zurück, der Schweiß lief ihm von der Stirn, trotzdem schaffte er es, zwischen den Ruderschlägen einzelne Satzfetzen in Richtung Schierhuber herauszustoßen: „Sepp, jetzt ... haben wir ihn ... Wir finden ... den Treitz ... Als Erstes ... fahren wir ... zur Mü... zur Mühle und ... schauen uns ... die Bude ... einmal an ..." Schierhuber hatte sich ein wenig zurückgelehnt, genoss den schönen Morgen und den Blick über die friedliche Thaya. Dann sagte er zu seinem erschöpften Partner: „Treitz hat der andere Erbe geheißen. Das war vor vier Generationen. Die Erben vom Erben können mittlerweile ja einen ganz anderen Namen haben. Maier oder Müller oder ... Tersch, zum Beispiel. Oder, oder ... Dobrovolny, zum Beispiel." Hawelka hörte zu rudern auf. „Warum ausgerechnet Dobrovolny?"

„Nur so", antwortete Schierhuber und deutete gleichmütig ans Ufer. Hawelka sah hin. Die Rubensfrau, die sie die ganze Zeit beobachtet hatte, ging gerade davon.

Mühle

Am selben Tag

Die Pechmühle hatte schon bessere Tage gesehen. Sie war viele Jahre leer gestanden, und als es in den Siebzigern Mode wurde, aufs Land zu ziehen, hatten sich eine Reihe euphorischer, aber keineswegs mit handwerklichem Geschick gesegneter, Aussteiger im Begehen origineller Bausünden gegenseitig übertroffen. Zubauten aller Art, riesige Atelierfenster mit mittlerweile eingeschlagenen Scheiben, Vordächer aus schmuckem Wellblech über den zahlreichen Eingängen, ein ungeschickt gemauerter Turm an einem Nebengebäude, dazwischen die üblichen Autowracks und sonstiger Sperrmüll.

„Deswegen bring ich keinen um", diagnostizierte Schierhuber und stieg gleich wieder ein. Schon seit sie das Boot am Ufer festgemacht hatten, wollte er unbedingt die Rubensfrau verhören, konnte aber nicht genau begründen, warum. Hawelka fühlte sich leicht eifersüchtig, konnte aber nicht genau begründen, warum. Er drehte eine Runde im Hof, die meisten Türen waren vernagelt, nur eine war eingetreten worden, und modriger Geruch schlug ihm entgegen. Er ging ein paar Schritte ins Innere und fand die Räume noch schlimmer als den Außenbereich, tatsächlich überzeugten ihn die feuchten Wände, dass eine nachhaltige Renovierung nur mit der Abrissbirne möglich war. Von den Fremden im Wirtshaus, die sich laut Kellnerin schon zum dritten Mal mit der Mühle beschäftigten, fehlte jede Spur. Es war ihm auch unklar, was sie hier vermessen wollten, falls jemand die Ruine gekauft hatte, war die Grundstücksgröße ohne viel

Aufwand im Grundbuch nachzulesen. Er umrundete den Gebäudekomplex und fand nichts außer noch mehr Schrott. Vom Auto her war „Preußens Gloria“[30] zu hören, einer der meistgespielten Hits aus Schierhubers ultimativer Chartshow. „Der Sepp bereitet sich auf seine Art vor“, dachte Hawelka, der die Motivationsmusik seines Partners zwar nicht unbedingt gut fand, aber trotzdem akzeptierte. Tagsüber Marschmusik, nachts Polizeifunk, das war Schierhubers Privatradioprogramm. „Gut, wir haben's gesehen und für schlecht befunden, es ist so, wie der Sepp sagt, für diese Bude legt man keinen um“, dachte er und ging zurück zum Wagen.

Als sie den schmalen Zufahrtsweg zurückfuhren, kam ihnen ein Mercedes entgegen. „Die Landvermesser“, stellte Hawelka befriedigt fest, „das trifft sich ja ausgezeichnet.“

„Ja, unsere Firma hat den Auftrag von einem multinationalen Konzern bekommen, aber das ist natürlich mit der Gemeinde abgesprochen. Im Prinzip haben wir Stichproben im ganzen Waldviertel gemacht, das ist jetzt gut zwei Jahre her, da haben sich dann vier, fünf Stellen als besonders interessant entpuppt. Die da schauen wir uns jetzt schon sehr genau an, da sind die Ergebnisse fast eindeutig, die Genehmigung ist eigentlich nur mehr eine Formsache“, meinte der Chef der Messtruppe. Zunächst hatte er etwas von „nicht öffentlichen Untersuchungen“ gemurmelt, und dass sie an eine Geheimhaltungsklausel gebunden seien, aber Hawelkas Mordermittlungsargumente hatten ihn kooperativ gemacht.

„Und was tun Sie?“, fragte Hawelka. „Bohren Sie da nach Öl?“ Die Männer lachten. „Nein, nein, Öl gibt's da unten keines, aber etwas viel Besseres.“

„Und was?“

„Schiefergas.“

„Aha“, dachte Hawelka.

„Aha“, sagte Schierhuber und stellte die einzig richtige Frage: „Heißt das, der Grund ist was wert?“

„Na ja, sobald die Genehmigung zur Förderung erteilt wird, schon. Die meisten Felder da rundherum gehören dazu. Da wird sich die Gemeinde Waidhofen gesundstoßen.“

„Die Gemeinde? Der Grund gehört der Gemeinde?“

„Schon seit Jahren, die hat das Gebäude zwar immer irgendwem verpachtet, aber gehören tut das alles zu Waidhofen.“ Sie hatten genug gehört. Während sie in den Wagen stiegen, entwarfen sie den Schlachtplan. Zuerst Frühstück, dann zum Waidhofner Gemeindeamt, dann ... Das Auskunftsbüro rief an.

„Kennt ihr den Moser von der Alarmabteilung? Wahrscheinlich nicht – jedenfalls ist das ein ganz Lieber, kann aber auch sein, dass er sonst gar nicht so lieb ist, aber er hat einen festen Stand auf die Betti, und die wiederum weiß, dass er in Horn zu Hause ist. Schön, gell?“

„Sehr schön, Herta.“

„Und noch schöner ist, dass er vor einer Viertelstunde Dienstschluss gehabt hat und jetzt heimfährt. Und weil ihn die Betti ein bisschen schön angelächelt hat, fährt er noch ein Stück weiter und bringt euch die fünf Kilo Papier ins Quartier. In knapp zwei Stunden ist er da. Na?“

„Wir lieben dich, Herta. Ehrlich!“

„Alle zwei?“

„Brauchst du noch mehr?“

„Ich überleg es mir“, lachte das Auskunftsbüro und legte auf. Hawelka informierte seinen Partner. Der nickte zufrieden und drehte den „Deutschmeister-

Regimentsmarsch"[31] lauter. Diesmal pfiff auch Hawelka mit. Sie waren dicht dran, sie waren ganz dicht dran, das spürte er.

„Woher soll ich das so genau wissen? Ja. Sicher, ich hab eines, mit dem sind Sie ja schon herumgefahren, die Feuerwehr hat eine Zille, der Bernauer aus Klein Eberharts hat auch eines, und beim Steg im Garten vom Kallinger liegt eines, das ist nur mit einem Karabiner festgemacht, nicht einmal ein Vorhängeschloss ist da dran, das kann jeder nehmen, weit kommt er eh nicht damit. Ein paar haben Schlauchboote, aber wer jetzt genau ..." Der Wirt redete ungewöhnlich viel. Die Bootsfrage schien ihm nicht zu gefallen, machte ihn misstrauisch. Hawelka überlegte, ob er die Spurensicherung anfordern und alle Boote im Ort untersuchen lassen sollte. Wenn der Täter Birnstingl auf die Kreissäge geholfen hatte, dann musste doch Blut herumgespritzt sein, gut möglich, dass etwas davon noch auf der Sitzbank des bewussten Bootes war. Bei dem des Wirten war ihnen nichts aufgefallen, aber es wäre ja möglich, dass der Täter in den Tagen, die seither vergangen waren, eine unauffällige Reinigung ...

„Treitz? Hab ich noch nie gehört", antwortete der Wirt mittlerweile auf Schierhubers Frage. „Wer soll das sein? Da im Ort kenn ich keinen." Das war also nichts. „Immer dasselbe", überlegte Hawelka, „keiner weiß was, keiner sagt was, keiner kennt wen." Er hatte große Lust, die ganze Bevölkerung nochmals zu verhören – sobald die Informationen aus Wien da waren. Alle nochmals in die Zange nehmen und ihre Aussagen mit den ursprünglichen zu vergleichen. Irgendwer musste sich doch verplappern, irgendwer hatte doch sicher gelogen. Aber das hatte er schon bei der Hoferin geglaubt, als sie steif und fest behauptet hatte, dass niemand in den Stadel gegangen war. Dennoch hatte sie die Wahrheit gesagt, weil der Kerl ja von der Thaya her eingedrungen war. Sie war also doch ... Er sprang auf und stieß dabei seine Kaffeetasse um. Was war das? Wie war das gewesen? Was hatte sie gesagt? Irgendetwas in die Richtung: „Die Jungen arbeiten alle nichts, der eine tut angeln, obwohl sie bei uns gar nicht gut beißen." War es das? Warum hatte sie das gesagt? Hatte sie an dem Nachmittag einen Angler gesehen? Der auf einem Boot auf der Thaya ruderte? Er rannte hinaus, vergaß in seiner Aufregung sogar, Schierhuber mitzunehmen.

„Frau Hofer!", schrie er schon von weitem, obwohl ihm die Luft bereits kurz nach der Wirtshaustür ausgegangen war. „Frau Hofer! Ich muss Sie was fragen: An dem Tag, wo der Stad'l gebrannt hat, haben Sie da einen Fischer gesehen?"

„Ja, wie oft geht das jetzt noch? Lasst's mich doch in Ruhe, ihr Landgendarmen! Tut's lieber Mörder fangen. Ich hab schon zehnmal g'sagt, dass keiner rein ist, niemand hab ich gesehen, und wenn Sie sich auf den Kopf stellen."

„Nicht in den Stad'l, mein ich. So. Da. Irgendwo. Einfach im Dorf. Auf der Straße. Oder auf der Thaya. Sie haben doch gesagt, dass die Leute die blödesten Sachen machen, nur damit sie nicht arbeiten müssen. In die Luft schauen, oder angeln, obwohl die Fische gar nicht beißen. Das haben Sie gesagt. Können Sie sich nicht erinnern?"

„Freilich kann ich mich erinnern. Die wollen halt alle nichts arbeiten ... Aber von nichts kommt nichts."

„Ja! Eh! Aber, haben Sie das nur so als Beispiel gemeint, oder haben Sie an dem Tag irgendwo einen Fischer gesehen?"

„Das war kein Fischer. Zumindest kein g'scheiter. Wenn das ein g'scheiter Fischer g'wesen wär, dann hätt er es gar nicht bei uns probiert, sondern weiter oben, da bei uns beißen sie nicht, das wissen alle. Das muss ein Wiener gewesen sein, der da wo ein Haus hat und sich denkt ..."

„Wo haben Sie den Wochenendfischer gesehen, Frau Hofer? Wo?" Es fehlte nicht viel und Hawelka hätte die alte Frau an den Schultern gepackt und gerüttelt, bis sie ihm endlich die Stelle nannte.

„Da vorne", sagte sie jetzt schlicht und deutete auf die Kurve, hinter der das Feuerwehrhaus lag. „Dort ist er über die Straße gegangen, mit der Rute über der Schulter und die Gummistiefel und so einem Hut." Hawelka überlegte. Die Entfernung betrug ungefähr achtzig Meter. Die nächste Frage erübrigte sich eigentlich, trotzdem stellte er sie. „Haben Sie ihn erkannt?"

„Nein. Das ist mir zu weit, ich hab noch gute Augen, aber das ist mir zu weit. Da kenn ich kein Gesicht mehr, bei der Kurven dort."

„Aber so ... vielleicht von der Statur, oder dem Gang, oder vielleicht geht ja immer einer angeln ...", probierte es Hawelka. Die Hoffnung stirbt zuletzt. In der Zwischenzeit kam Schierhuber müßig die Dorfstraße entlanggeschlendert und gesellte sich zu ihnen. Die Hoferin ignorierte ihn. Wer zu spät kommt ...

„Nein, bei uns kenn ich keinen, der so dumm ist, im Ort zu fischen, weil sie da ..."

„... nicht beißen", vollendete Schierhuber gemütlich den Satz. „Das ist klar." Frau Hofer sah ihn mit neu erwachtem Interesse an. Der dürfte ein bisschen verständiger sein als der andere. „Sag ich ja", sagte sie.

„Halt", unterbrach jetzt Hawelka, „woher wissen wir denn überhaupt, dass er da fischen wollte, Sie haben ihn dort vorne über die Straße gehen sehen, da kann er ja weiß Gott wo hingegangen sein, oder gefahren, oder was weiß ich ..."

„Ja, Sie wissen es eh nicht, aber ich weiß es", versetzte sie trocken, „weil dort hinter der Kurve ist dem Kallinger sein Grundstück mit dem Boot am Steg. Und fünf Minuten später hab ich ihn dort schon auf der Thaya herumrudern gesehen ..."

Sie saßen in Hawelkas Zimmer und kämpften mit dem Haufen Papier, den der Horner Alarmabteilungspolizist vor ein paar Minuten abgegeben hatte. Zuvor hatten sie noch Kallinger und seinen direkten Nachbarn Petzold befragt, leider ergebnislos. Petzold war ein bleicher Endvierziger, der seine gesamte Freizeit bei abgedunkeltem Fenster vor dem Computer verbrachte und in einem komplizierten Fantasyspiel als Gildenzwerg (was auch immer das war) mitmachte. Er sah nie raus und konnte sich an den Tag auch gar nicht mehr erinnern. Kallinger wiederum war an diesem langen Wochenende samt Familie im Salzkammergut gewesen und fiel somit ebenfalls als Zeuge aus.

„Bleibt der Erstbegünstigte jedoch ohne Nachkommen, so ist die Liegenschaft dem Zweitbegünstigten zu überschreiben. Bleibt auch der Zweitbegünstigte ohne Nachkommen, so soll die Liegenschaft verkauft und der Erlös wohltätigen Zwecken zugeführt werden, bevorzugt solchen Institutionen, die sich insbesondere dem Schutz und der Hilfe bedürftiger Personen, deren Lage durch unverschuldete Unfälle oder Naturgewalten herbeigeführt worden ist, annehmen. Diese Regelung gilt auch für alle weiteren Generationen, die in direkter Linie vom Erstbegün..." Schierhuber ließ das Blatt sinken. „Da wird mir schwindlig. Bei den Sätzen brauchst du ja einen Fremdenführer, damit du dich nicht verrennst." Er nahm einen kleinen Jägermeister zu sich, dann kämpfte er sich weiter durch den Text.

„Um welche Liegenschaft geht's bei dir?", fragte Hawelka, der einen anderen Stapel bearbeitete. „Ums Schloss?"

„Glaub schon. Ja, da steht's"

„Wir sollten uns auf alles, was mit der Mühle zu tun hat, konzentrieren. Da muss irgendwo das Motiv versteckt sein. Das Schloss hat ja Birnstingl fix gehört, das hat er schon flüssig gemacht, da ist nichts mehr zu holen." Schierhuber seufzte und legte seine Lektüre zur Seite. Dann durchsuchte er den verbleibenden Haufen.

Nach guten zwei Stunden hatten sie ungefähr Folgendes herausgefunden. Bei dem Brand hatten sich die Ururur...irgendwas von Birnstingl und Treitz ausgezeichnet. Birnstingl ein bisschen mehr, weil er es war, der die Frau und das Kind gerettet hatte, Treitz hatte im Erdgeschoss Balken zur Seite geräumt und den Rückzug gesichert. Birnstingl bekam das Schloss und Treitz eine ansehnliche Geldsumme sowie die Chance, Birnstingl zu beerben, falls dessen Familie aussterben sollte. Die Mühle war von all dem nicht betroffen, sie sollte für hundert Jahre der Gemeinde verpachtet werden, die Pachterträge wiederum bekamen die Feuerwehren und sonstige Hilfsorganisationen der umliegenden Gemeinden nach einem komplizierten Schlüssel. Den wichtigsten Passus hatte Hawelka ganz am Schluss gefunden. Hundert Jahre nach dem Schlossbrand sollte die Mühle ebenfalls in den Besitz der Nachkommen von Birnstingl gehen. Sollte dieser allerdings keine Nachkommen haben ...

„... so ist die Liegenschaft dem Zweitbegünstigten zu überschreiben. Na bitte! Da hast du's!", rief Hawelka.

„Und wann sind die hundert Jahre um?“, fragte Schierhuber. Hawelka blätterte hektisch in den Dokumenten. Es verblieben noch zwei Jahre und vier Monate. „Gut ausgedacht“, überlegte Hawelka. „Wenn einer das macht, und Birnstingl hat sein Erbe schon angetreten, dann fällt der Verdacht natürlich auf den Zweitbegünstigten, der dann mit dem Testament wedelt, aber in zweieinhalb Jahren rinnt viel Wasser die Thaya hinunter. Einen Täter nach der Zeit überführen, ist fast unmöglich. Außerdem hat er wohl damit gerechnet, dass der Kreissägentod von Birnstingl als Unfall durchgeht. Das Feuer war wahrscheinlich unbeabsichtigt, ist ihm aber gerade recht gekommen. Wer rechnet schon damit, dass ein Brandsachverständiger aus der Lage der Leiche ...“

„Jetzt müssen wir nur noch den Erben vom Treitz finden“, unterbrach Schierhuber Hawelka in seinen Überlegungen. Für ihn war der Fall schon so gut wie abgeschlossen. Sie stellten eine Liste zusammen, wer wo ansetzen sollte. Sie riefen die Berlakovic an, aber die war durch eine gröbere Sache in den eigenen Reihen blockiert, es würde also noch eine Weile dauern, bis sie helfen konnte. Matzinger hatte auch niemand in Reserve, und die Uniformierten aus Waidhofen waren zu einem Horrorunfall auf der Schnellstraße gerufen worden. „Alles muss man selber machen“, maulte Schierhuber und schlug vor, zunächst selber Mittagessen zu gehen. Als das Bier kam, hatte Hawelka eine Idee. „Komm, Sepp!“, schrie er und rannte hinaus. „Was jetzt?“, fragte sein Partner. Er erhob sich zögernd. Dann leerte er sein Krügel in einem Zug und eilte[32] Hawelka nach. Dieser legte an diesem Tag bereits zum vierten Mal eine Wegstrecke laufend zurück und ein neutraler Beobachter hätte eine klare Formsteigerung bemerkt.

Erst knapp vor dem Kriegerdenkmal musste er wegen akutem Seitenstechen anhalten, stützte die Hände auf die Oberschenkel und presste die verbrauchte Luft aus seiner Lunge, bis der Schmerz endlich nachließ. Dafür wurde ihm jetzt schwarz vor den Augen und er musste sich an der Hausmauer abstützen. Frau Hofer, die mit einem Kübel Kalk unterwegs war, um das niedrige Umfassungsmäuerchen des Denkmals auszubessern, beobachtete seine seltsamen Verrenkungen kommentarlos. Nach zwei Minuten war Hawelka wieder so weit und kam näher. Am Horizont war mittlerweile auch Schierhuber aufgetaucht.

„Frau Hofer, kennen Sie einen Treitz?" Hawelka hatte die Frage lauter als beabsichtigt gestellt, noch bevor er sie erreichte. Sie schaute ihn neugierig an, hatte aber diesmal keinen gesprächigen Tag, schüttelte nur stumm den Kopf. „Treitz", wiederholte er. Jetzt schien sie nachzudenken, kam aber dann zu dem Entschluss, dass das Kriegerdenkmal vorging und begann, das Mäuerchen zu kalken. „Früher einmal, Frau Hofer. Jetzt gibt es keinen mehr in der Gegend, das weiß ich eh, aber früher einmal. Haben Sie da einen gekannt, einen Treitz? Früher einmal?" Sie unterbrach ihre Arbeit, unwillig über die Störung, und deutete auf das Kriegerdenkmal. „Kann er nicht lesen, der Mann?", fragte sie verächtlich und machte sich sogleich wieder emsig ans Werk. Hawelka trat näher ans Denkmal. „Für die Gefallenen beider Weltkriege", las er laut vor, obwohl die Hoferin den Text sicher kannte. Dann glitt sein Blick über die Namen. Die dritte Inschrift von oben lautete „Alois Treitz 1890–1917". Okay. Das war der Feuerwehrheld, den konnte die Frau natürlich nicht gekannt haben. „Hat der einen Sohn gehabt, wissen Sie das zufällig?", bohrte er weiter. „Sicher", antwortete Schierhuber, der sich inzwischen zu ihnen gesellt hatte. „Da steht er ja.“ Er deutete auf die traurige Liste am Denkmal. Zehn Zeilen unter dem ersten Treitz stand ein weiterer „Alois Treitz 1915–1941“.

„Haben Sie den gekannt, den Treitz, der im Zweiten Weltkrieg gefallen ist?“ Sie nickte, ohne die Arbeit zu unterbrechen.

„Hat der Kinder gehabt?“ Erneutes Nicken.

„Einen Sohn?“ Kopfschütteln.

„Also Töchter.“

„Nur eine.“ Hoppla, sie hatte sich also doch zum Reden entschlossen. „Die hat den Pollak geheiratet.“ „Pollak?“, dachte Hawelka. Den Namen hatte er doch schon einmal gehört. Aber wo? Schierhuber half aus: „Ist der mit dem Feuerwehrhäuptling verwandt?“ Sie schwieg eine Weile und arbeitete verbissen weiter, dann murmelte sie: „Das ist der Sohn.“

Feurio

Noch am selben Tag

Die Lage war kritisch. Die Einsatzwagen hielten sich an den Ortseingängen bereit und ein paar Uniformierte liefen von Haus zu Haus, um die Bewohner schnellstens zu evakuieren. Ein Polizeipsychologe war angefordert worden, konnte aber frühestens in einer halben Stunde hier sein. Matzinger steckte irgendwo im Stau und wollte den Psychologen per Hubschrauber holen lassen, aber der durfte wegen des starken Windes nicht starten. Ebendieser Wind machte die Sache auch so gefährlich. Niemand konnte abschätzen, wie rasch sich ein mögliches Feuer durch diese Sturmböen ausbreiten würde. Es war der heißeste Juni seit Jahrzehnten und der Wald war staubtrocken.

Auf Pollaks Dachboden war es mittlerweile ungemütlich geworden. Pollak saß auf einem Stapel Säcke mit explosivem Inhalt und hielt das Zündgerät in der Linken. Die Rechte schwebte über dem Auslöseknopf. Die Hitze auf dem Heuboden des Stadels war auch ohne Feuer unerträglich, knapp unter dem Dach hatte sich die Luft auf gut fünfzig Grad aufgeheizt. Generell war Hawelka mit der Gesamtsituation unzufrieden. Er schwitzte mehr als üblich. Dann wurde ihm auch noch schwindlig und er musste sich auf einen Querbalken setzen. Schierhuber zog seinen Rock aus und sah sich nach einem Nagel im Gebälk um, an dem er ihn aufhängen konnte.

„Was machst du da?“, schrie Pollak.

„Na, irgendwo muss ich ihn hinhängen“, entgegnete der Angerufene entschuldigend. „Wenn ich ihn am Boden leg, wird er dreckig.“

„Einen Schritt noch! Einen Schritt noch und ich drück drauf, das sag ich dir."

„Ja, ja, ist schon gut", Schierhuber zuckte mit den Schultern.

„Herr Pollak", setzte Hawelka zum fünften Mal an und spulte wieder den Text ab, den sie bei diversen Kursen eingebläut bekommen hatten. „Wir kommen keinen Schritt näher, das verspreche ich Ihnen. Wir sind ja nicht lebensmüde. Sie sind der Chef da heroben. Was Sie sagen, wird gemacht, das ist ja ganz klar."

„Dann schleicht's euch jetzt!"

„Das würde ich gerne tun, Herr Pollak, und mein Partner auch. Oder, Sepp?"

„Na, sicher."

„Sehen Sie, der Sepp will auch lieber woanders sein. Ich auch. Am liebsten weit weg von da. Aber wir können nicht weg, das ist halt gegen die Vorschrift, ich kann da gar nichts dafür, der Sepp auch nicht, Sie wissen ja, wie das ist. Dienst ist Dienst und Schnaps ist Schnaps, aber wem sag ich das, Sie sind ja selber bei der Feuerwehr, sogar in einer leitenden Position, eigentlich in der höchsten als Kommandant, da ist bei Ihnen ja das Pflichtbewusstsein in Fleisch und Blut übergegangen. Also, wir müssen dableiben, da hilft uns kein Herrgott ..."

Als sie vor einer knappen Dreiviertelstunde bei Pollak angeläutet hatten, war die Lage sofort eskaliert. Sie hatten mit allem gerechnet, hatten Ausflüchte, ein perfekt zurechtgezimmertes Alibi und sogar falsche Zeugenaussagen von seiner Frau oder Nachbarn erwartet. Was sie nicht erwartet hatten, war, dass Pollak ihnen sofort die Tür vor der Nase zugeschlagen hatte, und sodann auf den Heuboden seines Stadels geflüchtet war. Schierhuber hatte unverzüglich den Heuboden geentert. Aus humanitären Gründen hatte er dabei auf den Einsatz einer großkalibrigen Waffe verzichtet und nur die normale Dienstglock gezogen und dem Flüchtenden ins Bein geschossen. Der wiederum hatte einen Schmerzensschrei ausgestoßen und war umgefallen. Die Schrotflinte, die er daraufhin vom Boden aus auf Schierhuber abgefeuert hatte, war wie durch Zauberei in seine Hände gelangt. Später fanden sie dann heraus, dass er sie bereits beim Aufgang zum Heuboden zur Selbstverteidigung mitgenommen hatte. Hawelka konnte nicht umhin, die Reaktionsfähigkeit seines Partners zu bewundern. Dieser ließ sich fast zeitgleich mit dem Schuss Pollaks zur Seite fallen. Unglücklicherweise direkt auf Hawelka, der gerade die steile Treppe hinter sich gebracht und soeben den Oberkörper durch die Luke gesteckt hatte. Schierhuber landete also weich, bei Hawelka wurden ein paar Rippen empfindlich beleidigt. In den darauffolgenden chaotischen Sekunden hatte Pollak nicht etwa nachgeladen, sondern sich mit blutendem Bein zu dem vorbereiteten Sprengstoff geschleppt und das Zündgerät scharf gemacht. Dann hatte er seinen Plan erklärt.

„Ich mach Schluss, ich geh sicher nicht in den Häfen. Ich war mein Lebtag anständig, ich hab sechshundertdreiundsiebzig Einsätze bei der Feuerwehr gehabt, zweihundertdreißig als Kommandant. Ich hab Leben gerettet, ich geh sicher nicht in den Häfen. Wenn einer von euch einen Schritt näher kommt, dann spreng ich einen Krater ins Dorf, dass die Leut noch in hundert Jahren herkommen und sich den anschau'n."

Sie hatten verstanden. Schierhuber hatte dem anderen einen Waffenstillstand vorgeschlagen und die Glock gut sichtbar entladen. Während sein Partner die Show abzog, hatte Hawelka unauffällig eine SMS eingetippt. Nach knapp einer Viertelstunde hatten sie die die ersten Einsatzfahrzeuge gehört.

„Das da hab ich schon hergerichtet, wie ihr ins Dorf gekommen seid's", hatte Pollak gesagt, „ich hab mir gedacht: ‚Sicher ist sicher', wenn ihr mir draufkommt's, blas ich mich weg, und die Scheißortschaft gleich dazu."

„Das hat doch keinen Sinn", hatte Hawelka zum ersten von bisher dreiundzwanzig Mal gesagt.

„Das hat schon einen Sinn, weil mein Bub kriegt die Pechmühle. In drei Jahren ist er reich, weil es gibt in dem alten Testament keine Klausel, wo drinnen steht, dass der Sohn von einem Mörder nicht erbberechtigt ist. In drei Jahren ist er reich und braucht sich nicht genieren für seinen Vater im Häfen, weil nämlich der Vater nicht in den Häfen geht."

Das war vor über zwanzig Minuten gewesen. Seither war die Unterhaltung ein wenig eingeschlafen. Hawelka wusste nicht mehr weiter, Pollak hatte ihnen eine halbe Stunde gegeben, um den Ort zu evakuieren, er wolle, dass keine Unschuldigen draufgingen, hatte er gesagt, und Hawelka zu dem Zweck sogar telefonieren lassen. Natürlich würde man auf Zeit spielen, aber ob man einem erfahrenen Feuerwehrkommandanten wirklich weismachen konnte, dass sich die Evakuierung eines Achtzig-Häuser-Ortes länger hinzog, war zu bezweifeln. Und richtig ...

„Die Zeit ist um!", jaulte Pollak, dem seine Schussverletzung zu schaffen machte. „Die Leut san weg, und ihr schleicht's euch jetzt auch, sonst nehm ich euch mit heim. Ich geb euch eine Minute."

„Herr Pollak ...", begann Hawelka wieder.

„Maul halten!" Trotz der Schussverletzung war noch genug Blut über, um das pollaksche Feuerwehrkommandantengesicht in kräftiges Rot zu färben. „Eine Minute, hab ich gesagt!"

„Okay, ich geh anrufen, ob alle in Sicherheit sind", resignierte Hawelka und ging zur Luke.

„Du brauchst gar nicht mehr kommen!“, schrie Pollak und setzte in Richtung Schierhuber hinzu: „Und du schleich dich gleich mit ihm!“

„Es ist so, wie sie im Wirtshaus erzählt haben“, meinte dieser zu Hawelka und seufzte. Pollak stutzte. „Was?“

„Dass du dich immer künstlich aufregst. Über jeden Schmarren regst du dich auf. Da haben sie schon Recht. Und mit dem anderen auch.“

„Mit dem anderen? Mit was für ‚anderem‘? Wer hat was erzählt?“

„Na ja“, meinte Schierhuber, „dass du halt ein sieriger Hund bist.“

„Was?“ Pollaks Stimme hatte einen noch gefährlicheren Unterton angenommen. Schierhuber breitete die Arme aus und seufzte wieder. Dann erklärte er: „Na ja, immer, wenn du nicht da warst, haben sie am Stammtisch von deiner Sierigkeit erzählt. Ich wollt's ja nicht glauben, aber jetzt hab ich so nachgedacht und bin draufgekommen, dass du wirklich nie eine Runde gezahlt hast, wenn ich dabei war. Das stimmt! Der Döller, der Wirt, der Graf, ich selber, sogar der Josef hat Runden gezahlt. Du nicht. Und jetzt schon wieder. Ich mein, du willst einen Abgang machen. Okay. Der Josef und ich müssen dableiben, okay. Das ist so. Aber du gönnst uns nicht einmal einen kleinen Umtrunk am Schluss. Ein anständiger Mensch hätt in so einer Situation gesagt: ‚Unten in dem und dem Fach im Haus hab ich eine Flasche vom Besten, holt's ihn rauf und trinken wir auf das Ende vom Lied. Das hätten wir uns schon verdient, der Josef und ich. Dienst ist Dienst, aber weil der Dienst bald für immer vorbei sein wird, wär mir halt ein Schnaps auch recht. Aber natürlich ... wenn man zu sierig ist. Für was, eigentlich? Kannst ja eh nichts mitnehmen ..." Pollak hatte sich während Schierhubers Rede trotz Beinverletzung erhoben und lehnte jetzt an dem Stapel mit der Sprengstoffmixtur.

„Worauf will der Sepp hinaus", fragte sich Hawelka. „Glaubt er wirklich, Pollak ist so dumm, fängt mit uns zum Saufen an, und während des Nachschenkens kann er ihn ausschalten?"

„Wer von denen hat das erzählt?", fragte Pollak. „Wer war die falsche Sau?"

„Alle", sagte Schierhuber schlicht. „Sie haben Witze gemacht, dass du einmal im Jahr eine Alibirunde zahlst und bei deinem Fest voriges Jahr billiges Bier aus einem falschen Fass ausgeschenkt hast, damit sie glauben, es ist eine teure Spezialsorte." Pollaks Gesicht war nicht länger rot. Es war eher violett, mit deutlich mehr Blauanteil.

„Wer genau? Wer hat das erzählt. Der Döller? Der Klausner? Der Wagner? Wer?!?"

Schierhuber blieb unbeeindruckt. Trotzdem redete er lauter als sonst. „Siehst du, jetzt regst du dich wieder auf. Wenn einer die Wahrheit sagt, regst du dich auf. Aber vielleicht stimmt's ja gar nicht. Vielleicht hast du mich eh vier-, fünfmal eingeladen und ich hab's vergessen. Oder?"

„Du falsche Sau, du. Lügst du mir frech ins Gesicht, du Zwettler Hund du?", schrie der andere jetzt. „Hab ich vorigen Freitag zwei Runden gezahlt, oder nicht? Hast du mitgesoffen, oder nicht? Hat's dir nicht geschmeckt, das Bier? Und der Birnenbrand dazu? Wer hat denn die vier Flaschen Wein nach dem Begräbnis bezahlt? Der Tersch vielleicht?" Pollak machte Anstalten, sich auf Schierhuber zu stürzen, hätte es mit einem Messer in der Hand vielleicht auch getan, aber die Verkabelung des Zündgerätes hielt ihn an seinem Platz. Er keuchte.

„Ja, vielleicht“, meinte Schierhuber nebenher.

„Vielleicht was?“

„Vielleicht war es der Tersch. Vielleicht auch nicht. Vielleicht war es ein anderer, so genau weiß ich das jetzt nicht mehr, aber dass du es nicht gewesen bist, das weiß ich sicher, ein sieriger Hund bleibt ein sieriger Hund.“ Schierhuber schüttelte resignierend den Kopf, machte eine etwas verächtliche Handbewegung und ging zur Bodenluke.

„Sag das noch ein Mal“, stieß Pollak hasserfüllt hervor. „Sag das noch ei...“

„Oder seh ich da vielleicht eine Schnapsflasche irgendwo?“, dröhnte Schierhubers Stimme jetzt wie die Posaunen von Jericho. „Wahrscheinlich hast du dir drüben eine hergerichtet, ein guter Schluck zum Abschied, aber uns gibst du nichts davon ab, es könnt dich ja was kosten. Das ist dir zuwider, da lässt du uns lieber trocken verrecken, weil du den Hals nicht vollkriegst du Giersau, du sierige!“

„Du ... du ... du ... blödes A...“, keuchte Pollak. Er sah furchtbar aus. Kalter Schweiß ließ sein blaues Gesicht gespenstisch glänzen, die schütteren Haare hingen ihm wirr ins Gesicht, er zitterte am ganzen Körper.

„Einen schönen Kommandanten hat die Vestenöttinger Feuerwehr“, höhnte Schierhuber. „Wahrscheinlich lässt er sich von den Jungspunden einladen, damit er sich was spart! Die kratzen ihr Lehrlingsgehalt zusammen und laden den Kommandanten ein. Bravo! Wieder was g'spart!“

„Du ... du ... du ...“, setzte der andere an und machte einen Schritt nach vorn. Für einen Moment sah es so aus, als wolle er mit der Hand auf den Zündknopf schlagen, aber dann ließ er das Gerät fallen und fasste sich an die Brust. Ein erstickter Laut drang aus seinem geöffneten Mund, er taumelte zurück, rang nach Atem, taumelte wieder nach vorn, wollte sich an den Kopf greifen, verfehlte diesen aber, die Bewegung der Hand ging gänzlich ins Leere, er würgte, als müsse er sich erbrechen, stolperte und fiel der Länge nach hin. Ungebremst schlug er mit dem Kopf auf den Boden, sein ganzer Körper zuckte noch drei-, viermal auf die erbarmungswürdigste Weise, dann lag er still.

„Schlaganfall“, diagnostizierte Doktor Schierhuber. „Wir brauchen einen Notarzt.“

Hawelka griff zum Telefon.

Epilog

Am Abend des nächsten Tages

Die *Krokobar* in Waidhofen wäre ein würdiger Ort zum Feiern, hatten sie gedacht. Nach dem Abschluss des Falles wollten sie ihren Erfolg nicht unbedingt im Vestenöttinger Wirtshaus begießen. Die Bevölkerung stand auf der Seite Pollaks, der Birnstinglmord verkam zur Nebensache, er war Außenseiter gewesen – und Pollak Feuerwehrkommandant. Der Notarzt hatte ihn retten können. Hawelka wiederum hatte Schierhuber neidlos zu seiner Kriegslist gratuliert: „Sepp, du hast eine Katastrophe verhindert.“ – „Das war doch nichts“, hatte Schierhuber bescheiden abgewehrt. „Was hätt ich machen sollen? Dass er ein Kandidat für einen Schlaganfall gewesen ist, hat man ja gesehen, und dass sein wunder Punkt falsche Anschuldigungen von wegen Geiz war, haben sie am Stammtisch erzählt. Mir ist nichts Besseres eingefallen.“ Die weitere Nacht war mit Berichten, einer kurzen Pressekonferenz und Besprechungen vergangen, den Vormittag hatten sie verschlafen, am Nachmittag ihre Zelte abgebrochen, die Kollegen in Waidhofen aufgesucht, wieder Berichte, wieder Presse und so weiter. Bevor sie in die Tretmühle zurückkehren mussten, wollten sie es richtig krachen lassen. Ein Zimmer in Waidhofen war schnell gefunden, und dann brachen sie auf zum Nachtflug. Es wurde eine herbe Enttäuschung.

Da, wo früher die *Krokobar* war, hatte nun ein Chinarestaurant Einzug gehalten. „Also nichts mit Erinnerungen an alte Zeiten“, dachte Hawelka traurig. Als sie auf der Suche nach Ersatz durch das nächtliche Waidhofen trotteten, klingelte Hawelkas Handy.

„Ein Vögelchen hat mir was gezwitschert. Ein kleines Liedchen aus dem schönen Waldviertel. Dass es da zwei neue Helden gibt, hat's in dem Lied geheißen, weil irgendein Bauernlackl das ganze Dorf in die Luft sprengen wollt, und die Helden haben das verhindert. Bravo! Das lob ich mir, und da mach ich auch keinen Brummer, weil die ein bisserl lange fern der Heimat geblieben sind. Und dass die zwei Helden nebenbei den Mordfall aufgelöst und abgeschlossen haben, das lob ich mir ebenfalls, weil dafür werden sie bezahlt, die Helden, und dafür haben wir sie hingeschickt zu die Waidhofner. Aber dann ist auch schon Schluss mit meine Lobgesänge. Weil nebenbei hat das Vogerl noch gezwitschert, dass es zwei neue beste Freunde hat, und die wollen nicht mehr in Wien bleiben, wegen der schlechten Luft und wegen die vielen Ausländer, und noch mehr wegen die vielen Inländer, und am meisten wegen die vielen Wiener. Ich sag Ihnen was, Hawelka, und wenn ich langsam reden soll, damit Sie's mitschreiben können, dann geben S' ein Zeichen mit die Augen, weil ich sag's nur einmal. Mir ist das – wie sagt man? – mir ist das Blunzen[33]. Von mir aus können Sie mit dem Muli nach Vorarlberg auswandern und dort die Milka Schokolade suchen, oder nach Hamburg an der Elbe die Schifferl zählen, da sag ich: ‚Wir wünschen gute Reise' und ‚Sag zum Abschied leise Servus', weil man soll die Reisenden nicht aufhalten, und solche Kapazunder wart's ihr jetzt auch nicht, dass ich gleich zum Heulen anfang. Wir leben in einem freien Land, und jeder soll tun und lassen können, was ihn glücklich macht. Damit bin ich einverstanden. Aber mit einem bin ich nicht einverstanden: dass der Matzinger mir am Telefon den Triumphmarsch vorsingt, wie ein ganzer Kirchenchor, nur weil ich ihm einmal auf die Füße gestiegen bin, wie er noch ein frischgefangter kleiner Leutnant war. Das hat ihn ein bisserl beleidigt, und jetzt singt er mir die Arie von die zwei kleinen Italiener, die was heim wollen. Aber nicht nach Italien, sondern nach Niederösterreich, wo Ferien noch Ferien sind. Na gut, ich hab ein dickes Fell, der Matzinger soll singen, was er will, aber eines möchte ich Ihnen flüstern: Niveau ist das keines, was Sie haben. Den Matzinger anrufen lassen und mir mitteilen, dass sich zwei von meine Ermittler quasi schon eingeschrieben haben in seinem Club und nur mehr ihre Sachen holen und Dienst nach Vorschrift machen, bis die Versetzung durch ist. Niveau ist das keines!"

Hawelka war wie vom Blitz getroffen. Nach der letzten gemeinsamen Sitzung hatte sie Matzinger noch dabehalten, ihnen ehrlich gratuliert, sich bedankt und ihnen Posten beim Landeskriminalamt Niederösterreich angeboten. So weit waren die Informationen des Erzherzogs richtig. Richtig war auch, dass sie sich beide nicht abgeneigt gezeigt hatten, schließlich kamen sie alle beide aus dem Waldviertel und die Aussicht, ein eigenes fixes Team zu leiten, war für Hawelka sehr verlockend. Allerdings hatten sie beide a) um Bedenkzeit gebeten, b) keinerlei fixe Zusage gemacht und c) Diskretion in der Sache vorausgesetzt. Diese war nun d) von Oberst Matzinger nicht gewahrt worden. Offensichtlich hatte er es nicht erwarten können, Hofrat Zauner seinen Triumph unter die Nase zu reiben.

„*Ich* habe ein Niveau", stellte der Alte jetzt klar, „aber von so was ist der Matzinger weit entfernt und Sie, Hawelka, sind es auch, und vom Schierhuber will ich gar nicht reden, weil der steht jetzt wahrscheinlich da wie ein Muli und schaut wie ein Maikäfer, wenn's blitzt. Aber sich davonstehlen wie die böhmische Dirn vom Tanz, das gibt's bei mir nicht. Das ist nicht meine

Manier, dass ich so was durchgehen lass. Sie melden sich Ihnen morgen schön brav zum Dienst, und wenn Sie Fernweh haben, dann schauen Sie mir in die Augen und sagen mir das selbst und persönlich anwesend ins Gesicht. Da schau ich Ihnen dann auch ins Auge, Kleines, aber das wird nicht der Beginn von einer wunderbaren Freundschaft, lassen S' sich Ihnen das gesagt sein. Morgen. Dienstbeginn ist um acht, wenn ich richtig bin. Oder? Also: Sieben Uhr fünfundfünfzig sehen wir uns in meiner Kanzlei. Um pünktliches Erscheinen wird gebeten, anständige Kleidung erwünscht. Krawatte nicht notwendig, weil ich bin auch kein Feiner. Und, Hawelka: Ich will einen schriftlichen Bericht über euren Ausflug zu die Bauernschädeln, von dem Moment an, wo ihr da vom Parkplatz gefahren seid's, bis zu dem Zeitpunkt, wo ihr morgen ins Haus kommt's. Also: morgen! Sieben Uhr fünfundfünfzig!"

Zauner legte auf. Hawelka sah Schierhuber an. Der hatte das Gespräch auch ohne Lautsprecher mühelos verfolgen können. Undeutliches Gemurmel oder übertriebenes Flüstern war noch nie die Art des Erzherzogs gewesen.

„Sepp", sagte Hawelka, „der Alltag hat uns wieder."

Schierhuber nickte. Dann gingen sie ins Chinarestaurant.

Nachbemerkung

Den Ort Vestenötting gibt es, so wie alle erwähnten Orte im Buch, tatsächlich. Aber natürlich sind alle Personen und Ereignisse frei erfunden. Die Namen wurden meist typisch für die Gegend gewählt, daher kann es vorkommen, dass sich der eine oder andere tatsächlich in Vestenötting oder Umgebung findet. Aber alle Ähnlichkeiten mit lebenden oder nicht mehr lebenden Personen sind unerwünscht und zufällig. Es gibt weder einen Schießkeller noch einen zwangsoriginellen Grafen in Vestenötting, die Leute sind genauso wie anderswo und das einzige Wirtshaus im Ort fällt nur dadurch auf, dass man dort ganz ausgezeichnet essen kann. Die Fische der Thaya beißen wie wild und von Schiefergasfunden bei der Mühle weiß bis dato niemand etwas. Einen Abstecher nach Vestenötting kann ich also allen, die einen schönen Ausflug ins Waldviertel machen wollen, wärmstens empfehlen.

Glossar und Anmerkungen

1 sierig: ostösterreichischer Ausdruck für krankhaft geizig

2 brennen: in diesem Fall unabhängig vom Zusammenhang mit der Feuerwehr. Es ist weder verbrennen noch destillieren, sondern bezahlen gemeint.

3 Micky-Maus-Säge: minderwertiges, leistungsschwaches Arbeitsgerät, das nur zum Spielzeug taugt

4 herumrurcheln: nicht besonders effizientes Arbeiten, ohne Aussicht auf ein befriedigendes Ende

5 „Doppelt trennt besser“: O-Ton Herta B.

6 Dummerweise hatten diese Idee auch viele andere. Die *Krokobar* florierte (eigentlich müsste man wegen der vielen Tiere „faunierte“ sagen) prächtig.

7 G’scherten: Dieser liebevolle Kosename kommt aus der Zeit der läusebedingten Schur des Kopfes und wird von Wienern für Niederösterreicher und umgekehrt verwendet.

8 aufbrennen: ländlicher Brauch

9 Glatzerter: Kahlkopf

10 Spechtler: ostösterreichischer Ausdruck für Spanner

11 wurlert: ostösterreichischer Ausdruck für unruhig, aufgewühlt

12 Und dafür leider auf dem Scheiterhaufen endet.

13 Feng Shui: momentan angesagter Einrichtungsberater, quasi der Lagerfeld der Möbelbranche

14 Ob der Tristan-Akkord gespielt wurde, ist nicht überliefert.

15 An die ganze Wahrheit wagte Hawelka gar nicht zu denken.

16 Zeughaus: österreichisch für Feuerwehrhaus

17 Hur’nstraktor: landwirtschaftliches Arbeitsgerät und -fahrzeug. Durch das Vorwort „Hur’ns“ wird

angedeutet, dass der Traktor entweder nicht funktioniert oder wie hier schlecht platziert ist, jedenfalls ein Ärgernis darstellt.

18 Muli: Maultier. Einer der Kosenamen des Erzherzoges für Schierhuber.

19 Besenkammerl: kleiner Raum für Reinigungsgeräte, hier: Hawelkas Büro

20 Zwettlerart: Die Verhörmethode ist im modernen Polizeiwesen umstritten. Menschenrechtsorganisationen protestieren dagegen. Verdächtige werden durch zweifelnde Mienen und bedrohliches Schweigen zum Geständnis gebracht.

21 Hur'nshandy: Mobiltelefon minderer Qualität

22 Nasse: mit Essig und Öl angerichtet, G'streute: wie bereits von Schierhuber erklärt, mit Salz und Pfeffer, in der Schlemmervariante sogar mit ein wenig Paprikapulver bestreut

23 Hä?: „Ich bin mir nicht sicher, ob ich deine überaus geistreiche Formulierung von vorhin auch in den richtigen Kontext zu setzen im Stande war. Hättest du die Liebenswürdigkeit, deinen brillanten Satz zu wiederholen?"

24 Hawelka, der berühmte Beziehungsexperte

25 leicht übergewichtig: Über die Dehnbarkeit der Bezeichnung gehen die Meinungen auseinander.

26 „Die Forstner heißt Karin, hast du das gewusst? Die Frischauf ist in Pflegeurlaub und ah ja: Unten steht die Rubensfrau mit Tersch und Gamerith."

27 Es hatte ganz bestimmt nichts mit der entschwebenden (na ja, entschwebenden ...) Rubensfrau zu tun.

28 Mülisteid'ln: (wörtlich: „kleine Milchstauden" wegen des milchigen Saftes im Stängel) Löwenzahngewächse

29 kiebitzen: das Abgeben humoristischer Kommentare über den Verlauf eines Kartenspieles

[30] Preußens Gloria: Armeemarsch II, 143 von Johann Gottfried Piefke (1815–1884)
[31] Deutschmeister-Regimentsmarsch: Militärmarsch von Wilhelm August Jurek 1893
[32] Soweit man bei Schierhuber von Eile sprechen kann.
[33] Blunzen: Blutwurst. Eine nicht völlig vegane Spezialität

Mein besonderer Dank gilt:

Franziska Wohlmann,
Werner Schoberwalter,
Christina Kindl
und allen vom Haymon Verlag

Manfred Wieninger
Der Mann mit dem goldenen Revolver
Ein Hinterhof-Krimi mit Marek Miert
216 Seiten, € 12.95
HAYMON taschenbuch 182
ISBN 978-3-7099-7805-4

Ein neuer Fall für den kultigen Hinterhof-Detektiv: Ein eleganter Herr beauftragt Marek Miert, das verwahrloste Grundstück seines verstorbenen Großvaters zu bewachen. Und schon ist Miert mittendrin in der Suche nach der verschwundenen Beute eines Bankräubers, an der sich neben ihm auch noch brutale Vertreter der Harlander Verbrecherszene beteiligen.

Eine Detektivgeschichte zwischen amerikanischem Hard-Boiled-Stil und tiefschwarzem Humor – spannend, unterhaltsam und herrlich ironisch!

Edith Kneifl | Stefan M. Gergely
Satansbraut
Ein Waldviertel-Krimi
208 Seiten, € 9.95
HAYMON taschenbuch 163
ISBN 978-3-85218-963-5

Schauerlicher Mord im schönen Waldviertel:
Ein junger Popstar wird unter einem Granitblock aufgefunden, splitternackt und tot. Drogenexzess? Selbstmord? Oder ist der Jüngling gar Opfer eines Triebtäters geworden? Eine Gräfin, ein Donaukapitän, ein Pfarrer und ein Arzt, das Quartett genannt, ermitteln in diesem mysteriösen Todesfall auf die ihnen eigene Weise: bei Essen, Wein und Kartenspiel …

Satansbraut ist mit authentischem Lokalkolorit und viel Humor gewürzt, dazu mit einer Prise Mystik verfeinert. Angesiedelt im rauen Hochland zwischen Donau und tschechischer Grenze, sind tiefe Einblicke in die Abgründe der österreichischen Seele garantiert!